草凪 優

冬華と千夏

実業之日本社

二〇一八年九月 実業之日本社刊
（『ジェラシー』を改題）

本作品はフィクションです。実在の個人、団体、とは一切関係ありません。（編集部）

目次

プロローグ

俺が生まれ育った家の裏庭には、二輪草が茂っていた。

一本の茎からふたつの花茎（かけい）が伸び、春になると白い花を咲かす。

雑草のようにしぶといので、育てる手間はかからない。誰かが水をやっているところなんて見たことがないのに、十坪ほどの裏庭を占領しつくす大群落をつくっていた。

俺は二輪草が好きだったが、二輪草という名前のくせに、三つの花をつけていることがあった。四つの場合もある。見つけると、どういうわけかひどく悲しくなり、邪魔な花を毟（むし）って二輪にした。俺にはパラノイアの気質があって、やりだしたらとまらなくなる。おかげで、二輪草が花をつける季節になると忙しくてしようがなかった。

そんな俺を見て、もうひとりの俺が笑っていた。

裏庭はコンクリートの塀で囲われ、その向こうはジャリトラや生コン車が猛スピードで行き交っている産業道路だった。騒音も大気汚染も半端じゃなかった。歩道もあるのだが、そんな道を歩いているのは頭のイカれたやつばかりで、塀の向こうからよくものが投げこまれてきた。

もうひとりの俺はそっちのほうに夢中だった。破れた傘、割れた酒瓶、使用済みのコンドームなどはまだ全然いいほうで、側面にびっしりと般若心経が書かれたトイレットペーパーの芯、使いこまれて黒ずんだ義足、血まみれの下着……腐臭の漂う正体不明の肉片が飛んできたときは、人間の耳や指のような気がしてゾッとしたものだ。

その他、キラキラした指輪や現金の入った財布などもあったし、エロ動画がたっぷり保存されたノートパソコンや、ぐにゃりと折れ曲がった自転車が放りこまれてきたこともある。

「そのうち裸の女が落ちてくるんじゃね」

などと言っていたら、ある日、本当に全裸の女が塀を乗り越えてきたので、魂消(たまげ)て腰が抜けた。どこに眼球があるのかわからないほど両眼(りょうめ)のまわりが青黒く腫れあがり、歯のない口から真っ赤な血をダラダラと流していた。ＤＶに遭ったのか、監禁事件の被害者か、女がすさまじい勢いで逃げていってしまったのでわからない。

俺はまだ子供だった。

わかっているのは、塀の向こうには怖気立つようなろくでもない世界がひろがっているということだけだった。

第一章　開戦前夜

1

パァーン、という乾いた炸裂音で眼が覚めた。

銃声か、それとも単なるパンク事故か。

距離があるので判別できなかったが、このあたりのことだ、パトカーがやってくることはない。

波崎清春はベッドから起きあがり、汗ばんだ顔を手のひらで拭った。ひどい悪夢を見ていたような気もするが、覚えていなかった。物騒な炸裂音で始まる新しい一日——今日が素晴らしい日になるか、それとも失望の日になるか、浮き足立っている自分に戸惑う。

眼覚めに熱いシャワーを浴びたくても、この部屋は湯が出なかった。ペットボトルの水で顔を洗い、歯を磨こうとすると電動歯ブラシのバッテリーが切れていた。盗電している電線にトラブルでもあったのだろう。三十二歳にもなって、この住環境はどうなのかと苦笑がもれる。人差し指に歯磨き粉をつけて、口の中を掻きまわした。割れた鏡に映った顔が間抜けすぎて、十秒と続けていられなかった。

「ちょっと出かけてくるからなー」

同居人に声をかけ、部屋を出た。鍵の数は多い。全部で五つある。踏めばジャリジャリと音がするコンクリートの階段を下り、クルマに乗りこむ。

十万キロオーバーのホンダだ。ガソリンで走る。都心に出ればＥＶ＝電気自動車が幅を利かせ、自動運転車もいまでは珍しくもないけれど、クルマはガソリン車に限ると清春は思っている。油を燃やす匂いがいい。エンジンが振動してくれるので、貧乏揺すりをしなくてすむ。

アクセルを踏みこむと、エンジンを吹かす小気味いい音に気分があがった。清春が住んでいるのは、かつてニュータウンと呼ばれた地域だった。そういうところが東京郊外には至る所にあるけれど、団塊の世代が天寿をまっとうしたあたりから、ゴーストタウン化が急激に進行した。

日本は没落したのだ。昭和の終わりから平成にかけて日本人が夢見た未来はなにひとつ実現されず、時間が経てば経つほど、それが単なる絵に描いた餅にすぎなかったことが明るみに出ていくばかりだった。

ゴーストタウンとスラムは違う。スラムは大都市に隣接した闇マーケットで、住んでいるのは主に外国人。アジア系、アフリカ系、中近東系——万博でも開催できそうなほど多くの民族が入り混じり、そこに行けば手に入らないものはないと言われている。

密売品のメインは食糧で、業者が横流ししたものから、捕獲が禁止されている野生動物の肉まである。拳銃やドラッグも手に入るから、犯罪の温床とも言われているが、それぞれの民族がそれぞれの服を着て行き来し、路上に食糧や物品の露店が並んでいる街の光景はカラフルで、生命力にあふれていると言えなくもない。

一方、ゴーストタウンに住んでいるのは無気力な日本人ばかりだ。行き交う人々の顔からは、生命力など微塵もうかがえない。腐った魚のような眼、歯が欠けて凸凹になってる口、土気色に沈んだ肌。皺くちゃのおっぱいをぶらつかせている上半身裸の婆さんもいれば、糞尿を垂れ流しながら歩いている下半身裸の爺さんもいる。景色はモノクロ、いや、土留色にくすみきっている。

かつて人々の憧れだったパステルカラーのマンションも、住人がいなくなればただのコンクリートの塊だった。コンクリートは腐る。病室の窓辺に置かれた花のように。

強固に見えても建設から五十年ほどで腐食が始まり、百年もすればもう手がつけられない。じわじわと内部から組織が壊れ、やがて崩れ落ちる。外国の軍隊に空爆などされなくても、あと二、三十年もすれば、この街はきっと瓦礫（がれき）の山と化すだろう。

そういうところに集まってくるのが、スコッター＝不法定住者だ。無気力な同胞を見かけると気が滅入（めい）るが、清春もゴーストタウンに住んでいる。通称ＫＯ18。かつて近隣に調布（ちょうふ）という駅があったのだが、廃線になってしまったので、打ち棄てられた場所というニュアンスを込めて、駅番号で呼ばれている。鉄道が廃線になると、ゴーストタウン化は一気に進む。

持ち主が捨てていった部屋だから、家賃はタダ。眺めのいい場所を選び放題で、飽きたら片づけもせず出ていけばいいだけ。こんなに素敵な住居はない。水道やガスがとめられていても、電気は盗める。治安が悪いのが玉に瑕（きず）とはいえ、スラムほどではない。週に一、二度、銃声が聞こえてくる程度だ。

清春は荒れた路面に舌打ちしながら、ホンダのアクセルを踏みこんだ。

目的地までは高速道路に乗って三十分ほどかかる。インフラにかける金がなくなったこの国では、路面状況はいつだって最悪だ。前オーナーのカーマニアがいじり倒したエンジンは快調に吹けるけれど、剛性の足りないボディがガタピシと音をたてて小刻みに震えだす。さすがニコイチ――二台の事故車からパーツを寄せ集めてつくったクルマだ。よくこんなものが時速百五十キロで走っている。このクルマで高速を飛ばしていると、そう願わずとも生きている実感が味わえる。

郊外から都心に向かっていくにつれ、景色は劇的に変わっていった。荒れ地からガラスの竹でも生えてきたように、高層ビルがにょきにょきと天を突き、こちらを見下ろしてくる。

国民総所得が世界五十位に転落したこの国でも、富裕層がいなくなったわけではない。都心では何棟もの高層ビルが建設中だし、スコッターの年収をひと晩で使い果たすハラショーな紳士もいる。もちろん、ごくひと握り、いや、ひとつまみにすぎないが。

「ウイ・アー・ザ・99％！」

そんなシュプレヒコールもすでに懐かしい。

いなくなったのは中間層だ。額に汗して働き、大それた夢ももたず地道に生きていこうとするまっとうな日本人は、この数十年でコンクリートが腐っていくようにじわじわと窮地に追いこまれていった。

特別なきっかけがあったわけではない。一九九〇年代のバブル崩壊から、ただの一度も実体経済が上向かないまま、右肩下がりを続けただけだ。

むしろきっかけはありすぎた、と言ってもいい。少子高齢化に対応できなかった政治家の無能、数えきれないほどの外交の失策、官製相場の破綻、ナショナル企業の競争力低下……だいたい、近隣諸国で有事が勃発してからあわてて憲法を改正し、自衛隊を軍隊に変えているようなポリシーのない国は、世界から見捨てられて当然だった。

国民生活はもう何十年も停滞したままで、むしろ後ろに向かって進んでいる。家電、パソコン、クルマ、スマートフォン、なにもかも修理をしながら十年、二十年と使うのが当たり前の世の中だ。

本格的な戦火の飛び火がないことだけが救いと言えば救いだが、それだっていつまでもつかわからない。外国の戦場に送りだされ、命を落とした日本兵は、すでに千人を超えている。

2

銀座(ぎんざ)で高速を降りた。減速しても、ホンダの車体は震えがとまらなかった。待ち合わせの交差点に、女はいた。

眼を惹(ひ)く立ち姿だった。風になびくストレートの長い黒髪、驚くほど小さな顔、手脚の長いすらりとしたシルエット。シルバーグレイのタイトスーツを涼やかに着こなした姿は都会的で、遠目にもまわりから際立って見える。いい女だ、と思う。神里冬華、二十七歳――見た目がいい女でも、中身までそうとは限らない。

「ガソリン車なんですか？」

助手席のシートに腰をおろすなり、三日月形の眉を物々しくひそめた。

「わたし、苦手なんですけど。油の匂いと振動に酔ってしまいそう」

だったらEVのタクシーでもつかまえればいい、と清春は思ったが言わなかった。隙間近で見ると彼女の美しさは圧倒的で、若いころなら口笛を吹いていただろう。隙のないメイクが施された色白な小顔は眼鼻立ちがシャープに整い、瞳に青い炎を灯したような切れ長の眼が印象的だ。さしずめ、オリエンタルなクールビューティといったところか。

そのくせ、表情は妙に無防備で、余計なことを言ってしまった、というふうに眼を泳がせる。外国暮らしが長いせいか、よく言えば世俗の垢にまみれておらず、悪く言えば空気が読めない。

不意に「えへへ」と笑うと、

「傷つきました？」

上目遣いで訊ねてきた。

「いや……すぐそこだから我慢してくれ」

この天然女め、と胸底でつぶやきつつ、清春はホンダを発車させた。実際、目的地まで五分とかからない。何度か曲がり、ホテルの車寄せにホンダを着けると、冬華は逃げるようにそそくさと助手席から降りていった。ガソリン車なのが恥ずかしいらしい。清春はベルボーイにキーを預け、彼女の後を追った。

皇居の近くにある、都内でも屈指の高級ホテルだった。馬鹿高いホテルがたいていそうであるように、ロビーにたむろしているのは胡散臭い連中ばかり。もちろん、そう見えるだけでまっとうな実業家もいるのだろうが、清春には判別できる見識がない。

容姿は端麗、中身は天然の女は颯爽と歩いた。ランウェイでも闊歩するように大股で進んでいく冬華についていくと、エレベーターホールの前で、ダークスーツに身を包んだ男たちがすっと両脇についた。身長二メートル近い黒人と白人だった。ひと目でボディガードとわかる屈強な体つきをして、ロボットのように手足を動かして歩く。

冬華が涼しい顔をしていたので、清春もそれに倣った。彼らと一緒にエレベーターに乗りこみ、階上を目指した。入口にセキュリティが立っているエグゼクティブフロアだ。スイートルームらしき豪奢な内装の部屋で待っていたのも外国人の男

――三人いた。

冬華に向かって「ハーイ」と手をあげ、フレンドリーにハグをしたのは、頭がよすぎて浮き世離れしている感じの学者然とした鼻眼鏡だ。以下、自分以外は誰も信用していない眼をした狡猾そうな老紳士に、ウォール街で幅を利かせていそうな金髪マッチョというラインナップで、下のロビーでたむろしていたどの連中よりも胡散臭かった。

「ヒー・イズ・マイ・ビジネスパートナー」

冬華が清春を彼らに紹介してくれた。流暢な英語で会話を始めたので、清春は簡単な挨拶をしただけで口をつぐむしかなかった。

外国人たちは口角泡を飛ばす勢いで、情熱的に冬華に語りかけている。英語がしゃべれなくても、耳に入ってくる言葉がある。

「イミテーション・レイディ・オンリー・フォー・セックス」

そいつとご対面するために、清春は今日ここにやってきた。

セックス専用のアンドロイドだ。

冬華によれば、生身の女と性交するのと遜色がないという。

通称〈オンリー〉と呼ばれるそれは、まだ世間に公表されていない。

製造元はアメリカの企業か、アメリカに本拠地を置く多国籍企業。清春も正確なことは教えてもらっていない。目の前の外国人たちは、そこからの使者だった。〈オンリー〉の実験販売場を求めて、はるばる極東の島国までやってきた……。

「早速、お披露目してくれるそうです」

冬華が言い、全員でベッドルームに移動することになった。鼻眼鏡がもったいぶった態度で扉を開けた。ダークオレンジの間接照明に照らされた、十畳ほどの薄暗い部屋だった。ベッドにちょこんと座っている人影があった。人ではなく、それが本日の主役なのだろう。

背中を向けていたので、まだ顔はうかがえなかった。冬華にうながされ、清春は薄暗いベッドルームに入っていった。期待と不安に胸がざわめいたが、ひどく冷静なもうひとりの自分もいた。いくらなんでも、生身の女を抱くのと遜色がないというのは無理だろう。高級ホテルのスイートルーム、屈強なボディガード、ハイソサエティの匂いがプンプンする外国人……ここまで大仰にお膳立てして大丈夫なのかと、逆に心配になってくる。

清春が近づいていくと、〈オンリー〉はゆっくりと首をひねってこちらを向いた。さすがにギクリとした。黒髪に黒い瞳。猫のように眼が大きく、鼻筋は通り、唇はふっくらと赤い。まるで日本人の女そのものだった。

誰かに似ていたが、思いだせなかった。古い映画に出てくる国民的女優か、世界中のファッションショーで引っ張りだこの国際派モデルか。虚ろな眼つきをしていたのに、清春を確認してにっこり笑った。視線を合わせていると、黒い瞳が潤んでいくのがはっきりとわかった。

先に視線をはずしたのは、清春のほうだった。濡れた瞳に、気圧されてしまっただけではない。彼女は服を着けていなかった。ミルク色をした豊かな胸のふくらみが露わだった。先端に淡い桜色の花が咲いていた。眼のやり場に困った時点でもう、清春はそれが人形だとあなどることはできなくなっていた。

「試してみる勇気はありますか?」

背後で冬華が静かに言った。

「いえ、試してみてください。それが、正式なビジネスパートナーになってもらう条件です」

波が引いていくように、背後から人の気配が消えていき、扉を閉める音が聞こえた。想定外のことではなかった。最初からそういう約束で、清春はここにやってきた。

想定外なのは〈オンリー〉だった。精巧というレベルを超えて、人間の女にしか見えない。密室でふたりきりになるなり、彼女は剝きだしだった乳房を両手で隠し、恥ずかしそうに身をすくめた。表情にも生々しい羞じらいが浮かび、眼の下を紅潮させている。その顔を隠すようにうつむきつつ、上目遣いでチラチラとこちらを見ては、黒い瞳をどこまでも潤ませていく。

〈オンリー〉はしゃべれない――らしい。なのに羞じらいだけではなく、その裏に隠された欲望まで伝わってくるようだった。原因を探した。体の線を舐めるように眺めた。細い腕に押しつぶされている豊満な乳房、しなやかにくびれ、なおかつ高い位置にある腰、行儀よく閉じられた瑞々しい太腿……。

不意に、眩暈を覚えた。本能を揺さぶる匂いが鼻先をかすめた。女が発情したときにかく、甘ったるい汗の匂いだ。

清春はまだ、〈オンリー〉に指一本触れていない。〈オンリー〉だって汗なんてかいていない。

なのに漂ってくる。

発情の証左であるフェロモンが濃密に……。

3

「ちょっと信じられないね……」

清春は身を乗りだし、スイートルームのカウチでくつろいでいる外国人に向かって〈オンリー〉を抱いた感想を述べている。

「俺はなるべく冷静な状態で、ごく普通にセックスするつもりだった。でも、最初のキスをした瞬間……いや、肩を抱いて、手のひらにぬくもりを感じた瞬間かな、もう冷静でなんていられなくなった。たしかに生身の女を抱くのと同じだった。それもとびきりいい女を……」

セックスの感想など、人にベラベラしゃべるものではない。

清春は一年ほど前まで、都内でも指折りのデリヘル店で雇われ店長をしていた。かつてデリヘルと言えば、本番行為のないソフトサービスを提供する業種だったが、いまはデリヘル＝売春だ。歴史ある吉原(よしわら)のソープランド街をはじめ、店舗型の風俗店がことごとく当局に壊滅させられたことで、風俗はほぼすべてデリバリ型に移行し、たいていが行政の認可など取らずイリーガルに営業をしている。

都内にはいくつか大きなデリヘル・グループがあり、清春はそのひとつの中で、売上トップの店を仕切っていた。昔風に言えば女衒(ぜげん)である。そんなすれっからしでも、自分のセックスを語るのは、普通なら口が重くなる。おまけに通訳は、圧倒されるほどのクールビューティ。

「下世話な喩(たと)えで申し訳ないが、リピート率の高いデリ嬢って、決まって肌がきれいなんだ。顔が少しばかり地味でも、吸いつくような餅肌の女はかならず売れる。

抱き心地（ごこち）っていうのは要するに、一に肌、二に肉づきなんだ。〈オンリー〉はどっちも完璧だった。作り物とは思えなかった」

　セックスの感想を述べる気恥ずかしさや照れくささを超えて、言わずにいられない衝動が清春を饒舌（じょうぜつ）にした。

「それから、頭を使わなくていいっていうのが素晴らしい。女を抱くとき、実のところ、男は相当頭を使っている。相手の気分を損ねないようにとか、おかしな間をつくらないようになんて……疲れるけど、そうしないと充実したセックスはできない。たとえ売春婦が相手でも、横柄に振る舞えばサービスの質は低下する。一回抱いただけじゃなんとも言えないが、〈オンリー〉にはなんでも受けとめてくれる器の大きさを感じたよ。つまりこっちは、頭を空っぽにして快楽の追求だけに没頭できる……」

　生身の女なら、どんな女にだってネガティブな評価がつきものだ。

脱がせてみたらあんがい見栄えのしないスタイルだったり、テンションが低くてやる気が感じられなかったり、性感が発展途上で反応が鈍かったり……。

　逆に、感じやすく、イキやすくても不安になる。恋人なら過去の男が気になるだろうし、新人講習中の売春婦ならそんな調子では疲れてしまうぞと心配になる。もちろん、アンドロイドにはどちらの気遣いも無用だ。

〈オンリー〉は、艶っぽい雰囲気をつくるのが抜群にうまかった。そして、行為と行為を繋ぐ技量が飛び抜けていた。キスから愛撫、愛撫から愛撫、愛撫から挿入、体位の変更……ともすれば焦ってしまったり、しらけた空気が流れそうになる繋ぎの時間に、甘いキスや挑発的な媚態を忘れない。

さらに特筆すべきは、リズムを合わせるテクニックである。普通のセックスなら、腰を振りあうとき、相手のリズムに合わせていくことが必要だ。自分勝手に動いていては空まわりするばかりだが、〈オンリー〉は向こうがしっかりと合わせてくれる。それでいて、気がつけばいちばん気持ちいいピッチにいざなわれている。気がつけば、というところがポイントで、決して押しつけがましくない。これなら経験が少ない男でも充分に満足できるだろうと思った。

「生身の女と同じどころか、もしかしたら凌駕するかもしれない。少なくともその可能性はかなり高いっていうのが、嘘偽りのない俺の評価だ……」

手放しで絶賛する清春の言葉を、冬華が通訳してくれる。うなずきながら聞いている外国人たちも、次第に顔を上気させていった。まるで自分の子供を褒められているように、誇らしげに胸を張って……。

冬華によれば――。

彼らが〈オンリー〉の実験販売する場所を日本に定めた理由は、大きく三つあるらしい。

まず、この国が終わっているということ――人間そっくりのセックス・アンドロイドが普及すれば、どんな社会的軋轢が起こるかわからない。自分たちの国でいきなりトラブルを起こしたくないから、とりあえず第三国で実験してみることにしたのだ。いまの日本でいかなる人道的、倫理的、道徳的、宗教的な諸問題が噴出しても、国際社会に対する影響力はゼロに近い。

次に、イリーガルな売買春が盛んに行なわれていることである。世界経済から取り残された日本では、売春稼業だけがいっそ唯一の成長産業と言ってもいいくらい、狂い咲きの様相を呈している。

結婚率の低迷がその原因で、二十代、三十代で結婚している者は現在、一〇パーセントにも満たない。

男たちには金がなく、金がなければ所帯をもつ気にはなれない。肉体関係を結んだ先に結婚を期待されているとなると、男は素人の女に手を出さなくなる。誰かの面倒を一生見るより、風俗で手軽に性欲処理したほうがいいという、当然の結論に行き着く。

男たちにも金はないが、女たちにはさらにない。結婚に甘い夢を見て、キャリアを積み重ねる努力をしてこなかった向きが、効率よく稼げる仕事となれば売春くらいしか残されていない。生きていくために金が必要なのは、いつの時代も同じである。明日の糧を求めて、女たちは風俗業界に殺到する。競争が激化することで、売春婦のクオリティはあがっていく。そこに美人の園があれば、男たちも殺到する。所帯をもつ経済力はなくても、ショートで遊ぶ金なら払える。売買春が狂い咲く構造のできあがりだ。

富裕層であっても、状況は変わらない。もはや、ひとりの女を生涯愛し抜くことに美徳など感じられず、貧困層以上に結婚のリスクを理解している。成功の実感を噛みしめたいなら、古女房の顔色をうかがっているより、一ダースの高級娼婦をベッドの前に並べたほうがいい。

誰もが性を求め、性に渇き、性に満たされていない——外国人の眼にはきっと、現在の日本人がそんなふうに映っていることだろう。

そして最後に、日本人は昔からロボットとの親和性が高かった。アニメーション文化の影響と言われているが、日本人は人間そっくりのロボットに、嫌悪感ではなく夢を抱く。自分勝手に幻想さえふくらませ、スペック以上のサムシングを享受してしまう輩まで存在する。新型セックス・アンドロイドの漁場として、他国より有利な条件が揃っていたのである。

清春と冬華は早速、〈オンリー〉を売りだすために動きだした。

イニシアチブをとったのは、冬華だ。

というか、そもそもこれは冬華ひとりで進められていたプロジェクトであり、清春は手を貸してほしいと声をかけられたに過ぎない。

彼女はつい最近まで、アメリカ東海岸の大学院に留学していた。細かい経緯は教えられていないが、彼の地で〈オンリー〉の製造元とコネクションを得て、世界初の代理店を日本に設立する運びになったという。

清春に声をかけてきた時点で、製造元との交渉は最終段階まで進み、分厚い事業計画書がまとめられ、自己資金も用意されていた。彼女はまず、〈オンリー〉を時間単位で貸しだすつもりだったので、デリヘル店経営のノウハウが必要だった。そこで、清春に白羽の矢が立ったというわけだ。

冬華が〈オンリー〉を売りだすために設立した会社の名前は、〈ヒーリングユー〉という。手始めに、どでかい倉庫を借りた。平屋建てで天井は五メートルほどだが、広さは小学校の体育館くらいある。場所は東京湾に面した晴海の埋め立て地。都心へのアクセスがいい。

長く続いた残暑がようやく終わり、秋の気配が漂ってきたある日、その倉庫に十体の〈オンリー〉が運びこまれた。精密機械を運送するウイング付きのトラックがやってきて、やけに恭しい態度の作業員が、木箱をひとつずつリフトで搬入した。帯電防止加工を施したビニールの床に十個の木箱が並べられると、釘抜き用の工具を使って蓋が開けられていった。

清春が抱いたのとそっくり同じな〈オンリー〉が、フィルムに包まれて木箱に収まっていた。電源はもちろん入っていないし、眼を閉じている。なのに人形に見えないのは、一度でもセックスしたことがあるからだろうか。フィルムが青味がかっているのと、ガランとした倉庫に木箱が整然と並んでいるせいで、人形ではなく死体に見えた。外国の戦場で戦死した兵士が、棺に収められて本国に輸送されるシーンを思いだしてしまった。

木箱が次々に開けられていっても、出てくる〈オンリー〉はすべて同じ容姿をしていた。十体全部だ。

個別に見ていけば美人でスタイル抜群なのだが、すべてが同じ顔で同じプロポーションとなると、不気味な恐ろしさがある。人間にあるべき個性を削ぎ落としている恐ろしさである。もっと言えば、〈オンリー〉の美しさそのものが、抽象的なのだ。誰かに似ているはずなのに、いくら考えても固有名詞が浮かんでこない。綺麗でセクシーなのは間違いなくても、特徴がなく、つかみどころがない。

つまり、これは人間ではない。にもかかわらず、電源を入れればムクリと起きあがって、人間の女そっくりのセックスをする。

とはいえ、清春の体が震えていたのは、不気味さに怖じ気づいていたからではなかった。興奮のほうが遥(はる)かに勝っていたので、武者震いと言っていい。いままでの人生で、ちょっと味わったことがないような高揚感を覚えていた。

イミテーション・レイディ・オンリー・フォー・セックス——この一体一体に秘められたポテンシャルを、清春は知っている。まだ生々しく体が覚えている。

神をも恐れぬこの製品に、尋常ではない開発費が投入されていることは想像に難くない。この沈みかけた島国から、いくつものゴーストタウンを救えるほどの大金だ。

軍需産業や宇宙開発事業を手がけている超巨大企業は、もはや国家をも超える力をもち、国家よりも明確な意志を働かせる。そんな超巨大企業が最新のハイテクノロジーを結集させて完成させた、セックス・アンドロイド——言ってみれば、未来のセックスそのものだ。それを自分たちの手に委ねられたことに、興奮しないわけにはいかなかった。いずれ日本中に、〈オンリー〉を席巻(せっけん)させてやると……。

「まずはここの設備を整えましょう」

五メートルの天井にカツカツとハイヒールの音を反響させながら、冬華が言った。

濃紺のタイトスーツをエレガントに着こなした彼女は、殺風景な倉庫の景色にまるで似つかわしくなかったけれど、気にもとめていないようだった。スカーレット・オハラを演じる舞台女優のように倉庫の中を歩きまわり、両手をひろげて言った。

「このへんから半分に仕切って、メンテナンス工場とガレージに分ける。事務所は両方から出入りできるようにして……」

「まあ、しばらくはこのままでもいいだろう。内装工事を入れるのは、スタッフを増やして本格営業の目処（めど）が立ってからにしよう。当面は机と椅子だけで充分だ」

清春はこみあげてくる興奮を抑えて言った。

冬華がなにか言いたげな強い眼で見つめてきた。頰を上気させ、眼つきは熱病にかかったようだった。清春もきっと、そうだったたろう。

お互いに、これから始まることへの大きな期待で、胸をふくらませていたことは間違いなかった。

4

風俗マニアのネットワークはあなどれない。

〈ヒーリングユー〉の最初の一手は、清春が打った。観測気球のつもりで、風俗系の情報サイトに小さな広告を掲載した。

――新型セックス・アンドロイド始めました。

「本当に電話がかかってくるんでしょうか？　こんなインチキくさい一行広告で」

冬華は呆れた顔をしていた。

「風俗マニアを引っかけるには、こういうほうがいいんだよ。妙に気になるだろう？　冷やし中華始めました、みたいでさ」

言いつつも、清春にも確信があったわけではない。〈オンリー〉を安売りするつもりはなかったから、料金設定は普通のデリの三倍だ。単価をあげれば客層もよくなる。芸能人が遊ぶような最高級の娼婦よりも少しだけ高い値付けで、プライドを滲ませた。

それが正解かどうかわからなかったが、まずは手探りで客をつけ、様子をうかがってみたかった。スタッフを揃えて本格的に営業を開始するのは、それからでも遅くない。

電話はかかってこなかった。

デスクに置かれた予約専用のスマートフォンを睨みながら、ガランとした倉庫で延々と待った。

お互いにひと言も口をきかなかった。あの息がつまりそうな澱んだ空気は、いま思いだしても気が滅入る。

　つい最近までアメリカの大学院に留学していた才媛と、ろくに学校も出ず、人生の裏街道をひた走ってきた元女衒では、ふたりでいても会話の糸口が見つからない。おまけに、清春は彼女の前で、〈オンリー〉を抱いた感想を滔々と述べたのだ。仕事とはいえ、扉一枚隔てたところで射精までしている。他愛ない世間話に興じる気にもなれなかった。向こうも同じだろうが……。

「お腹空きましたね？　わたし、なにか買ってきます」

　冬華は逃げるように倉庫から出ていき、弁当を買って戻ってきた。

「どうぞ」

　ひとつ渡されたが、清春は首を振って断った。

「俺はこいつでいいよ」

　ピルケースから錠剤を取りだし、口の中に放りこんだ。一錠で一食分の栄養がとれる。味気ないが、そこらで売っている弁当を食べるよりマシだ。

　この国ではもう、まともな食材はほとんど口に入らない。食糧事情は悪化の一途を辿っており、なにもかもフェイク＝偽物だ。遺伝子操作をしているのはまだいいほうで、石油を原料にした代用米が幅をきかせていたりする。

「おいしくない……」

　見るからにまずそうなとんかつもどきを少し齧ると、冬華は長い溜息をつくように言った。

「だろ？　こいつをやろうか？」

清春がピルケースをカラカラ振ると、

「いいえ。これが〈ヒーリングユー〉伝説の始まりですから」

冬華は自分に言い聞かせるように言った。

「そのうち笑い話になると思います。営業初日にこうやって、寒々しい感じでおいしくないお弁当を食べたことが……きっとなります……絶対に……」

「だといいけどな」

清春は倉庫の中を見渡した。

〈オンリー〉が椅子に座り、横一列に並んでいる。裸で客に渡すわけにもいかないので、揃いの服を着せてあった。白いワンピースだ。下着も白で統一してある。あまりいい趣味とは言えないが、とりあえずの処置だ。

「これ、ひとついくらぐらいするんだろうな？」

冬華は答えず、とんかつもどきをムキになって嚙んでいる。

「一億くらいか？」

「……値段なんてつけられないと思いますよ」

苦しげに胸を叩きながら言った。

「青写真をつくったのはどこかの工科大学の研究室で……まあ、民間の発明家かもしれませんけど、そのアイデアに製造元の巨大企業が資金を提供して、開発を進めた。ＡＩはもちろん、医療からバイオまで、ありとあらゆるハイテク研究所にパイプがないと、こんなものつくれるわけがない」

同感だった。そして完成品になってからも、製造元はいくつもの企業を経由して、この倉庫に運んできている。その末端である運送業者にしても、中世の美術品でも扱うような丁重さで木箱を倉庫に運び入れた。発注元がそうさせるだけの存在だということだ。

「まあ、言ってみれば宇宙船や戦闘機みたいなものだよな。コストと技術に関して言えば。それがこんな倉庫に並べられてるんだから不思議なものだ」

「べつに不思議じゃありませんよ」

冬華は無邪気な顔で答えた。

「宇宙船は宇宙を飛ぶために開発される。戦闘機は戦場で戦うために開発される。〈オンリー〉は……」

清春は苦笑した。現在の東京がこの世でいちばん〈オンリー〉に相応(ふさわ)しい場所だと、彼女は言いたいようだった。なるほど、ここにはセックスに飢えた男たちがあふれかえっている。愛情と切り離された性交で欲望を処理しなければならない、底なしの哀(かな)しさとともに……。

ようやく最初の電話がかかってきたのは、午後六時を過ぎてからだった。

重苦しい沈黙を着信音が破り、清春と冬華はハッと顔をあげて眼を見合わせた。

電話を取ったのは、清春だ。

「はい、〈ヒーリングユー〉です。ええ……アンドロイドですから、ほとんど人間と同じです……いやいや、ダッチワイフとは根本的に別物だと思ってください。しゃべれないし、ひとりじゃ歩けませんけど、セックスだけは生身の女と一緒で……」

十分ほど説明してようやく理解してもらい、〈オンリー〉を五反田(ごたんだ)のラブホテルまで届けた。ミニマム一時間の客だったので、清春は近くで時間を潰し、〈オンリー〉を回収にいった。

「すごいな、これ！　俺、絶対またリピートしますよ！」

事後だというのに、客は異常とも言える興奮状態だった。発情期の牡犬(おすいぬ)のように呼吸を荒らげ、震える唇から唾を飛ばしてきた。

倉庫に戻ると、予約が二件入っていた。使用済みの〈オンリー〉のメンテナンスを冬華に任せ、清春は湯島(ゆしま)と鶯谷(うぐいすだに)のラブホテルに新しい〈オンリー〉を運んだ。

その日は結局、それだけで一日が終わった。

「なんだか気が遠くなりますね。こんな状態で、これからやっていけるのでしょうか?」

回収してきた〈オンリー〉のメンテナンスを終えると、冬華は横顔に失望を浮かべて言った。弱気になっているわけでない。もう少しマシな広告を打ったほうがいいのではないかと、こちらを咎めているようだった。

「大丈夫だ」

今度は確信をもって、清春は答えた。

「まだ観測気球の段階だから、焦る必要はない。とりあえず、しばらくこのまま様子を見よう」

〈オンリー〉を回収するときの客の反応に、手応えを感じていた。湯島と鶯谷の客も、最初の客と同じくらいか、それ以上の興奮状態だった。

二日目と三日目は初日と同じように閑古鳥が鳴いていたが、四日目は休日だったこともあり、予約が一気に十件に増えた。

「ドライバーが俺ひとりじゃ、十件くらいが限界だな」

「スタッフを増やします?」

「いや、もうちょっと待とう」

五日目の予約は十二件で、六日目は平日にもかかわらず、二十八件の予約が入った。断腸の思いで、半分以上の予約を断らなければならなかった。七日目は、営業前に送られてくる予約メールだけで五十件を超えた。

「すごい……」

クールな美貌を紅潮させた冬華と、清春はハイタッチした。彼女とハイタッチしたのなんて、後にも先にもこのときだけだ。

頬をピンク色に染めて、瞳を潤ませている冬華は、いまにも感極まりそうな少女のようだったが、からかう気にはなれなかった。彼女は清春が関わるずっと以前からひとりで〈ヒーリングユー〉の構想を温め、製造元と折衝し、私財まで投じている。

「あんな一行広告だけでこんなにたくさん反響があるなんて……これはもう、スタッフを増やして本格的に営業しなさいってことですよ」

「いいや、まだだ」

清春は首を横に振った。

「スタッフは時間をかけてまともな人間を選んだほうがいい。大事な〈オンリー〉を預けるんだからな。訳のわからないやつに運ばせるわけにはいかないし、できれば研修期間も設けたい」

〈オンリー〉にはGPS機能が搭載されているので盗まれることはまずないだろうが、事故でも起こされたら眼もあてられない。

「時間をかけるって、どれくらい？」

「一カ月でも二カ月でも」

「その間、営業はいったん休業ですか？」

冬華は眉をひそめたが、

「一日の客を、限定十人にするんだ」

清春はニヤリと笑った。

「ラーメンだって、限定何食って言われると、妙に食いたくなるものだろ？」

「あなたの喩えって、どうして冷やし中華とかラーメンばかりなんでしょう……」

「麺は嫌いかい？」

「そういう問題じゃなくて……」

「どうなんだよ？　好きなら今度ご馳走(ちそう)するぜ」

「それは……まあ……嫌いじゃないですけど……」

冬華は呆れた顔で苦笑しつつも、清春の意見を採用してくれた。

清春には勝算があった。なぜ営業開始一週間で、予約が倍々に膨(ふく)れあがっていったのか？　インチキくさい一行広告に釣られてやってきた好奇心旺盛な風俗マニアが、〈オンリー〉の素晴らしさをネットで拡散しているからだ。

――〈ヒーリングユー〉ってデリ、マジすげえ。

――セックス・アンドロイドは完全に人間を超えた。

――人類はついに神になったな。とんでもないものを発明しちまった。

――ガチでいますぐ行け。セックス観が百八十度変わる。

料金設定が普通のデリの三倍にもかかわらず、マニアたちは完全に食いついていた。ならば飢餓感を与えたほうがいい。飢餓感は人を饒舌にさせる。滅多に抱けないとなれば、抱いたことのある人間は優越感に浸る。もっと浸りたくて、ネットで自慢する。マニアの外側にいる一般人にも、次第にその声が届くようになっていく。とはいえ、一日十人限定にしても、スタッフがふたりきりというのはいささか心細かった。

「助っ人をひとり、呼んでもいいかい？」

「誰でしょう？」

「身元は確かだ。俺が保証する。まあ、使いものになるかどうかは未知数なんだが……」

翌日、清春はその男を倉庫に呼んだ。

「えっ？　ええっ？」

冬華はふたりを見比べて、眼を丸くした。美人で頭がよくても、リアクションは月並みなものだった。そっくり同じ容姿をしたふたりを前にすれば、たいていの人間が眼を丸くする。

「もうひとりの俺さ」

清春はククッと喉を鳴らして笑った。

「双子なんだ」

5

清春には一卵性双生児の弟がいる。

純秋(すみあき)だ。

小学生時代から不登校を繰り返し、まともな仕事に就いたことが一度もない、筋金入りの引きこもり。時期によって波があるが、基本的に人間嫌いで、清春以外とはうまくコミュニケーションがとれない。実の親でさえも。

姿形はそっくりで、誕生日も血液型も一緒なのに、どういうわけか中身はまるで違う。明るく快活な清春と、引っ込み思案な純秋。運動神経抜群で、なんでも器用にこなす清春に対し、純秋はいつだって影のように目立たない存在だった。

ただ、出来損ないなのは共通していて、少年時代、まわりに迷惑ばかりかけていたのは、清春のほうだった。小学校のころは、親に手を引かれてよく病院に連れていかれた。苛々(いらいら)して落ち着きがない、集中力がない、気が散りやすい。感情がコントロールできない、すぐキレる——貧乏揺すりはそのころからの癖だった。

授業中、隣の席のクラスメイトに話しかけて無視されると、教科書を奪ったり、机を倒したりした。授業中なのだから、無視した相手は悪くない。後から考えればそうなのだが、無視された瞬間は頭に血が昇ってしまい、つい手が出てしまう。

薬をいろいろと処方された。いまでは禁止されている強い薬も服用していた。おかげで、学年があがるにつれ徐々に落ち着いていったのだが、薬の副作用で実にたくさんなものを失ってしまったことを、後々思い知らされる。

中学校に入学すると、感情がコントロールできなくなるような事態が、土砂降りの雨のように降りかかってきた。

清春の生まれ育った街は荒廃した工業地帯で、石を投げれば失業者かアル中か不良にあたる。三拍子揃っているのも少なくない。当然、中学校も荒れ放題に荒れており、暴力沙汰以外に暇の潰し方を知らない上級生が、新入生が入学してくるのを手ぐすね引いて待ち構えていた。

眼つきが悪いという理由で清春が校舎の裏に呼びだされたのは、入学してから一週間後のことだった。同じように呼びだされた同級生と一列に並ばされ、順番に殴られた。地元の不良はそういうものだという諦観が子供ながらにあったので、じっと耐えた。

清春は痛みに強かった。おそらく、かつて飲んでいた強い薬の副作用なのだろう。昔からまわりの大人を驚かせるほど痛がらない子供だったので、耐えられた。殴った先輩の顔を立てるため、痛がるふりをしていたくらいだ。

新入生が何人も顔を腫らしていても、なにも言ってこない教師ばかりの腐りきった学校だった。警察沙汰にならない暴力は、スルーされる決まりでもあるらしかった。それでも、殴られているうちはまだよかった。金を盗んでこいとまで言われると、さすがに黙っていられなくなった。

気持ちを落ち着ける薬を飲むのをやめてみた。その三日後、先輩が横柄な態度で話しかけてきただけで見事にキレた。顔面に拳を叩きこみ、階段に向かって突き飛ばした。四階から一階まで、サッカーボールを蹴るように蹴り落としていったら、そいつの前歯は全部なくなっていた。

暴力の連鎖が始まった。次々に先輩に呼びだされたが、なにしろ痛みを感じにくいし、キレたら訳がわからなくなるので連戦連勝だった。数人がかりでボコボコにされても、ムクリと起きあがって石でも棒でも凶器になりそうなものをつかみ、後ろから襲いかかっていった。

校内で手を出してくる者がいなくなると、今度は高校生が出てきた。不良との喧嘩はそういうものだということを、清春はまだ学んでいなかった。

「おまえよう、俺の後輩をいじめてくれちゃってんだって?」

見上げるような背の高さと、体の分厚さに戦慄した。亀マンという渾名のその男は、弱い者いじめが大好きなことで知られる、地元で有名な暴れん坊だった。

清春は先手をとろうと殴りかかったが、拳は相手に届かず、向こうの拳が鳩尾を突きあげた。胃の中のものを吐きだしながら、顔面に膝蹴りを受けた。尻餅をつくように崩れ落ちると、胸ぐらをつかんで顔をあげさせられ、まず鼻に一発、それから頬に拳がめりこんだ。コマ落とし映像が繰り返されるように、何度も何度も……。

清春は痛みに強いが、完全なる無痛症ではない。同じところを続けざまに殴られれば、痛みを感じてくる。だが、首が吹っ飛びそうな衝撃や顔が割れるような激痛以上に、相手の眼つきに恐怖を覚えた。飢えているときのドブネズミのような、凶暴な眼をしていた。殴られるたびに血が飛び散り、ぐちゃっと嫌な音がした。殺されると思った。結局、失神するまで殴られつづけ、左頬を陥没骨折して入院した。

入院中は、眠るたびに悪夢にうなされた。眼を覚ますと失禁していたこともある。殺されるかもしれないという恐怖にベッドの上でのたうちまわり、気がつけば手足を拘束されていた。

清春は亀マンに殴られ、生まれて初めて恐怖という感情を理解したのだった。胸の奥深くで蠢（うごめ）いていた感情そのものはあったのかもしれないが、それが「恐怖」として認識された。発見されたと言ってもいい。

薬の副作用によって失われたのは痛みという感覚だけではなく、恐怖という感情もだったようだ。なるほど、喧嘩が強かったわけだ。恐怖というブレーキなしでカアッと頭に血が昇っていれば、アドレナリンなどの脳内麻薬が分泌し、ますます痛みを感じなくなる――それはもちろん、後から考えてみたことだが。

「もう喧嘩なんかやめてくれよ。清春が死んだら、俺どうすりゃいいんだよ」

見舞いに来た純秋が、泣きじゃくりながら手を握ってきた。

「死ななくても、顔がぐちゃぐちゃになってたかもしれないのに。一歩間違えば失明してたって、お医者さんが言ってたよ……」

清春は顔中に包帯が巻かれていたし、口の中も痛めていたので、しゃべることができなかった。

好きで喧嘩しているわけではない、と弁明したかった。できることならキレたくないし、顔の形が変わるまで殴られるのだって嫌だった。清春は喧嘩が強かったが、不良になどなりたくなかった。自己顕示欲が不良の本質なら、清春はそんな欲望をこれっぽっちももちあわせていなかった。目立つことに関心がなかったのだ。

できるだけひっそり生きたかった。中学一年生が考えることではないかもしれないが、日陰の花のように存在したかった。子供のころから、そういう性分だった。

「清春が退院したら、俺も学校行くからさ……」

そのひと言で、清春はハッと気づいた。純秋と一緒にいるとき、キレたことなんて一度もなかった。小学校に入学してキレやすくなったのは、純秋と別々のクラスにされたからだ。中学校では、純秋は入学式に出ただけで不登校になっていた。

「だからもう、二度と喧嘩はしないって約束してくれよ……お願いだから……」

純秋に握られた手を、清春は握り返した。

約束は果たされたが、長くは続かなかった。退院した清春と一緒に純秋は登校を再開したものの、三カ月ほどで再び不登校になった。校内にはもう清春にちょっかいを出してくる者はいなかったし、双子の弟に対してもそうだったが、学校にいるときの純秋は本当につらそうだった。女子に話しかけられただけで、真っ赤になってうつむいている純秋を見かけると胸が痛んだ。純秋にとっての集団生活は、高所恐怖症の者が煙突の上に立っていることに等しい。

純秋が再び引きこもりに戻っても、清春はなにも言わなかった。自分にだけ普通に接してくれるなら、それでよかった。学校から帰ってくると、いつもふたりで遊んでいた。

だが、清春もやがて、純秋との約束を破ることになる。

高校を卒業し、東京に出たからだ。

純秋の引きこもりには振り幅があり、部屋から一歩も出られない時期もあれば、電車に乗って遠出ができる時期もある。

似たような感じで、清春の気持ちにも振り幅があった。引きこもりの弟を心の拠り所にして、ひっそり生きていくことを願っているときが大半だったが、突然、現状の一切合切に我慢ならなくなるときがある。

街もゴミ溜めなら、学校もゴミ溜め、家の裏庭こそリアルなゴミ溜めで、塀の向こうから頭のイカれた通行人がなんでもかんでも放りこんでくる。このままゴミに埋もれて死んでいくのかと思うと、眼につくものすべてを、ぶち壊してまわりたくなるときがあった。

その最大の発作が、高校卒業の時期と重なった。

引き留める純秋を振りきり、バッグひとつで東京に向かった。

「向こうで稼げるようになったら、絶対におまえも呼んでやる。ちょっとの辛抱だよ。俺たちはふたりでひとつなんだ。そんなに長いこと、離れて暮らすわけじゃない」

口ではそう言ったものの、当時の清春はどこかで純秋のことを疎ましく感じていた。より正確に言えば、拭いがたいコンプレックスから、彼を遠ざけたいと思っていた。

引きこもりではあるけれど、純秋は心根のやさしい男だ。

やさしさとは言葉ではなく、行為でもなく、空気なのだ。冬の陽だまりのように、ずっとそこにいたいと思わせる空気を、純秋は生まれながらにしてもっていた。

そして、世界に転がっている理不尽をすべて許してしまう。極端に痛がりで恐がりだから、人の痛みや恐怖を理解できる繊細さがある。

清春とはまったく正反対だった。純秋と一緒にいるとよくわかった。恐怖だけではなく、自分には人間らしい感情がいくつも欠落していると。

これは本当に薬の副作用なのだろうか？　実のところ、母親の腹の中で選別を受けたのではないか？　純秋にはやさしさと繊細さと豊かな感受性を、清春には体力と鈍感さと無駄な明るさを。そんなふうに考えてしまう自分が、嫌で嫌でたまらなかった。ならば、自分は自分として生きていくしかない——そう腹を括って彼と離れるしかなかったのだ。

東京では宅配ピザのドライバーとして働いていた。

大都会の入り組んだ道を水すましのように走り抜けていくのは快感だったが、職場では陰湿ないじめに遭った。その店でバイトしていたのは比較的裕福な大学生ばかりで、大学に行っていない眼つきの悪い田舎者はその輪の中に入れなかった。地元でいじめのターゲットになったことなどなかったから、よけいにこたえた。誰もまともに口をきいてくれず、聞こえてくるのは陰口ばかり。事務的な連絡を故意に伝えられず、誰かがミスをすれば寄ってたかってなすりつけられ、何度もキレそうになったことがある。

だが、成人間近になった清春は、中学時代より多少の知恵がついていた。その場でキレると確実に仕事を失ってしまうので、他にストレス解消の道を見つけた。

方法はふたつあった。女に苛立ったときは、風俗で女を買った。薄暗い部屋で白く柔らかな女体を抱き、頭の中をからっぽにして射精を果たせば、ひとまずなにもかもどうでもよくなった。稼いだ金を、ほとんどそれに注ぎこんでいた。

そして、男に怒りがこみあげてきたときは、夜の街で喧嘩をした。

地元は密室のようなもので、喧嘩をすると後が面倒くさい。その点、東京には後腐れなく殴りあえる連中がうじゃうじゃいた。こちらから相手を見つける必要さえなく、昏い眼をして歩いているだけで向こうから声をかけてきた。なるべく強そうなやつがよかった。相手がふたりまでなら、売られた喧嘩は迷わず買った。

三人になるとさすがに自信がなかったが、あるとき、酒場で泥酔した男にからまれた。

「おまえ、清春じゃねえか」

馴れなれしく肩を抱いて酒くさい息を吹きかけてきたのは、亀マンだった。中一のとき、病院送りにしてくれた地元の不良だ。

「いつ東京に出てきたんだよ？　虚弱なテメエがちょっと撫でただけで入院なんかするからよう、俺は年少送りになっちまったんだぜ。そっから真っ逆さまの転落人生だ。どうしてくれる？」

席を立とうにも、亀マンの太い腕が肩にまわっていたし、他にふたりの連れがいた。逃げ場を塞ぐように亀マンとは反対側の席に座り、清春を挟んだ。ふたりはニヤニヤ笑いながらこちらを見てきた。笑っていても、眼球が飛びだしそうなくらい見開かれた眼は血走っていた。三度の飯より暴力沙汰が好きなタイプだと、ひと目でわかった。

「まあ、よう。昔のことは水に流してやってもいいけどよう。こんなしみったれた店でひとり淋しく飲んでるくらいなら、俺たちの仕事を手伝わねえか……」

清春は言葉を返さなかった。亀マンの歯は真っ黒で、おまけに半分以上溶けていた。異常に小さくなって隙間も空いているから、いまにもそこから汚い唾が飛びだしてきそうで気が気ではなかった。

いや……。

清春が本当に気が気ではなかったのは、自分の感情だった。夜の街で喧嘩を繰り返しているうちに、暴力的な衝動をコントロールする術を手に入れていた。決して致命傷は負わせなかったし、もしものときに正当防衛を主張できるよう、相手に先に殴らせた。

しかし、このときばかりは本当にキレてしまいそうだった。中一のとき見上げるほど大きかった亀マンだが、いまとなってはそれほど体格差はない。こんな男にナメた口を叩かれる理由がわからない。キレるなキレるな、と自分に言い聞かせても、亀マンがこちらに向ける眼つきが、あのときの飢えたドブネズミのようになっていく。嫌な記憶が蘇ってくる。悪夢にうなされていた入院中の日々――殺されるかもしれないという恐怖に駆られ、ベッドの上でのたうちまわっていた……。

「おいっ、こらっ！　聞いてんのか、テメエッ！」

亀マンが声を張りあげ、唾が盛大に飛んできた。豚小屋じみた悪臭に鼻が曲がりそうになり、清春は震える手でそれを拭った。

「なんだよ？　文句あるのか？」

亀マンが真っ黒い歯を見せて笑う。

「歯は大事にしたほうがいいと思いますよ……」

もうダメだ――清春は胸底でつぶやいた。

「歯があれば汚ねえ唾を飛ばさなくてすむし、なんだって嚙み切れる」

意味がわからないという顔をした亀マンの、髪を短く刈りこんだ頭に両手でつかみかかり、耳に嚙みついた。悲鳴をあげている顔を押しのけつつ、首をひねって食いちぎった。足元でのたうちまわっている亀マンに一発蹴りを入れてから、椅子に座り直して口の中のものを吐きだした。食いかけだったスパゲティ・ナポリタンの皿に耳の欠片（かけら）がべちゃっと落ち、血とケチャップが混じりあった。

「アハハ、俺ももう少しきっちり歯ぁ磨いたほうがいいみたいっすね。残念ながら、全部は嚙み切れなかった」

血だらけの歯を剝（む）いてニッと笑い、亀マンの逆隣に座っていた男を見た。そいつがフォークを清春の太腿に突き立てたのと、清春がビール瓶をつかんだのがほぼ同時だった。フォークは太腿の肉を深くえぐったが、ビール瓶は男の側頭部をなぎ倒し、派手な音をたてて砕け散った。三人目は、ギザギザになった瓶で顔を払うだけでよかった。

あちこちで悲鳴があがっていた。騒然とする店内で、清春は喧嘩の仕上げにかかった。木製の四角い椅子をつかみ、亀マンに向かって振りおろした。骨を折った感触がした。這（は）いつくばってジタバタと逃げる亀マンを、テーブルをひっくり返しながら追いまわし、瓶でも皿でもジョッキでも手当たり次第に投げつけた。血まみれの顔を踏みつぶした。殺してやろうと思った。亀マンが死ななかったのは、ただ悪運が強かっただけだ。

一方の清春は運に見放されていた。

三日前に二十歳の誕生日を迎えたばかりだった。連中は恐喝や詐欺の常習犯なうえ、一対三。亀マンには清春を暴行して少年院に入っていた過去まであったが、それでも執行猶予はつかず、殺人未遂で懲役五年一カ月。

塀の中の生活は悲惨を極めた。

にもかかわらず、刑期が終わりに近づいてくると、清春はひどい不安に駆られて夜眠れなくなった。

出所したあとの生活を、まったくイメージできなかったからだ。いまさら実家には帰れない。食うためには働かなくてはならない。誰が雇ってくれるのだろうか？学歴もなければ、手に職もない。あるものと言えば前科だけの、こんな男を。

なにより、自分の中に暴力的な衝動が眠っていることが、不安をどこまでも増長させた。それがいつ爆発するか知れないとなれば、爆弾を抱えて生きるようなものだった。自分のような人間は、一生涯、刑務所の中にいたほうがいいような気さえしてきた。出所まであと五日、四日、三日、二日……とカウントダウンされていくうちに、不安は凍てつくような絶望感に変わり、出所前夜は一睡もできず、ぶるぶる震えながら塀の外に出ていかなくてはならなかった。

そこに純秋が待っていてくれなかったら、本当に強盗でもして刑務所に舞い戻る道を選んでいたかもしれない。

「おかえり」

冬の陽だまりのような笑顔を浮かべている純秋に、清春はこわばった顔で近づいていった。気がつくと、すがりついて泣いていた。凍てつくような絶望感の正体は、孤独だった。糞溜めのような世間にひとりぼっちで放りだされ、キレずにいられる自信がなかった。

しかし、どうやら自分は孤独ではなかったらしい。

刑務所暮らしに特記すべきなにかがあったとすれば、孤独という感情に気づかせてくれたことかもしれなかった。塀の中に入るまで、清春は孤独というものをわかっていなかった。不衛生な環境で虫けらのように生かされる日々が、先輩受刑者や刑務官らの飽くなき嫌がらせが、眠りにつけなくて叫びだしたくなる夜が、孤独というものを教えてくれた。

それは中一のとき、亀マンが恐怖という感情を教えてくれたのに似ていた。

もしかすると……。

これは自分の人生に課せられた宿命なのではないか、と思った。幼少期に失ってしまった人間的な感情を、そうやって一つひとつ発見していき、パズルのように心を埋めていく――とにかく、二度と純秋と離れてはならなかった。そういう宿命を背負っているとすれば、自分の人生のナビゲーターは、彼を措いて他にない。純秋さえ側にいてくれれば、自分は心穏やかに、ひっそりと生きていけるのだから……。

6

あれから七年――。

〈ヒーリングユー〉の三人目のスタッフとして純秋を引きこんだのは、特別な期待を寄せてではなかった。はっきり言って、留守番と荷物運びくらいならできるだろうという安易な考えからだ。

純秋は最近、いつになく調子がよさそうで、口数も多くなったし、クルマの運転まで覚えた。さすがに教習所通いは耐えられそうになかったので、清春が教えてやり、スラムで偽装免許証を手に入れた。

軽自動車も買ってやると喜んで乗りまわしていたが、なんだか予定のない生活に退屈しているようだった。「俺、バイトでもしてみようかなあ」と言いだしたときは、驚愕のあまり、しばらく言葉を返せなかった。

とはいえ、他人の釜の飯が食えるとはとても思えなかったので、〈ヒーリングユー〉に誘ってみたのである。

冬華との初対面は見ものだった。助っ人は極端にナイーブな性格だと伝えてあったから、冬華は冬華なりに精いっぱいフレンドリーに、ホームステイにやってきた留学生を歓迎するような調子で接してくれたのだが、純秋はひと言も返さず、うつむいているばかりだった。あのときほどあからさまにがっかりした冬華の顔は、後にも先にも見たことがない。

そんな純秋だが、どういうわけか〈オンリー〉には強い興味を示した。SF映画が好きなせいかもしれない。なにしろ引きこもりなので、SFに限らず映画ばかり観ているのだが、〈オンリー〉は現実世界に現れた未来からの贈り物のようなものだ。冬華にメンテナンスのやり方を教わりながら、新しいオモチャを手に入れたように眼を輝かせていた。

「ねえ、清春。これもっとうまいやり方があると思う」

晴海の倉庫にやってくるようになって一週間が経ったころ、純秋はおもむろに切りだしてきた。

「アトランダムにお客さんにあてがってると、〈オンリー〉のよさが半減されるんじゃないかな」

純秋が仕事について意見してくるとは思っていなかったので、清春はかなり驚いた。

十体の〈オンリー〉それぞれに個性を与えるべきだ、というのが純秋の主張だった。

〈オンリー〉がいままでの類似品、ダッチワイフやラブドールと大きく異なるのは、自分好みにアジャストできる点にある。容姿はもちろん、性格も性癖も思いのままに、データ入力で調整できるのだ。

清春と冬華は、その機能についていったん保留していた。ショートタイムの時間貸しではなく、長期契約での貸与が事業計画に含まれていたので、そのときの切り札にしようと考えていたからだ。

だが、〈オンリー〉を制御しているAIは、データ入力と同等かそれ以上に、経験が重要な情報になるようなのである。

純秋はメンテナンスをしながら日々微妙に変化していく〈オンリー〉を観察していて、そのことに気づいたらしい。

「お客さんには、しっかり好みを聞いたほうがいいよ。それでたとえば、清純なタイプが好きなお客さんには、きちんと清純なタイプの〈オンリー〉をつける。そのほうが絶対にウケがいいし、こっちも調整しやすい。なによりも、清純なタイプが好きなお客さんは、〈オンリー〉を清純な女として扱うわけじゃないか？　その経験は小さくないと思うんだ……」

よくわからない話だったが、〈オンリー〉を制御しているAIはまだ未知数で、製造元ですら正確なスペックを把握していないらしい。だからこそ世界に見捨てられた極東の島国で、性風俗のようなことをさせ、情報を得ようとしているのだろうが……。

「面白いじゃないですか」

冬華は純秋の話に乗った。

「今後のためにも、そういう試みはとってもいいと思います」

実のところ清春は、十体すべてが同じ規格というところに、アドバンテージを感じていた。好みのタイプが塞がっているからといって、客を待たせたり、別のタイプを押しつけなくてすむからだ。

だがたしかに、〈オンリー〉は日々微妙に変化をしているようだった。いずれにしろ変化するなら、その道筋をコントロールしてやったほうがいいという純秋の意見には説得力があった。

効果はすぐに現れた。ひと月もかからなかった。

清純派の小百合、大人っぽいルリ子、お嬢さまふうのいづみ、と純秋は一体一体に名前をつけ、個性を演出していった。倉庫に美容師やメイクアップアーティストまで呼ぶ熱の入れようで、ネットオークションで女物の服まで買い漁りはじめた。いや、服どころか、色とりどりのランジェリーまで……。

「驚いたな。おまえにこんな才能があったなんて……」

清春は苦笑するしかなかった。正直、ちょっと引いていたが、長く引きこもりを続けていた彼が、この仕事にやり甲斐を見いだしてくれたのなら、〈オンリー〉に感謝するしかない。

「才能っていうか……こうしたほうが、お客さんに喜ばれそうじゃないか」

純秋は照れ笑いを浮かべることもなく、真顔で言った。

なるほど、その趣向は客に大歓迎された。

お気に入りが見つかるとロングで遊ぶようになるのが、風俗ユーザーの特徴だった。ダブル、トリプル、下手すれば半日近くお気に入りを独占し、短い間隔でリピートを繰り返すようになる。逆のことも言える。十人十色の個性があるなら、そのすべてと遊んでみたいというコンプリート願望を発揮するのも、風俗ユーザーの特徴なのだ。

結果、純秋のアイデアはどちらの客にもアピールすることになった。〈ヒーリングユー〉の利用客たちは、ネットで誰がお気に入りかを熱く語りあい、時にはそれがバトルのようにヒートアップして、集客に貢献してくれた。

清春と冬華は、満を持してスタッフを増員した。ドライバーとして八人、内勤の見習いがふたり。さらに、〈オンリー〉搬送用のEVを五台揃え、殺風景だった倉庫も改装して、本格的な営業を開始することにしたのである。

〈ヒーリングユー〉の快進撃が始まった。予約の電話やメールはひっきりなしで、ネットでの評価も鰻登り(うなぎのぼ)り。清春はデリヘル時代の経験を活(い)かし、効率のいいスケジュールを組む。EVの現在位置はGPSによってパソコンの地図上に表示されている。それを睨みながら、搬入と搬出の指示をドライバーに与えるのは、慣れないと難しい作業だ。

とはいえ、生身の女を扱うのに比べ、この商売は楽と言えば楽だった。イリーガルな管理売春ではないので、警察ややくざと揉(も)めることがない。ケミカル洗浄で衛生管理は完璧だから、性病の心配もない。なにより、人間を商品にしなくてすむ。商品にするには、人間はいささか複雑すぎる。

売上の右肩あがりが半年間続くと、冬華は〈ヒーリングユー〉を次の段階へとステップアップさせる決断を下した。

ショートタイムで風俗営業的に〈オンリー〉を貸しだすだけではなく、月単位、年単位で長期契約してもらえる客の獲得を目指し、銀座にショールームを開設した。富裕層を相手にした会員制ビジネスだ。長期契約すれば高級外車並みの料金がかかるけれど、それを求める声は日増しに大きくなっていたので、機は熟していた。

最初の搬入には、清春も立ち会った。精密機械を運送するウイング付きのトラックがやってきて、木箱に入った〈オンリー〉をまずは十体。在庫は会員が増えるたびに補充され、いまのところ最大百体までの貸与が約束されているらしい。もちろん、すべては成果次第で、交渉の余地は大いにあるのだろうが。

当初の目論見では、この銀座ショールームこそ、本当の意味での〈ヒーリングユー〉であり、ビジネスの主軸になる予定だった。晴海の倉庫の仕切りを清春にすべて任せた冬華は、いずれデリヘルじみた商売はやめにして、銀座ショールーム一本でやっていきたいと考えていたはずだ。

清春に異存はなかった。というのも、〈ヒーリングユー〉を立ちあげてから半年が経ち、気持ちに微妙な変化があった。それまで熱病にかかったように仕事に打ちこんできたが、清春はもともと欲のない人間だった。物欲や金銭欲がとくにない。〈ヒーリングユー〉が成功したとしても、それは冬華の成功であって、自分の生きる目標にはならないことに気づきはじめた。

冬華には成功してもらいたいし、そのためのサポートは全力でするつもりだ。しかし、こちらはこちらでひっそり生きていきたい。富裕層相手に手揉みをしながら商売をするのなんて、性分に合わない。冬華が晴海のビジネスを用済みと判断するときが来たら、別の仕事を探したほうがいいかもしれない……。

しかし――。

銀座のショールームの会員数が思ったほど伸びない一方、清春が仕切るようになった従来のデリバリビジネスは、快進撃を続けていた。冬華がいたときよりも、むしろ好調なくらいだった。

理由はふたつある。

扱っているのが未来型セックス・アンドロイドで、合法的な商売であるとはいえ、射精産業の一角を担っているわけであり、そこで働いている人間の意識は、デリヘルのドライバーとさして変わらなかった。おまけに男所帯だから、アメリカ帰りの美貌の才媛は完全に浮いていた。

清春がトップに立ったことで空気が変わり、団結が生まれたのだ。もともとデリヘルの雇われ店長だった清春は、他人の射精のためにあくせく働いている若者の扱い方を心得ていた。褒め言葉が必要な人間には褒め言葉を与え、金が必要な人間には金を与え、トラブルを抱えている人間にはそれを解決してやる――冬華にはできなかった気配りで、スタッフの気持ちを逸らさなかった。彼らが愛着をもてるよう、自分たちの仕事場に〈湾岸ベース〉という名前をつけたりもした。

そして純秋だ。

昔からなにかに夢中になると外野の声が聞こえなくなるところがあったが、〈オンリー〉へののめりこみ方は、清春から見ても異常だった。メンテナンスするだけではなく、一体一体のその日のデータを分析し、改良を加える。どこをどういじっているのか清春にはさっぱりわからなかったが、一週間、二週間と時間が経つと、たしかに違って見える。

清楚な〈オンリー〉はより清楚に、セクシーなのはよりセクシーに、長所を伸ばしながら魅力に磨きがかかっていた。

〈オンリー〉を扱う技術的ノウハウを、純秋は冬華から教わった。しかし、あっという間に純秋のほうが詳しくなってしまい、冬華は苦笑いを浮かべていた。彼女は経営者であり、遅かれ早かれ現場の仕事は誰かに任せなければならなかったのだが、人間同士の会話もままならない元引きこもりに負けてしまったのだから、苦笑いでも浮かべるしかなかったのだろう。

――銀座のショールームに飾ってある〈オンリー〉より、晴海から運んでくる〈オンリー〉のほうが遥かにエロいぜ。

そんな評判が、ネットではささやかれているようだった。

冬華は焦っていたのかもしれない。

〈オンリー〉のポテンシャルをもってすれば、銀座のショールームのスタートダッシュが決まらなかったくらいで焦る必要はなにもなく、悠然と構えていればいずれビジネスは軌道に乗るはずだった。清春は楽観視していたが、日常的に顔を合わせなくなったことで、冬華の心の変化まで察することができなくなっていた。

第二章　女の敵

1

　よく晴れた秋空に光るものがあった。

〈湾岸ベース〉の前でホンダから降りた清春は、一瞬だけ空を見上げた。ドローンだ。機体が透明なので地上二、三十メートルを飛んでいればほとんど気づかない。清春が気づいたのは、いつものことだからだ。

〈ヒーリングユー〉を立ちあげて以来、監視の視線から自由になったことはない。透明ドローンだけではなく、人混みのどこか、後続するクルマ、ビルの窓、自宅周辺の夜闇……至る所から不躾な視線が飛んできて、まとわりついてくる。

　一度、尾行者を尾行しようとして、あっさり失敗した。決して尻尾をつかませない、訓練の行き届いた尾行者だった。

〈オンリー〉の製造元が監視しているに違いない。莫大な開発経費がかかっている〈オンリー〉を託す以上、企業側が監視を怠らないのはごく当たり前のリスクヘッジだ。そう自分に言い聞かせ、気にしないように努めているが、いつまで経っても慣れることがなかった。

今日は〈ヒーリングユー〉を始めてから、ちょうど丸一年——言ってみれば誕生日のようなものだった。

あの日、まだガランとしていた倉庫で過ごした気の滅入るような時間は、いまでも忘れることができない。頭のよさを隠そうともしない女とこの調子で顔をつきあわせているのはしんどいなと思ったものだが、辛抱の時間はそれほど長く続かなかった。一週間で予約のメールが五十件を超えた。仕事があれば、話題もできた。輝く未来を想像し、お互い自然と笑みがこぼれた。

だがあのとき、顔を上気させてハイタッチした相手は、もうここにはいない。

銀座のショールームを開いてから半年、いまでは冬華が〈湾岸ベース〉に顔を出すことはほとんどなくなった。事務的な連絡もSNSを通じてするだけで、電話で話すことすらごくまれだ。

彼女は忙しくしていた。富裕層相手の会員ビジネスが伸び悩んだことから、自分が広告塔になる道を選んだからだ。ネットニュースのインタビュー、小さなイベントへの出演、そういったことをこまめに積み重ねているうち、〈オンリー〉は世間の耳目を集めはじめた。もちろん、デリヘル業界ではそれなりに名を馳せていたのだが、アンダーグラウンドからオーバーグラウンドへ出ていく感じだ。銀座の会員数もじわじわとだが確実に増えていき、メジャーなメディアで取りあげられることも珍しくなくなった。

「おはようございますっ！」

シャッターをくぐってガレージに入っていくと、テレビの前にたむろしていたドライバーたちが声をかけてきた。〈湾岸ベース〉のドライバーはみな若い。平均年齢二十二、三歳といったところか。

「そろそろ始まりますよ」

「おう、そっか……」

清春はうなずいて事務所に向かった。元の巨大な倉庫はガレージとメンテナンス工場に仕切られ、その真ん中に事務所がある。ガレージから工場へは、事務所を通らないと行けない。なぜそんな行き来の面倒な造りにしたのかというと、人間嫌いの弟がメンテナンス作業に没頭できるように、冬華が配慮してくれたからだ。

清春はメンテナンス工場のドアを開け、

「よお、テレビ始まるってよ」

作業をしていた純秋に声をかけて一緒にガレージに戻った。なんとなくニヤけてしまいそうになるのは、やはり自分もこれから起こることに期待を寄せているからだろうか。しかし清春の顔は、ガレージに入るなり険しくひきつった。

「……おいおい」

テレビに映ったグロテスクな映像から、眼をそむけずにはいられなかった。顔の皮膚がドロドロに焼けただれた女の顔だ。

アシッド・アタック――強酸を顔にかけて火傷を負わせるエクストリーム・バイオレンスの被害者である。アシッドという言葉はかつて、ＬＳＤという幻覚剤の俗称としてのほうが有名だったが、本来、酸という意味がある。

アシッド・アタックは硫酸、塩酸などの劇物を用いて、女の顔をめちゃくちゃに破壊する悪魔の所業だ。被害者の顔はもはや人外の異形、ヘドロの化身のようであり、死よりもむごたらしい残酷さを、見る者すべてに味わわせる。インド、パキスタン、バングラデシュといった国々では、昔からよく知られた犯罪らしいが、日本でも近年流行の兆しを見せていた。

「こんな残酷映像、テレビで流していいのかよ？　どうなってんだ、最近の地上波は」

清春が顔をしかめながら言うと、

「すいません、ＣＳの海外ニュースです。いま変えます」

リモコンを持っていたドライバーが言い、テレビの画面がワイドショーのカラフルなセットに変わった。

「どうぞ、どうぞ」

若い連中にテレビの前の椅子をすすめられ、清春は純秋と並んで腰をおろした。アシッド・アタックの被害者を見てしまったせいで、椅子に座ってもしばらくの間、気分が回復しなかった。

「悪いけど誰か水持ってきてくれ、水」

まだ営業開始の正午まで二時間以上あるのに、今日のシフトのドライバーは五人全員揃っていた。清春も、いつもならまだ寝ている時間だ。

普段は芸能人の浮気や不倫ばかり取りあげているワイドショーで、今日は〈オンリー〉について議論が交わされることになっていた。みずから広告塔になった冬華が、念願叶って地上波のテレビに初出演するのだ。

地上波のテレビは現在、ＮＨＫしかない。いや、元ＮＨＫだ。民営化にともなって三つに分割されると、既成の民放各局はスポンサーの獲得競争にことごとく破れ、いまではすべて有料放送に移行している。

とはいえ、地上波に残った元ＮＨＫにはかつてのように潤沢な予算があるわけでもなく、中身の薄い的外れな番組ばかり垂れ流しているというのが世間の評価であり、有料放送のほうが遥かに骨のある番組制作をしているのは皮肉だろう。清春も普段なら、地上波のテレビなど観ない。

「それでは始めましょう。徹底討論、〈オンリー〉は是か非か？」

　ＭＣの男が宣言し、高らかに音楽が鳴った。パネリストは全部で三人いて、まず左端に座った冬華が、アップになって紹介された。

「今日は〈オンリー〉の輸入代理店、〈ヒーリングユー〉代表の神里冬華さんにいらしていただいてます。いやー、お綺麗な方なんでびっくりしました」

　ＭＣが顔を上気させて言い、

「マジかっ！」

黒須義彦が素っ頓狂な声をあげた。最近〈湾岸ベース〉で働きはじめた、デリヘル時代の右腕だ。仕事のできる男なので、彼の合流を清春は心から歓迎した。

「噂には聞いてたけど、社長ってここまでの美人だったんすか……」

「なんか、ますます美貌に磨きがかかったような……」

古株のドライバーが言い、冬華を知らない連中からも感嘆の声がもれる。

「まるで女優っすねえ。女子アナより綺麗じゃないですか……」

「それに、めちゃめちゃ頭が良さそう」

たしかに、テレビ用の濃いメイクで武装した冬華は、清春でも眼を見張るほど美しかった。綺麗なだけではなく、襟の高い白いシャツに、濃紺のタイトスーツを上品に着こなした姿には、まだ二十八歳とは思えない落ち着きがあり、知的な雰囲気を漂わせている。

　みんなが驚き、興奮するのも無理はない。

　セックス・アンドロイドという、ある意味、日陰の存在であるべきものを扱っているのが、彼女のような若くて美しい女であることに、テレビの前の視聴者も度肝を抜かれていることだろう。

「続きまして、教育評論家の京極恵三さん」

　真ん中に座った、五十代の男が紹介される。スキンヘッドだろうか、髪のまったくない頭に銀縁眼鏡。百二十キロはゆうにありそうな巨軀。スーツがひどく窮屈そうなその風貌は、教育評論家というより相撲部屋の親方に見える。

　親方の隣に座っている女が映されると、清春は舌打ちした。

「やっぱ、こいつも出るのか……」

　尾上久子という中年女だ。どこかの女子大の教授である。

〈オンリー〉がメジャーなメディアで取りあげられるようになると、それを目の敵にする勢力も現れた。商売敵の売春婦が、〈オンリー〉を忌み嫌うのなら、まだわかる。しかし現在、〈オンリー〉をヒステリックに批判している急先鋒（きゅうせんぽう）は、尾上久子に代表される良識派を自任する女たちだった。

「えー、ご存じない視聴者の方のために、少しご説明いたします……」

　ＭＣの男が言う。

「今日の議題になっている〈オンリー〉というのは、いわゆるダッチワイフ……という呼び名も古めかしすぎてかえって混乱を招きそうですが、要するにセックス専用のアンドロイドのことです。いま静かなブームになっておりまして、とにかく精巧なわけです。私も一度拝見させてもらいましたが、人間とほとんど遜色がない……しゃべれないし、歩けないんですが、いわゆる人形の次元を超えた、画期的な製品ということでよろしいでしょうか？」

　ＭＣは冬華に同意を求め、冬華はうなずいて話を継ごうとしたが、尾上久子がそれを遮った。

「いま画期的とおっしゃいましたが、いったいなにが画期的なんでしょうか？　わたくしには、人間同士のコミュニケーションを阻害する、俗悪な存在にしか思えません」

　取りつく島もない様子に、ＭＣが困った顔で苦笑する。

「尾上さんは女性でいらっしゃいますが……〈オンリー〉を使うのは主に男性であ

りまして……」

「そういう問題じゃなくってね。俗悪というか有害というか不愉快というか……とにかく存在そのものが、女性観を歪（ゆが）める作用を果たしています」

「でも、〈オンリー〉で欲望を処理することで、たとえばレイプ犯罪が減ったり、痴漢が減少したりということは考えられませんか？」

「ないですよ。ないと思いますが……百歩譲ってあるにしても、もっと重大な害を及ぼす危険があるわけです。人形で性行為を覚えてしまった男、というものが存在するようになるんですね。人形が相手ならなにもかも許されていたからと、生身の女にも同じことをしようとする。そんな危険な存在をつくりだしてしまっていいのでしょうか？　わたくしはゾッとします」

「どうでしょう、神里さん？」

「ええ、はい」

　冬華は涼しい顔でうなずいた。

「尾上先生は、嫉妬してるんですよね？」

　言ったあと、笑った。唇の端を歪める皮肉な笑みに、清春はドキリとした。頭のいい彼女が、そんな笑い方をすれば相手の神経を逆撫（さかな）でするとくらい、わからないはずがない。

のが怖い……」

「〈オンリー〉に嫉妬して、しかも、自分のセックスが〈オンリー〉と比べられる

「なにを言ってるのっ！　どうしてわたしが嫉妬なんてっ！」

尾上久子が金切り声をあげても、冬華は動じなかった。

「わかりますよ、わたしも女ですから。〈オンリー〉は美しく、魅力的です。実際に使用した方で、〈オンリー〉が単なる人形だなんて思ってる人はいません。感触も反応も、人間の女そのものですから。生身の女を抱くのと同じ……」

「心はないわけでしょう？」

「ええ」

「心がないなら、それはどれだけ精巧につくられていても人形なの、女じゃなくて！　心がないセックスは自慰、マスターベーションと一緒！」

「マスターベーションのどこがいけないんでしょうか？　わたしはこう思うんです。セックスはスポーツで、自慰は芸術だって。つまり、セックスはコミュニケーション、自慰はイマジネーション、ということになると思いますが……尾上先生のおっしゃってることを煎じつめると、スポーツは有益で、芸術は無益どころか有害、ということになってしまう。そんなのおかしいじゃないですか。どちらも人間らしさの発露なんですから」

「自慰が芸術って……」

尾上久子は失笑をもらし、必死に余裕を見せようとしたが、テレビカメラは残酷だ。アップになると、表情に焦りが滲(にじ)んでいるのがはっきりわかった。

「僕は面白いと思うな、自慰は芸術って説……」

ふたりの間に座った京極が、ようやく口を開いた。見た目に違(たが)わず、野太い声で滔々(とうとう)と話す。

「差別をするわけじゃないが、一般的に男は女よりずっと自慰が身近なものですからな。自慰とセックスの違いくらい、身をもって理解している。なら、アンドロイドでもなんでも使って、ゴージャスに自慰をしたほうがいい……こんな暗い時代なんだから、みんなもっと享楽的に生きるべきなんですよ。享楽的という言葉が悪いなら、個人的な欲望を解放してと言ってもいいですが……」

「セックスがうまくなるということはありますよね？　〈オンリー〉で練習することで」

ＭＣが口を挟むと、

「だから、うまい下手(へた)の問題じゃないんです」

尾上久子はわざとらしく深い溜息(ためいき)をついた。

「セックスっていうのは、ただ楽しかったり、気持ちよかったりするものじゃないでしょう？　素晴らしい面と一緒に、かならず厳しさもついてくるわけで……」

「いいじゃないですか、厳しさなんてないほうが」

　冬華は笑っている。

「性病のリスクや望まない妊娠なんて、ないほうがいいんですよ。たかが欲望の処理のために」

「そういうこと言ってるんじゃないでしょ！　あなた、わざとわたしの話をねじ曲げて受けとってるわね。セックスは体を重ねるのと同時に、心も重ねる必要があって……」

「あんたもわからない人だな」

　京極が分厚い唇を舐めた。

「神里さんは、自慰だと言ってるんだよ。自慰に相手の心もへったくれもあるわけないじゃないか」

「でも、〈オンリー〉は……」

「でもじゃないんだよ、オナニーなんだよ。ひとりで芸術するための、単なる道具！　それとも、あんたやっぱり、〈オンリー〉にダンナを取られるのが怖いのかい？　いまでもセックスレス気味なのに、こんな精巧な人形が出てきたら、男ひでりになっちまうってババアがいてもおかしくないが……」

「侮辱するのもいい加減にしなさいっ！」

言い争うふたりを、冬華は笑顔で眺めていた。してやったり、とその顔には書いてあった。

清春は不安になった。冬華の真意がわからなかった。

2

「地上波のテレビなんて、久しぶりにちゃんと観たけど……」

清春は太い息を吐きだしてから、ミネラルウォーターのボトルを呷った。

「ずいぶんとお下劣なんだな。午前中から、セックスだのオナニーだの……大学教授や教育評論家なんて、肩書きだけは立派な連中を並べて……」

「いつもこんな感じですよ」

ドライバーのひとりが言った。

「ってゆーか、いつもはもっとドロドロしてます。浮気や不倫なんて可愛いほうで、こないだなんて『愛される変態性欲者』とかやってましたからね。のけぞりますよ、真っ昼間からSMにアナルセックスって」

「そんなもの喜んで観ているのは……」

「女でしょう」

暇なんだな、という言葉が、つい口から出そうになる。平日の昼前のこの時間、視聴者の多くは女だ。少なくなったとはいえ専業主婦だったり、育児休暇中のワーキングマザーだったり、出かける準備をしながら観ているパートタイマーだったり、テレビ局はあきらかに彼女たちに向けて番組づくりをしている。

だが、セックスのことばかり考えている女を、安易に馬鹿にすべきではなかった。男もまた、セックスのことばかり考えているからだ。その証拠に、あと一時間もして〈湾岸ベース〉が営業を開始すれば、〈オンリー〉を求める電話が鳴り響く。冬華が地上波のテレビに出た影響で、いつもよりたくさんかかってくるに違いない。

真っ昼間から〈オンリー〉を抱かずにいられない男たちを、清春は糾弾する気になれなかった。お客さまは神様ですと、牧歌的な信念をもっているからではない。

清春自身にも経験がある。十八歳で東京に出て、純秋と離れていた約二年間。大都会の片隅でひとり膝を抱え、友達はできず、恋人なんて夢のまた夢。仕事場の人間関係は尋常ではなく憂鬱で、女の先輩にキレそうになるとデリを呼び、男の先輩にキレそうになると夜の街で喧嘩をしていたあのころ……。

みじめな生活の中でも、デリの女だけは救いを与えてくれた。いま思えば最下層に近い娼婦だったが、闇の中でまさぐる白い柔肌に、いつも慰められていた。

暇つぶしに女を買っていたわけではない。忙しい合間を縫って時間をつくり、なけなしの金をはたいて、男たちは現実から逃避しようとしているのだ。逃避せずにはいられない現実が、そこにあるからだ。

清春はテレビの前の椅子から腰をあげ、事務所に向かった。

パソコンを立ちあげて、ネット経由で来ている予約の状況を確認してみる。予想通り、いつもより動きが速かった。一番人気の小百合は深夜まで予約がびっしりで、二番人気のルリ子の予約も埋まりそうである。

『尾上先生は、嫉妬してるんですよね？』

先ほどの、冬華の台詞が耳底にこびりついて離れなかった。

彼女はあんなことを言う女だったろうか。挑発的な笑い方も含めて、あれはいつもの彼女ではない。あきらかに反感を買う台詞であり、態度である。ただでさえ、ワイドショーのメイン視聴者である女性層には、若くて容姿端麗な女社長というだけで身構えられているはずなのに。

「嫉妬……嫉妬か……」

清春には正直、その言葉の意味する感情がよくわからなかった。生身の女がアンドロイドにジェラシーを抱く——本当にそんなことがあるのだろうか。頭ではなんとなく理解できるけれど、リアリティが感じられない。しかし、言われた尾上久子は、烈火のごとく怒りだした。つまり、痛いところを突かれたらしいが……。

いずれにしろ、いたずらに世間を敵にまわすのはやめておいたほうがいいだろう。生意気だと思われて、得することなんてなにもない。

「やっぱあのときからだよな……」

清春は椅子にもたれ、溜息まじりに独りごちた。

冬華の心境の変化に、心当たりがないではなかった。彼女が急に頑なになったきっかけが、たしかにあった。しかしいまは、それについて考えたくない。

立ちあがり、メンテナンス工場に入っていった。ベッドに横たわった裸の〈オンリー〉を、純秋がペンライト片手にチェックしていた。

思わず眼をそむけそうになる。自分とよく似た容姿の男が、裸の女の素肌をまさぐっている光景を目の当たりにするのは、あまり気持ちのいいものではない。

「冬華ちゃん、とっても綺麗だったね」

純秋が背中を向けたまま言った。

「実物も綺麗だけど、テレビ映りもすごくよかった。俺、見とれちゃったよ」

「……そうだな」

「今日はきっと、芽衣子に予約が殺到するね」

「えっ？　ああ、そうかもしんない……」

芽衣子というのは、キャリアウーマンタイプの〈オンリー〉だ。メンテナンス済みの〈オンリー〉は、椅子に座って一列に並んでいる。清春は芽衣子の前まで歩を進めた。眼鼻立ちがキリッとして、タイトスーツがよく似合う。ほんの少しだけ、冬華に似ている。

「こいつ、誘ってるよ」

清春は、芽衣子と視線を合わせながら苦笑した。長い睫毛(まつげ)を誇るように瞬(まばた)きしながらふっくらした唇を突きだし、なにか言いたげな面持ちで見つめてくる。振りまく色香がじわりと濃厚になって、瞬きをするほどに黒い瞳が濡(ぬ)れていく。

抱いて、と言いたいのだろう。

「おまえ……〈オンリー〉を抱いたことあるのか？」

ボソッと言ってみると、

「馬鹿言うなよ！」

純秋が真っ赤な顔で振り返った。

「それだけは絶対にしないって前に言ったろ。したら仕事にならなくなる。情が移っちゃって、眼のやり場に困っちゃう……あっ、いや、困るというかなんというか……」

真っ赤になって怒りながら、しどろもどろになっている姿が微笑(ほほえ)ましかった。純秋が異性に興味をもっているところを、清春は見たことがなかった。それゆえ、〈オンリー〉のメンテナンスという仕事が、ぴたりと嵌まったのだろう。普通の男なら、これほど露骨に性的な魅力を振りまいている女たちに囲まれて、黙々と仕事をこなせるわけがない。

「悪かった。いまのは濡れ衣だ。忘れてくれ……」

清春は芽衣子の頰に手のひらをあてた。アンドロイドとは思えないぬくもりが伝わってくると同時に、芽衣子は口を半開きにした。綺麗なピンク色の舌で唇の内側を舐めながら、黒い瞳をますます潤ませていく。欲望が伝わってくる。もう我慢できない、体が疼いてしかたがない、セックスがしたい——声にならない切実な心の叫びが頰にあてた手のひらから流れこんできそうで、清春はあわてて手を離した。

セックスがしたい……。

彼女たちに、それ以外の感情はない。オンリー・フォー・セックスと名付けられた通り、セックスのためだけに存在している。

そして、いくらセックスしても壊れない。

アンドロイドだから当たり前だが、これはきわめて重要なことだ。

清春は、生身の女を扱うデリヘルの店長を約五年間続けた。その間に、心身を壊す女を何人も見てきた。あまりにもたくさん見すぎてしまったせいで、足を洗わなければならなかった。

それでも、男の買春は否定できなかった。

女を買うことでしか現実逃避できない男は、確実に存在する。それも、現実に満足している人間より遥かに多い、膨大な数が。

女を買いにくる男は、誰もが長く濃い影をひきずっているものだ。不本意な人生にもがき、理不尽な世間であがき、もがいてもあがいても打ちのめされる一方の彼らは、かつての自分と一緒だった。純秋という存在がなかったら、いまでも娼婦の柔肌だけを心の支えにして、やりきれない毎日をやり過ごしていたかもしれない。

ならば、この壊れた世界に現れた決して壊れない〈オンリー〉は、救世主と言っていいのではないか。〈オンリー〉さえあれば、男も女も傷つかないピースフルな世界が実現できる――少なくとも最初の数カ月のうちは、清春は本気でそう思っていた。

3

冬華のテレビ出演の影響は予想を遥かに上まわるものだった。

〈湾岸ベース〉には客からの電話が殺到し、人気の〈オンリー〉は一週間先、二週間先まで予定が埋まった。

その一方で、ネガティブな意見まで誘発してしまうのが、世間の耳目を集めるということらしい。

「チッ、またイタ電ですよ」

若いスタッフが、うんざりした顔で電話を切る。

予約の電話が増えた反面、それに比例していやがらせの電話も多くなった。異常な現象だった。デリヘルの店長をやっていたとき、「サービスが悪かったから金を返せ」という電話はあっても、「おたくのやっていることは反社会的行為だ」と言ってくる人間はいなかった。

〈オンリー〉に関してものを言いたがるのは、どういうわけかその手の連中ばかりだった。自分たちはイリーガルな管理売春を行なっているわけではない、法令を遵守している、といくら説明しても納得しない。ユーザーでもないくせに、〈オンリー〉の存在自体が気にくわないとご高説を垂れ流す。

SNSではその傾向はもっと顕著で、至る所で炎上しているようだったが、清春は相手にしないことにした。〈オンリー〉を抱いたこともない男や、抱く機会もない女に、なにを言っても無駄だろう。

忙しい合間を縫って、清春は冬華に会いにいった。

ホンダではなく、タクシーを使った。ショールーム近辺には駐車場がなく、あってもべらぼうな料金をとられる。

再開発がいちじるしい銀座界隈も、目抜き通りから一本入るとひっそりと落ち着いた空気が流れていた。年寄りに言わせると、前世紀の雰囲気が残っているらしい。画廊や洋書店や骨董屋が並ぶ、文化の香り漂う洒落た街角。

なるほどその面影は残っているが、前世紀には存在しなかったマリファナカフェが営業していたりする。それが一階にある古い雑居ビルに、〈ヒーリングユー〉のショールームは入っていた。五階建てのビルの、四階と五階だ。

清春はエレベーターに乗りこんで四階のボタンを押した。古い建物なのでゴンドラがやけに狭く、動きも遅い。エレベーターが通じているのは四階までで、そこに受付とオフィスがあり、室内にある螺旋階段をのぼって、五階のショールームに辿りつく仕組みになっている。

かつて由緒ある画廊だったというそのスペースを、清春はとても気に入っていた。エレベーターに乗る前にマリファナの匂いを嗅がされるのが玉に瑕だが、ひっそりした銀座の裏通りを経由してここにやってくると、過去にタイムスリップしていくようなノスタルジックな気分を味わえる。

特別な仕掛けがあるわけではない。絵も花も飾っていない。白く塗りこめられた壁と、間仕切りにガラスを使った開放的な空間があるだけなのだが、高い位置にある窓から差しこむ陽射しが柔らかで、気持ちが落ち着く。元画廊だけあって、美しいものを愛でる人々の魂が宿っているのかもしれない。

そういう空間に〈オンリー〉は映える。

不思議なものだ。〈オンリー〉はハイテクノロジーそのものなのに、どういうわけか懐かしい。ここで〈オンリー〉と初めて対面する客が、既視感を口にすることもよくあるという。憧れの女と何十年ぶりに再会したようだと……。

「お疲れさまです」

清春がエレベーターから降りていくと、受付にいた二宮泰之が立ちあがり、ガラスの扉を開けてくれた。二十五歳。背の高い華奢な美男子だ。前職は製薬会社の営業だったとかで、スーツの着こなしもスマートなら、立ち振る舞いも如才がない。

冬華の選ぶスタッフは、たいていこのタイプだ。冬華は女のスタッフを絶対に雇わない。

「社長はいるかい?」

「いえ……いまトークショーの真っ最中です」

「はあ? そんな話、聞いてないぜ」

清春は呆れた顔をした。今日は終日ここにいると聞いていたから、アポなしでやってきたのだ。

「それが……昨日の夜、急遽決まったんですよ。これなんですけど……」

二宮がタブレットを操作し、画面を清春に向けてくる。「京極恵三（教育評論家）×神里冬華（〈ヒーリングユー〉代表）、スペシャル対談」という文字が躍っている。

「こないだのテレビ出演で意気投合したとかで、京極先生がサイン会に呼んでくれたらしく……すぐそこの書店なんですけどね」

紙媒体が瀕死の昨今でも、しぶとく生き残っている書店はある。ただし、講座を開いたり、同好の士が集うスペースを提供したり、カルチャーセンターのようなところが多い。

清春は画面をスクロールし、地図を確認した。なるほど、歩いて五分とかからない。

「行ってみます？」

「いや……終わったらすぐ戻ってくるんだろう？」

「だと思いますけど……」

二宮は自信なさげに首をかしげた。

清春はオフィススペースにある椅子に腰をおろした。

「コーヒーでも淹れますか?」

清春は首を振り、二宮を見た。しばらく視線をはずさなかった。二宮は少しの間逡巡したが、表情をこわばらせて隣の席に腰をおろした。

「こないだ……またありました」

声をひそめて言った。ここには――少なくともこのフロアには他に誰もいなかった。それでも声をひそめずにいられなかったのだろう。

「腹上死か?」

二宮がうなずく。〈オンリー〉を貸与されている会員が、セックスしながら死んだのだ。

「これで何人目になる?」

「僕が知ってる限り三人です」

清春は冬華から、腹上死の話を聞いていない。二宮を懐柔していなければ、情報は遮断されたままだった。

「遺族はなにも言ってこないのか?」

「かえって感謝されたって、社長は言ってましたけど……御年八十を超えてたからって……」

事実かどうかはわからない、と二宮の顔には書いてあった。金を払って黙らせたのかもしれない。

「それにしても、〈オンリー〉の潜在能力は計り知れんな。八十のご老体を勃たせちまうんだから……」

「精力剤を大量に飲んだんだと思います」

二宮が苦りきった顔になる。

「最近流行のあれはやばいんですよ。効果は絶大なんですが、既往症があったら心臓とか脳の血管が簡単にパンクする。だから注意してくれって口を酸っぱくして言ってるはずなんですよ、社長も」

「売上はどうなってる？」

「調子いいです。社長がテレビに出てからはとくに。おそらく、今月中に会員数が五十人を超えますね」

ということは、五十体の〈オンリー〉が出荷されるということになる。五十体で三人の腹上死――かなりの高確率だ。五十台出荷したクルマが三台も事故を起こせば、リコールになるに決まっている。

もちろん、〈オンリー〉自体が暴走してしまったわけではない。欠陥があったというより、むしろ性能がよすぎたのだろう。

だがたとえば、誰でも簡単にドリフト走行可能なクルマが開発されたとして、調子に乗った運転手がところかまわずドリフトして事故を起こしたら——それだって、半年で三人も死ねば社会問題化は免れないだろう。

事態が明るみに出たとき、冬華はどう対処するつもりなのだろうか。

過度な使用は控えるように注意勧告しているし、マニュアルにだって書いてあると突っぱねるのか。どんなものでも限度を超えて依存すれば体を壊し、死に至る場合があると……。

それとも、腹上死は男の夢なんじゃないですか、と言って皮肉な笑みでも浮かべるのか。八十を超えたご老体なら大往生と言っても過言ではありません。最期にいい思いができてよかったですね……。

考えすぎだろうか。

テレビ出演したときの高慢で皮肉っぽい態度がいまだ記憶に新しいから、想念がおかしな方向に流れていくのかもしれない。本来の冬華は、あんな感じではない。頭の回転が速く弁も立つが、世間知らずゆえのとぼけた味があり、決して攻撃的な女ではなかった。

「ああ、そうだ。また手に入ったんだ」

清春はポケットから包みを出し、二宮に渡した。ベルギー製のチョコレートだ。本物はスラムの闇マーケットでもなかなか手に入らないのだが、清春にはちょっとしたコネがある。二宮は甘いものに眼がない。

「ハハッ、いつもお気遣いありがとうございます」

二宮が照れくさそうな笑顔を浮かべたときだった。彼のポケットの中でスマートフォンが着信音を鳴らした。

「すいません」

二宮が席を立ち、電話に出た。若いのにマナーの行き届いた男だった。部屋の隅まで行き、小声で話をしている。

清春は眼をつぶった。気持ちを落ち着けるためだったが、貧乏揺すりがとまらなかった。忙しさにかまけて、冬華とはもうひと月以上も会っていない。ＳＮＳで情報交換はしているが、電話で話した記憶すら遠い。

もっと頻繁に会うべきなのだ。そうすれば、疑心暗鬼に陥ることもない。彼女は頭がいい女だ。きっと理由がある。テレビで挑発的な態度をとったことにも、腹上死の件を自分に伏せていることにも……。

眼を開けると、二宮が電話を切ったところだった。

「なあ……」

清春は立ちあがって言った。

「やっぱ見にいってみるか、社長の晴れ姿」

4

京極と冬華のトークイベントは、五階建ての書店の最上階にあるイベントスペースで行なわれていた。

「あっ……」

会場の受付にいたエプロン姿の書店員が、二宮の顔を見て相好を崩した。

「イベントにいらしていただけたんですか?」

「ええ、まあ……」

二宮が照れくさそうに頭をかく。

「知りあいかい?」

清春は二宮と書店員を交互に見た。

「いえ、その……よくここで本を買うもんで……」

「いつもありがとうございます」

ペコリと頭をさげた書店員は、「仲村由佳(なかむらゆか)」というネームプレートをつけていた。

書店にこんなに可愛(かわい)い子がいるのかと、清春は内心で驚いていた。年は二十歳くらい、小柄で黒髪のショートカット、つぶらな眼をした文科系女子だ。

色気を振りまくセックス・アンドロイドに囲まれて仕事をしているせいか、清潔感あふれる彼女のたたずまいが新鮮だった。とびきり美人というわけではないのに、初々しさが眼に染みる。

「すいません。なんだか予想以上の盛況ぶりで、よく見えないかも」

彼女に案内されて会場に入った。

「おまえも隅に置けないね」

清春は二宮を肘でつついた。

「そんなんじゃありませんよ。マジで本を買ってるだけですから」

「本当かね？」

「それにしても、すごい熱気ですね」

二宮が背伸びをして会場を見渡した。仲村由佳の話題から離れたいらしい。

「意外にもな」

清春と二宮は眼を見合わせて笑った。

並べられたパイプ椅子の数は三十ほどだが、そのまわりを立ち見の客がぐるりと取り囲み、百人近くが集まっていた。イベントスペースの規模から考えると、あきらかに人を入れすぎだった。

これもまた、テレビの影響だろう。中身の薄さを批判されることが多い地上波テレビだが、影響力の大きさはやはり、あなどれないものがある。

遅れてやってきた清春と二宮は立ち見客のいちばん後方から見るしかなく、背伸びしてようやく、壇上に座っているふたりが見えるという感じだった。巨軀を黒いスーツに詰めこんだ京極と、ワインレッドのドレス姿の冬華が、それぞれマイクを持って話していた。

「僕はね、〈オンリー〉というのは非常に面白い存在だと思う。本来、人間の性っていうのはもっと多様なものであっていいと思うんだ。夫婦間、あるいは恋人同士の関係に閉じこめておくんじゃなくて」

京極が持説を述べれば、

「おっしゃることはよくわかります」

冬華が笑顔でうなずく。

「ただ、浮気とか不倫となると、いろいろと問題があるのも事実なわけで……」

「ジェラシーだな」

京極が笑う。

「ジェラシーは決して悪いだけの感情じゃない。自分を磨く契機になったり、自分を高めるエネルギーを与えてくれることもある……ただまあ、血の通わないアンドロイドにも嫉妬しちまうおばさんがいるからねえ。ああいうジェラシーは犬も食わない」

壇上のふたりは笑ったが、客はひとりとして笑わなかった。どうやら、シンパセティックな人間ばかりが集まっているわけではないらしい。よく見れば、三十代から五十代の真面目そうな女性客ばかりだった。シンパセティックどころか、むしろ〈オンリー〉に対して反感をもっている層である。

「お寒い結果に終わりそうだな……」

清春が耳打ちすると、二宮は苦笑した。

「しかも、あんな派手なドレスを着込んで……オスカー像でも貰いにきたつもりかよ。真っ昼間の書店で、無料のイベントだぜ。場違いにも程がある」

二宮は今度は苦笑せず、表情をこわばらせた。爪先立ちになって、会場を見渡した。異変があったのだ。最前列に座っている中年女が、立ちあがっていた。

「質問させていただいてよろしいでしょうか？」

壇上のふたりが困った顔をし、先ほどの可愛い書店員——仲村由佳が駆け寄っていった。質問タイムでもなんでもなかった。女はなだめられていったん腰をおろしたが、由佳が去っていくともう一度立ちあがり、

「わたしはね、〈オンリー〉みたいなものが流行ったら、世も末だと思いますよ、世も末……」

またもや勝手に発言した。あきらかに様子がおかしかったので、会場の空気が不穏に染まっていく。ざわめきと緊張が交錯する中、清春と二宮は眼を見合わせた。嫌な予感がした。

冬華はもう一度駆け寄ろうとした由佳を制し、

「どうして世も末なんでしょう？」

中年女に訊ねた。

「世も末に決まってるじゃない。人の心を狂わせるようなものばかり氾濫させて、いったいなにが楽しいのか。お酒、ギャンブル、性風俗。最近はマリファナまで解禁になって頭がおかしくなりそうなのに、今度は人間そっくりのセックス・アンドロイドですって？　いい加減にしたらどう？」

「いい加減にしません」

冬華は強い眼で女を睨みつけた。

「わたしたちは信念をもって〈オンリー〉を世に問うてます。単なるお金儲けや、面白半分でやってるわけではない。人間同士のセックスには、問題が多すぎると思いませんか？　望まない妊娠、性病の蔓延、セックスで結びついた関係がこじれて、DVどころか殺人事件に発展するケースも後を絶たない。傷ついているのは、多くが女性です。あなた、そういう現状をきちんと認識してらっしゃいますか？」

「そういう問題じゃねえっ！」

　女が金切り声をあげたので、さすがに書店員が飛びだした。今度は由佳だけではなかった。もうひとりいたが、どちらも線の細い若い女だった。一方の中年女は上背も高ければ横幅もあり、腕を引かれても動じることがない。こめかみに青筋を浮かべて、冬華に叫び声を放つ。

「おまえは女の敵だっ！　女の敵っ！　女の敵っ！　女の敵っ！」

　会場が騒然とする。前列の客が、彼女から遠ざかろうと席を立ちはじめる。逆に清春と二宮は近づこうとしたが、人の流れに行く手を阻まれた。

　そもそも狭いスペースに人がぎゅう詰めになっているから、身動きがとれない。ガタガタッと椅子が倒れ、悲鳴があがった。人まで倒れたらしい。群衆が右に左に波を打ち、悲鳴が連鎖する。このままではパニックだ。

「女の敵っ！　女の敵っ！　女の敵いいいーっ！」

　中年女は叫びつづけている。

「わかりましたから少し落ち着いて」

　冬華が立ちあがってたしなめるが、会話は成立しなかった。書店員が外に連れだそうとしても、女はなりふりかまわず冬華に近づいていく。髪を振り乱し、腕をつかんだ由佳たちを引きずって、一歩、二歩と……。

「離せえええーっ！　わたしに触るなあああーっ！」

女はふたりの書店員を力ずくで振り払い、肩にかけているバッグからなにかを取りだした。茶色い瓶だった。薬品などを入れる……。

「アシッド・アタック……」

二宮が声を震わせ、

「どけっ！」

清春は二宮が言い終わる前に、怒声をあげて人並みをかきわけた。何人か倒したが、かまっていられなかった。騒然とする中、ぽっかり空いた空間があった。中年女と冬華が二メートルほどの距離で対峙していた。そこだけ重力が何倍もあるような、異様な感覚にとらわれた。

「来るなっ！」

女が清春に薬瓶をかざして叫ぶ。蓋はすでに開けられており、強酸の刺激臭が鼻先を嬲っていった。女の眼は眼球が飛びだしそうなほど見開かれ、白眼が病的に濁っていた。ハアハアと呼吸を荒げている唇は唾液に濡れ光り、いまにも涎まで垂らしそうだ。

この女は正気を失っている——このまま強酸をぶちまけられれば、冬華の顔が火傷で爛れる。数日前にテレビで観た、アシッド・アタックの被害者の顔が脳裏を去来し、背筋に戦慄が這いあがっていった。間違っても、冬華をあんなふうにするわけにはいかない。

「これから、女の敵に天罰を与える……」

濁った眼球が、冬華に向いた。冬華は毅然として、その視線を受けとめた。なぜ逃げないのか、と清春は眩暈を覚えた。京極はとっくに壇上からいなくなっている。頭の血管がブチブチと切れていく音が聞こえる。

「テメエ、いい加減にしろよ……」

清春が女に近づいていこうとすると、後ろから羽交い締めにされた。二宮だった。スイーツ好きの優男のくせに、力が強くて振りほどけない。

「離せ、馬鹿野郎っ！」

清春が叫んだのと、女が笑いながら薬瓶をこちらに向けたのがほぼ同時だった。次の瞬間、猛烈な刺激臭が鼻腔を焦がした。鼻っ柱に拳を叩きこまれたような感じだった。続いて右足に異変が起こった。穿いていたベージュの綿パンの、膝から下に点々とシミがついている。

「うおおっ！」

清春は悲鳴をあげ、もんどり打って床に倒れた。女は威嚇のため、ほんの少し強酸をかけてきただけだった。にもかかわらず、向こう臑の痛みが尋常ではない。痛みを感じないはずの体が、激痛によって制御不能となる。これほどの痛みを感じたのは、間違いなく生まれて初めてだった。痛みが猛烈な吐き気までこみあげさせ、息もできない。

床でのたうちまわっている清春を除き、その場にいる誰もが凍りついたように固まっていた。あれほど騒然としていた会場が、水を打ったように静まり返り、戦慄が支配する沈黙の中、強酸の匂いだけがゆらゆらと揺れている。

清春は吐き気を耐えきれず、その場で嘔吐した。不思議なことに、恐怖は感じていなかった。それよりも冬華を守らなければならなかった。なのに、酸っぱい胃液を床にぶちまけるばかりの自分が情けなくて涙が出てくる。涙目を必死に凝らして冬華を探した。なにもかもぼやけて見えた。風景が酸化して錆び落ちていくように視界から色彩が消えていき、薬瓶を持った女も、それに対峙している冬華も、ノイズまじりのモノクロ映像の中にいる。

「天罰覿面っ！」

女が叫び、アンダースローのピッチャーのように薬瓶を持った手を振り抜いた。瓶を投げたわけではない。中身の強酸を、冬華に向かってぶちまけたのだ。清春は衝撃に声も出なかった。会場にいた全員がそうだった。

「ぎゃあっ！」

その声は、人間の口から放たれたものとは思えなかった。聞く者の魂まで凍りつかせるような断末魔の悲鳴——それをあげたのは、冬華ではなかった。女が強酸をかける寸前、冬華の前に立ちふさがった者がいた。

仲村由佳だった。喉が切れそうな叫び声をあげながら全身をおびただしく痙攣(けいれん)させ、鶏の趾(あし)のように折り曲げた手指で宙を掻(か)き毟(むし)っている。すぐに足元が覚束(おぼつか)なくなり、床に崩れ落ちた。倒れても全身の痙攣は激しくなっていくばかりで、両手で首を押さえて悶(もだ)え苦しみながらジタバタと暴れている。パンプスが飛び、スカートがめくれあがった。ブルーのショーツが露出しても、誰も見ていなかった。黒髪のショートカットの下で、顔がみるみる真っ赤に焼けただれていく。強酸は液体でも、火を放たれたようなものなのだろう。

顔が、燃えていた。燃えている音まで、聞こえてきそうだった。

5

仲村由佳は救急車で搬送され、中年女は警察に逮捕された。

冬華も警察に連れていかれた。

清春と二宮はショールームに戻った。

ひと言も言葉を交わせなかった冬華のことが気がかりで、〈湾岸ベース〉に戻っても仕事になりそうになかった。清春はシフトからはずれているスタッフを電話でつかまえて出勤するように頼み、冬華が戻るのを待つことにした。

苛々と落ち着かず、貧乏揺すりがとまらなかった。

アシッド・アタックを受けた向こう臑は、書店のトイレで水洗いしてきた。二センチ径の水ぶくれが三つほどできていた。

たったこれだけなのか、と水ぶくれの小ささに唖然とした。清春は激痛に嘔吐までしたのだ。

そもそも自分は、さして痛みを感じない体質だった。子供のころからそうだった。走って転んで泣きだすのはいつだって純秋のほうで、清春は両膝からダラダラ血を流しても笑っていた。

なのに、たったこれだけで嘔吐するほどの痛みに駆られるとは、強酸とはどこまで恐ろしい代物なのか。こんなものを顔にかけられたら、いったい……。

「……ふうっ」

息を吐きだした清春のすぐ側には、二宮がいた。ここに帰ってきて椅子に座るなり、青ざめた表情でうつむき、彫像のようにじっと動かず、ひと言も口をきいてない。

清春にもかける言葉がなかった。

二宮と仲村由佳の関係は、本人が言っていた通りなのだろう。本好きの青年と、可憐な書店員。顔見知り以上の関係なら、病院まで付き添っていたはずだ。

しかし、ふたりの間に流れていた空気は親和的なもので、これから先、恋人同士にならないとは誰にも断言できないはずだった。実際、どちらかが片思いしていた可能性だってある。

もし二宮が由佳に好意を抱いていたなら、この現実はあまりにも残酷だった。

事件からすでに一時間半ほど経過している。救急車で運ばれていった由佳はいまごろどうしているだろう。病院のベッドで鎮痛剤や睡眠薬を打たれ、静かな眠りについているだろうか。

清春の臑がまだ疼いているくらいだから、彼女が顔に受けた痛みは筆舌に尽くしがたいはずだ。鎮痛剤や睡眠薬は痛みから救ってくれるだろうが、眼を覚ませば地獄が待っている。顔に白い包帯が巻かれているうちは、まだいい。やがて、その包帯が取られるときが来る。眼球が損傷していなければ、火傷に爛れてヘドロの化身のようになった自分と、向きあう瞬間が訪れるのだ。

アシッド・アタックに遭った女は、まず死を望む――以前、ネットニュースかなにかで読んだ。その犯罪が珍しくない国では、強酸を顔にかけられたとわかったとき、自分の未来に絶望し、殺してくれと叫ぶらしい。レスキューや医者は助けるしかないが、治療を終えて鏡を見た瞬間、心が壊れて廃人になる女は枚挙に暇がないという。

整形手術をしたところで、一度や二度では治らない。〈オンリー〉が出現するような世の中だから、莫大な資金とハイテク医療施設にコネクションがあれば、なんとかなるのかもしれないけれど、普通は無理だ。アシッド・アタックの被害者は、その後の人生、死ぬまで一秒の安らぎもないまま、生き地獄をのたうちまわることを強要される。

許される行為ではなかった。

百歩譲って、いや一万歩譲って、自分を裏切った者への復讐ならまだわかる。アシッド・アタックは、浮気をした女が被害者で、浮気をされた男が加害者という場合が多いのだ。しかし、今日のような行為はほとんどテロだ。あんなことをする人間は、その場で射殺してもいいのではないか。

「清春さん」

二宮の声にハッと我に返った。二宮の顔色は、血の気を失いすぎて蝋のように真っ白くなっていた。

「あんまり思いつめるのはやめましょう。起こったことをあれこれ考えても……僕たちにできることは……残念ながら……」

二宮は自分に言い聞かせるように言った。その表情が痛々しすぎて、清春は黙ってうなずくことしかできなかった。


延々六時間以上も待たされ、冬華が戻ってきたのは深夜に近かった。

「ああ、疲れた……」

四肢を投げだすようにしてソファに腰をおろした冬華は、まだワインレッドのドレス姿のままだった。

「ごめん、二宮くん、お水ちょうだい」

見るからに疲労の滲んだ顔をしていた。それもしかたがない。書店員の顔を焼いた強酸は、冬華を襲うために用意されたものだった。トラウマになってもおかしくないような恐怖体験をしたばかりなのに、これほど長く拘束されなければならないなんて、警察もどうかしている。

冬華はグラスの水を一気に飲み干すと、

「遅くまで悪かったわね。お疲れさま」

人払いするように、二宮に言った。二宮は話を聞きたそうな顔をしていたが、文句を言わずに出ていった。

ふたりきりになると、急に空気が重くなった。冬華に会うのは久しぶりだった。言いたいことや、言わねばならないことが、抱えきれないほどあった。しかし、この状況では、どこから切りだしていいかわからない。

「犯人はね、こないだのテレビを観てトチ狂った人……」

ふうっ、と口からもれた冬華の溜息は、怒りの色に染まっていた。

「ホントかよ？　俺はてっきり、ダンナが〈オンリー〉で散財しまくって、怒り狂っているのかと……じゃなきゃ、あそこまでしないだろ、普通」

「有名人を標的にした凶行って、因果関係じゃなくて、自分勝手な思いこみが動機になることが多いみたい。警察の人がそう言ってた。わたし、それほど有名人じゃないつもりだけど」

「……電波系ってやつか」

「〈オンリー〉は女の敵ですって。馬鹿馬鹿しい。敵どころか、女をセックスから解放する味方じゃないの……」

「なぜ逃げなかった？」

清春の問いに、冬華は不思議そうな顔をした。

「逃げるチャンスはあったはずだ。実際、京極はさっさと壇上からいなくなっていた」

「身がすくんで動けなくなっただけよ」

冬華は笑った。首を振りながら、自嘲気味に。

それが本当ならいい。清春にはそうは見えなかった。強酸の瓶を持った女と対峙した冬華からは、覚悟のようなものが伝わってきた。たとえアシッド・アタックの被害者になっても、〈オンリー〉に命を賭していることを証明したがっているような……。

「とにかく疲れただろう？」

清春は柔和に笑いかけた。

「久しぶりに飯でも行こう。新橋駅の向こうに、いいチャイナバルを見つけたんだ。中華なのに、ワインリストが充実している。でっかい水槽に熱帯魚が泳いでて、雰囲気もけっこう洒落てる」

冬華は清春の言葉には反応せず、自分の話を続けた。

「あの女もそうよ……尾上久子。あの人、ちょっと前まで性犯罪者は去勢しろとか言ってたのよ。だったら、いきり立った男が犯罪を犯す前に、〈オンリー〉をあてがったほうがいいじゃないの。そういう理屈はわからない……ううん、わかりたくないのね。男の攻撃本能を蛇蝎のごとく嫌がってるくせに、それが自分に向かなくなるのは嫌っていうわがままな女。男に相手にされなそうな女に限ってその調子だから、本当に不思議。今日の犯人、見たでしょう？　いかにも冴えない太ったおばさん。あんな人と、女って言葉でひと括りにされたくないなあ。びっくりするわよ、もう。〈オンリー〉があってもなくても、相手にしてくれる男の人なんていないないでしょうに……」

「なあ」

清春は冬華の隣に移動した。冬華が顔を向けてくる。視線と視線がぶつかりあい、しばらくお互いに眼をそらさなかった。

彼女は疲れていた。アシッド・アタックの恐怖にさらされたばかりだった。やさしくしてやらなければならないと頭ではわかっていたけれど、清春は自分を抑えきれなかった。

「あんまり調子に乗らないほうがいい。世間の反感を買うような言動は控えるべきだ」

「いいじゃないのべつに、女に反感買ったたって」

「よけいな敵をつくるから、今日みたいなことが起こるんだ。たまたま未遂ですんだからいいようなものの、アシッドが顔にかかったら取り返しがつかなかったんだぞ」

「でもこれで、〈ヒーリングユー〉はいっそう世間から注目を集めるでしょうね。

何千万も宣伝費をかけるのと同じ……ううん、きっとそれ以上に」

「強がりはよせよ」

清春はスマートフォンを冬華に向けた。かつてニュースで取りあげられた、アシッド・アタックの被害者の写真だ。

焼けただれた女の顔が映っていた。

ヘドロの化身である。

仲村由佳のことを思うとやりきれなかったが、ぐっとこらえて言葉を継ぐ。

「もう少しで、こういうふうになるかもしれなかったんだぞ」

冬華はさすがに眼をそむけた。横顔を向け、震える唇を嚙みしめた。

「当分の間、露出は自粛したほうがいい。テレビやイベントに出なくても、客には困っちゃいないはずだ」

「全然！　わたしはいまの状況に、まったく満足していません」

冬華は挑むように睨んできた。

「落ち着けよ」

清春は視線を跳ね返すように言った。

「前にも言ったはずだが、〈ヒーリングユー〉の売上は、銀座だけじゃない。〈湾岸ベース〉も含めれば、すこぶる順調なんだ。うちは一日に六十から七十の客をとってる。普通のデリで二百とってるのと同じ売上だ。満足していい数字だと俺は思う。だから、銀座はもっとゆっくり……」

「うちの会員、そろそろ五十人を超えそう。だけど、そんなんじゃ全然満足できない。夢は大きく、日本中の娼婦が〈オンリー〉になることでしょ？ ショールームもこんなひっそりしたところは早く卒業して、目抜き通りに外車のディーラーみたいな立派なやつを建てて、北は北海道から南は沖縄まで支店もつくって……」

それが彼女の夢であることは、たったふたりで〈ヒーリングユー〉を立ちあげたときから知っていた。

清春も応援していた。そう、応援なのだ。一緒に会社を立ちあげたにもかかわらず、いまとなっては、どこか他人事のように考えていた。自分はそんな大それた夢をもっていなかったことに気づいた。成功すればするほど、〈オンリー〉はもっとマイナーな、知る人ぞ知る存在であったほうがいいと思いはじめた。

もちろん、冬華が自分の夢を追いかけることに異論を挟むつもりはない。手助けが必要なら、必要なだけしてもいい。

だが、急いては事をし損じるのが世の習いだ。

いくらアメリカ帰りの才媛でも、冬華は経営者としてはまだ未熟だった。にもかかわらず、自分を過信しすぎている。強気を装っても、ほころびはある。腹上死の話を清春に伏せている。他にも伏せていることがあるかもしれない。

　盤石ではない足元を意識すればするほど、冬華の脆(もろ)さが痛々しく感じられてならなかった。

第三章　天使のはらわた

1

大通りに出てタクシーを拾おうとしたが、まるでつかまらなかった。

ぼんやり歩いているとクシャミが出た。秋が深まっていた。昼間はそうでもないが、夜になると急に寒くなる。もう少しマシな上着を着てくればよかったと後悔しても、いまさらどうにもならなかった。

銀座から晴海にある〈湾岸ベース〉まで、歩いて四十分くらいだろうか。体力的には問題ないが、海に向かっていくほど風が冷たくなる。寝込んでいる暇などないから、誰かに迎えにきてもらったほうがいいだろうか……。

「失礼ですが……」

後ろから声をかけられ、振り返った。ギョロ目の男が、疲れたスーツを着て立っていた。深海魚みたいな顔をしている。年は五十がらみ、痩せていて背が低い。

「波多野（はたの）清春さんですね？」

身構えた。デリヘル時代に使っていた偽名だった。

「おっと、失礼。いまは波崎清春さんでしたね。不躾（ぶしつけ）で申し訳ありません、私、こういう者です」

深海魚が名刺を渡してくる。

「悪いが学がなくてね。なんて読むんだい？」

「百舌一生（もずかずお）、ですよ」

肩書きは読めた。

「私立探偵の百舌一生さんが、いったいなんのご用ですか？」

「道端で立ち話もなんですから、すぐそこに知っている店が……」

「用件を先に言ってくれ」

言葉が返ってこなかったので、清春は立ち去ろうとした。

「神里冬華についてですよ」

渋々口を開いた。

「そりゃあ誰なんだい？」

清春はとぼけた。

「ご冗談を。いまのいままで一緒だったじゃありませんか、〈ヒーリングユー〉のショールームで」

無理やり振りきると後が面倒な気がした。

百舌と名乗った男に連れていかれたのは、地下にあるバーだった。オーセンティックな造りで、一枚板のカウンターが存在感を放っていた。百舌はそこには眼もくれず、奥にある小さな個室に入っていった。密談にはうってつけの場所だ。

「ウイスキーをストレートで」

注文を取りにきた初老のバーテンダーに、百舌が言った。

清春は酒があまり得意ではなかった。すぐに酔ってしまうからだ。感情が乱れている今日のような日は、とくに飲まないほうがいいだろう。

「ホットコーヒー」

バーテンダーが笑う。そんなもの置いていないという顔で。

「じゃあ、白湯でいい。ホットウイスキーのウイスキー抜きだ」

バーテンダーは苦虫を嚙みつぶしたような顔で、個室から出ていった。やがて運ばれてきた白湯は、体が冷えていたので意外なほど旨かった。

百舌の前に置かれた琥珀色の液体は、薬草くさかった。内装は立派でも、ウイスキーの銘柄を指定しないと、粗悪な焼酎に薬草で味をつけたフェイクが届くらしい。

「申し訳ありませんが、おたくについていろいろ調べさせてもらいました……」

百舌が話を切りだしてきた。

「どこからか依頼があったわけじゃない。よくも悪くも、おたくたちはこれから時代の寵児になる……そう思ってのことです。私も一度、ビジターで〈オンリー〉を試させてもらいましたが、驚きましたよ。あれはすごい。日本人のセックス観を根底から覆してしまうんじゃないでしょうかね。晴海のビジネスをチェーン展開すれば、五年以内……いや、三年以内に、風俗業界の見取り図が一変するかもしれない……」

百舌は薬草くさいグラスに手を伸ばして、ひと呼吸入れた。〈オンリー〉の話を始めると興奮してしまう自分を抑えるように。

「ただ、いまよりメジャーになっていくと、製造元が伏せられていることが問題になってくるでしょうな。おまけに、代理店である〈ヒーリングユー〉も謎だらけ。正体不明の別嬪さんが社長の椅子に座ってる。私が少々ついてわかったのは、あなたが以前、デリヘルの雇われ店長だったってことくらいですよ。相当やり手だったらしいですな？　グループの中じゃ、伝説的な存在だったとか……」

「長い話は勘弁してもらえませんか」

清春は貧乏揺すりを始めていた。

「単刀直入ってやつが、俺は嫌いじゃない」

「なるほど……」

百舌は卑屈な笑みを浮かべてうなずいた。

「神里冬華、彼女はいったい何者なんです？　あなたが伝説的な店長なら、伝説的なデリヘル嬢がいたという噂（うわさ）がある。容姿端麗、サービスは濃厚で、気遣いは細やかな大和撫子（やまとなでしこ）。ＶＩＰの客を多く抱えて、ひと晩でサラリーマンの平均月収を稼いでいたとか……」

清春は白湯を飲んだ。

「神里冬華……彼女がそうなんでしょう？　元伝説のデリヘル嬢」

呆（あき）れた顔で首を振る。

「俺が単刀直入って言ってるのは、おたくの目的はなんだってことですよ。そんなふうに嗅ぎまわって、ネットニュースにでも売るつもりかい？」

「それもひとつの手段ですが……できれば私をコンサルタントとして雇っていただきたい」

清春は眉をひそめた。

「〈オンリー〉の人気がいま以上になれば、私のように嗅ぎまわる人間がいくらでも出てくる。私なら、それに対して防御ができる。あなたの過去も、神里冬華の過去も、いまのうちなら闇に葬れる。いつも自分がしているプロセスを、先まわりして潰していけばいいわけですから……」

「法外なコンサルタント料と引き替えに？」

「法外とは言いません。ただ、生きていくのに金が必要なのは誰だって一緒でしょう？　私は私なりに、あなた方をリスペクトしているつもりなんですがね。ハンメにまわるより、味方になりたい。〈オンリー〉がこの国を席巻していく、一助になれればいい」

「断る」

清春は立ちあがった。

「どうしてです？　神里冬華は美人で弁が立つ。メディア受けもいいし、本人も人前に出るのが嫌いじゃないようだ。これからカリスマになっていきますよ。そんな彼女に、元売春婦なんて薄汚れた過去があったらまずいでしょう？」

「断る理由は、あんたが無能だからだ」

清春は吐き捨てるように言い、個室を出た。

夜道を黙々と歩いた。

海に向かっていくほど風は冷たくなっていったが、寒さはまるで感じなかった。

体中が熱かった。全身の血液が沸騰しているようだった。思いだしたくもない過去を、予告もなしに突きつけられたからだった。

「なにが私立探偵だ。ただの強請り屋じゃねえか……」

冬華は伝説のデリヘル嬢などではない。

伝説の……という表現が適切かどうかわからないが、清春が仕切っていた店でナンバーワンを張っていたのは、千夏という女だった。

冬華の姉だ。

そして、清春の恋人……。

二十五歳で刑務所を出たあと、清春が仕事先として選んだのは、デリヘル業者だった。

ほとんどすべての産業が斜陽化し、不景気にあえいでいるこの国で、風俗業界だけは唯一活況を呈していた。売春婦と違い、男の給料は高くないし、人には言えないイリーガルな商売だ。よって常に人材不足の状態だから、清春のような人間でも問題なくもぐりこむことができた。

目立たない、日陰の仕事というところがよかった。売春婦ほど稼げなくても、まともな仕事よりは稼げるので、生活力のない男をひとり養わなければならない身としては、他の選択肢を考えられなかったくらいだ。

まずはドライバーとして、女を客の元に運んだ。拘束時間が長くても、運転は好きなので苦にならなかった。ずっとクルマの中にいるので、煩わしい人間関係もない。ドライバーと女がデキてしまうことを避けるため、口をきいてはいけないという規則があった。清春はそれを忠実に守った。

ドライバーとして働いて二年目のことだ。

店長が売上を持って逃げてしまい、清春がその後釜に抜擢された。その店は都内で十店舗以上を経営している、業界内では大手の部類に入るデリヘル・グループに属していた。上層部の人間からは「好きにやっていい」と言われた。べつに腕を見込まれたわけではなく、失敗したらすぐに他のやつに首をすげ替えるという意味だった。

意地でも馘になりたくなかったが、それだけが理由ではなく、自分でも驚くくらい張りきって働いてしまった。生まれて初めて、努力が結果に結びつく喜びを知ったからだ。どうすれば集客数があがるのか考え抜き、次々にアイデアを生みだして実行に移した。仕事に没頭していると暴力的な衝動がこみあげてくることもなく、生きている実感が味わえた。表社会では重い十字架となる前科も、裏社会では箔となる。若い連中はリスペクトしてくれ、よく働いてくれた。グループ内で頭角を現し、トップの売上を叩きだすのに一年もかからなかった。

集客においてもっとも重要なのは女の質だが、これはあらかじめ確保されていた。こちらからあえてスカウトしなくても、容姿端麗な上玉が向こうからやってきてくれるご時世だった。

とはいえ、同価格帯の他店も条件は一緒なので、差別化を図るためには価格をさげるか、割引キャンペーンを行なうか、コスプレに特化するなどの思いきった改革が必要だった。

清春が選んだのはいずれの方法でもない。

控え室に漂っていた気怠い空気を一掃するため、指名ランキングを使って女たちを競わせた。上位に入れば徹底的に依怙贔屓し、下位には冷たく接した。その裏で、下位の女をこっそり励ますことは忘れなかったが、ランキングがあがればいい思いができるという、コンセンサスをつくりだした。

男のスタッフには、身なりをきちんとさせた。ダークスーツを制服として支給し、だらしない髪型や髭面は許さなかった。クルマの掃除も徹底させた。すべては女に気持ちよく働いてもらうためだった。そのうえで、男のスタッフだけで頻繁に飲み会を開き、団結を強めた。推したい女がいれば、個人的に肩入れしろと発破をかけた。店の女に手を出してはいけないというルールを撤廃し、イロカン＝色恋管理を奨励した。

女たちは競わせ、男たちは団結するという清春の方針により、サービスが向上した。サービスが向上すれば、リピーターが増えた。売上が目標をクリアすると、気前よくボーナスをはずんだ。私腹を肥やすようなことは絶対にしなかった。女たちはますます競いあい、男たちはやる気をみなぎらせた。

2

千夏が清春の店にやってきたのは人の紹介だった。

同じグループの店長が、自分のところは女が余っているからと、清春の店への移籍を打診してきたのだ。清春の店も女には困っていなかったが、グループ内での人間関係を軽く扱うと、やがて自分に跳ね返ってくるかもしれない。しかたなく、会いにいった。不採用の理由を見つけるために、会いにいったようなものだった。

清春は最初、そうと知らずに待ち合わせ場所に向かったのだが、千夏が指定してきたのは、驚くべきことにマリファナカフェだった。

春爛漫と言いたくなるような、陽気のいい日だった。まぶしい陽射しが差しこむテラス席に、千夏は座っていた。肩から両腕、それに胸元が大胆に露出した安っぽいサンドレスを着て、ぶっといジョイントを吹かしていた。紫に揺れる煙の向こうで、化粧っ気のない顔がだらしなく弛緩していた。完全にキマッているようだった。

不採用の理由なら、それだけで充分だった。声をかけずに踵を返してもよかった。この手の女は、仕事の待ち時間にもマリファナを吸う。リーガル・ドラッグになったとはいえ、酩酊していてまともな仕事ができるわけがない。

それでも清春は、千夏の前の席に腰をおろした。名を名乗ると、彼女も名乗った。ヘラヘラ笑いながら、呂律のまわらない口で……。

踵を返さなかったのは、彼女を紹介してきた人間の顔を立てたからではない。その男に対しては、むしろはらわたが煮えくり返っていた。よくもこんな女を紹介してきたものだと……。

単なる気まぐれで腰かけたつもりだったが、後から考えれば直感が働いたのだろう。理由がわからないまま、千夏に惹かれるものがあったのだ。

肌が抜けるように白いから、まぶしい陽射しを浴びていると半透明に輝いて見えた。ゆらゆらと揺れるマリファナの煙と相俟って、ファンタジー映画のワンシーンのように幻想的だった。

瞳の色が、そういう印象に拍車をかけた。日本人には珍しい、淡褐色だった。ライトブラウンとダークグリーンの中間の色だ。薄暗い部屋の中でなら、すぐにそうとは気づかなかっただろう。テラス席で陽射しを浴びていたので、顔の角度が変わるたびに瞳の色が複雑に変化した。

「うちの店で働きたいなら、ハッパはやめてもらうぜ」

清春の言葉に、千夏はだらしなく笑いながらうんうんとうなずき、

「でも、シラフじゃやってられないの」

悪びれもせず言った。

「なぜ？」

千夏は答えなかった。淡褐色の瞳をくるくるとまわしながら、彼女にだけ聞こえる音楽でも聞いているように体を揺すっていた。

もっとも、清春にしてもまともな答えは期待していなかった。なるほど、売春など正気ではやっていられない商売だ。しかし、だからこそギャラが高い。我慢と報酬が釣りあっていないと思うなら、やらなければいいだけの話である。

清春がしらけた気分でコーヒーを飲んでいると、

「あなた、よく見るとカッコいいね？」

千夏が身を乗りだして、まじまじと顔をのぞきこんできた。キャッキャとはしゃぎ声まであげそうだった。清春はますます鼻白んだ。無邪気アピールなら、客の前だけにしておいたほうがいい。

「ねえねえ、あなたのところってイロカンしてるんでしょ？」

清春は表情を硬くした。いちおう、それは秘密になっていた。公然の秘密のようなものだったが。

「あなたがイロカンしてくれるっていうなら、これはやめる……」

ジョイントを灰皿に押しつけた。

「きっぱりやめる……約束する……」

清春は黙って千夏を見つめていた。腹の中を探ろうとした。

自分からスタッフに関係を迫ってくる女は、売春婦には珍しくなかった。だがそれは、ある程度同じ空気を吸ってからの話で、初対面でいきなりというのはなかなかお目にかかれない。

しかも、イロカンと言った。女にとっては屈辱的な言葉なはずだ。イロカンは、イロカンされていることを女が知っていては成立しない。薄々勘づいていても、女は本気だと信じようとするし、男は信じさせようとする。騙される女は愚かだが、騙す男はその何百倍も罪深い。女の懐に少しでも多くの金を残してやることでしか、罪は償えない。

「だって、ほら……」

沈黙を嫌うように、千夏は言葉を継いだ。

「好きな男がいれば、頑張れそうな気がするじゃない？　わたし、頑張りたいの。

わたし本当は、頑張ってたくさんお金を稼ぎたいの……」

千夏は急に必死になった。嘘(うそ)ではないのだろうと思った。頑張ってたくさん稼ぎたい――売春婦でなくとも、たいていの人間がそう思っている。

問われるのは能力だった。いくら頑張ったところで、能力がなければビタ一文稼げない。売春婦で言えば、まず容姿、男を虜(とりこ)にする色気、細やかな気配りができる性格、他の女に負けたくないという気性、そしてなにより、抱き心地(ごこち)のよさである。

それらが千夏に備わっているかどうか、清春にはわからなかった。容姿は悪くないにしろ、群を抜いているわけでもなかった。その他のことは、実際に抱いてみるか、仕事をさせてみないことには、わかるわけがなかった。

しかし、彼女にはオーラがある――ような気がした。向きあって座っていると、彼女の世界に招かれている感覚があった。彼女が演じている映画のスクリーンに、まぎれこんでしまったような……。

普通は逆だ。清春の世界に、女が入りこんでくる。清春のほうがキャラが濃い、ということだろう。

マリファナで酔っている以外、千夏は特別なことをしているわけではなかった。なのに彼女の世界に呼ばれてしまい、彼女がもっているリズムやトーンや雰囲気に、自分が侵食されていく……。

気のせいや錯覚かもしれないが、たしかにそう思った。

ならば賭けてみようか、と不意に閃いた。

大げさな話ではない。約束を破ってマリファナを吸ったり、人気が出なかったりしたら、馘にすればいいだけの話だ。正直なところ、大穴の万馬券を衝動買いするような気分で、清春は千夏を雇うことにしたのだった。

3

イロカンを部下に奨励していても、清春自身はそれをしていなかった。清春がイロカンをしなくても店は順調にまわっていた。

店長になった当時は新人講習に精を出し、甘い言葉でその気にさせたこともあったが、一年もするとすべて部下に任せるようになった。急に食指が動かなくなった。一時はデリの女をよく買っていたのに、不思議なものだった。彼女たちはもう、みじめな暮らしを慰めてくれる天使ではなく、食い扶持を稼ぐ商品だった。

恋人と呼べる存在がいたこともない。性欲がなくなってしまったわけではないが、手淫で充分だった。

だから、イロカン志願の淋しがり屋を、どう扱えばいいのか戸惑った。

マリファナカフェを出ると、百貨店に入った。大人っぽいヴァイオレットブルーのワンピースと、ハイヒールとバッグとネックレスをプレゼントした。

蓮っ葉なサンドレスからそういう格好に着替えさせると、かなり見栄えがよくなった。全体はスレンダーで、手脚の長いモデル体型なのに、胸は大きく、ヒップや太腿(ふともも)のボリュームも申し分ない。仕上げに百貨店の中にある美容院で髪を整えさせ、きちんと化粧もさせた。眼、鼻、口と顔のパーツがどれも大きいから、驚くほど化粧映えし、万馬券の予感に胸がざわめいた。

「上から下まで変身させて、どこに連れていってくれるんですか?」

千夏ははしゃいでいた。マリファナの酔いはもう覚めているようだったが、笑うのをやめなかった。化粧映えする顔で彼女が笑うと、大輪の花が咲いているようにその場が華やぎ、すれ違う男が例外なく振り返った。

「どこって言われても、うーん……」

清春は早速仕事をさせようと思っていたのだが、なんだかそういう雰囲気ではなくなってしまった。命じれば従ったかもしれないけれど、彼女を傷つけそうな気がした。

いや、清春自身がもう少し一緒にいたかったのだ。

セックスをする気はなかった。そういうことではなく、彼女と同じ空気を吸っていることに、居心地のよさを感じはじめていた。

百貨店を出ると、すっかり夜の帳がおりていた。酒はあまり得意ではないが、飲みにいくしかないようだった。グラスを傾けていれば間がもつし、はしゃぐ彼女に調子を合わせられるかもしれない。

あてもなく歩いているうち、地上八十階建ての高層ビルが、バベルの塔のように屹立しているのが見えてきた。その高層階に入っている外資系ホテルに、女を届けたことがあった。たしか、夜景の見えるバーラウンジがあったはずだ。

連れていくと、千夏は手を叩いて喜んでくれた。最上階にあるバーラウンジは、三階分の吹き抜けの壁が一面のガラス張りになっていて、眼下に望める夜景が星屑瞬く銀河に見えた。

「うわっ、すごい」

眼を凝らして見つめていると、古いロックが聞こえてきそうだった。デヴィッド・ボウイの『スペイス・オディティ』——宇宙飛行士が無重力にたゆたい、地球の青さに魅入られている歌だ。

清春と千夏も眼下の夜景に魅入られていたが、残念ながら、東京の夜景は輝く範囲が年々縮小しつづけている。かつては見渡せる範囲がびっしり輝いていたらしいけれど、いまは違う。

港区、中央区、渋谷区、新宿区などはまばゆい光に彩られていても、その外側になると星の数は急激に減少し、ブラックホールのような暗闇がポツン、ポツンと見える。かつてのニュータウン、いまのゴーストタウンである。清春はいつの間にか、まばゆい光より闇の深さに息を呑んでいた。

不意に、隣で千夏が鼻歌を歌いだした。『スペイス・オディティ』だったのでびっくりした。

「どうかした?」

「いや……」

俺もいまその歌を思い浮かべていたんだよ、と言うかわりに、清春はシャンパンを奮発した。ボトル一本の値段がアパートの家賃三カ月分もした。無駄遣いの記録にチャレンジしているかのような暴挙と言っていい。普段なら、あり得ない。金を稼ぐことに関心があっても、遣うことには興味をもてないのが清春という人間だった。

べつにムキになってケチを貫いているわけではない。三度の食事は錠剤で充分だし、情熱を傾ける趣味もなく、シャツの袖がすり切れていても不便を感じないだけだ。

金がないわけではないので、この程度の散財はどうってことなかった。ただし、どうかしていたことは間違いない。口には出さなかったが、ひどく気分がよかった。正体不明の高揚感に、身も心もコントロールされている感じがした。

最初は百貨店に連れていって、服を一枚プレゼントするだけのつもりだった。洒落た仕事着を与えてやれば、少しは前向きな気分で働いてくれるかもしれないという、期待と打算があったからだ。

なのに、ヴァイオレットブルーのワンピースを颯爽と着こなした千夏を前にすると、靴もバッグもアクセサリーも買ってあげたくなった。美容院に行かせたあたりで、らしくないことをしている自分が不安になってきた。それでも正体不明の高揚感には抗えず、普段は毛嫌いしているスノッブな店で、馬鹿高いシャンパンまで飲んでいる。

いい気分だった。

生まれて初めて口にしたシャンパンは、それまで飲んだことがあるどんな酒にも似ていなかった。華やかな香り、甘美な果実味、生きいきとはじける気泡の刺激——いくらでも飲めそうな味にも驚いたが、酔い心地が安酒とはまるで違った。角がなく、上品なのに、濃厚なのだ。

飲むほどに頭の芯が溶けていき、宇宙遊泳でもしているように身も心も軽くなっていった。おかげで、飲みすぎてしまった。眼下で銀河のように輝いている夜景が突然揺れはじめ、地震かと身構えると、自分の体が揺れていた。

「そろそろ帰ろう」

「えっ？　まだ来たばっかりじゃない」

「実は酒が弱くてね。すぐに酔ってしまう」

「そんなふうには見えないけど……」

千夏はシャンパンのボトルを取り、眼を細めてラベルをのぞきこんだ。

「シャンパンなんて初めて飲んだけど、アルコール度数高いのね。口当たりはとってもいいから、これじゃあ酔っちゃうね……」

チェックを済ませ、店を出た。千夏が手洗いに行き、エレベーターホールで少し待たされた。壁が鏡になっていたので、清春は自分に笑いかけた。マリファナカフェでヘラヘラしていた千夏の笑顔を思いだし、真似（まね）しようとした。笑いがとまらなくなった。まわりにエレベーター待ちの外国人がいたので、吹きだすのだけはなんとかこらえた。

やがて、千夏が戻ってきた。

悪戯（いたずら）っぽく眼を輝かせ、

「部屋とっちゃった」

と指に挟んだカードキーを見せてきた。

清春は笑っていられなくなった。エレベーターが到着し、外国人がどやどやと入っていった。清春と千夏が動かなかったので、扉は閉まった。エレベーターホールに誰もいなくなると、足元から異様な静けさが立ちこめてきた。

「わたし、約束を守るから……」

千夏はもう、笑っていなかった。真顔で見つめてくる彼女には、震えるほどの気品があった。

「頑張って働いて、たくさん稼ぐから……あなたに損はさせないから……だからあなたも……約束を守って」

抱いて、という代わりに千夏はそう言った。エレベーターホールは暗かったので、淡褐色の瞳が黒く見えた。漆黒が艶を帯びて月夜の海のように輝き、見つめあっていると溺れてしまいそうだった。

清春が千夏と過ごした時間は、ちょうど一年だ。

春夏秋冬をきっちり一巡したわけだが、あらためて一年だったと思うたびに、たったそれだけなのかと愕然(がくぜん)としてしまう。

時間は均一なものではない。刑務所に入ったことがある人間なら、誰だって知っている。うんざりするほど退屈な時間は動かざること山のごとしで、苦痛だけをもたらして記憶にはなにも残らない。

楽しい時間はその逆だ。春夏秋冬があっという間に過ぎ去っていき、思い出は両手でも抱えきれない。

最初の思い出——千夏と初めて体を重ねたときの記憶は、いまでもしっかりと胸に刻まれている。

千夏が勝手にホテルの部屋をとってしまったので、そういう展開が唐突に訪れた。清春はどこかぼんやりした、催眠術でもかけられたような気分で事に及んだ。

「誰でもいいんだろう?」

照れ隠しに、よけいなことを口にした。

「イロカンしてくれるなら、誰でも……」

千夏は否定せず、笑い飛ばしもせず、せつなげに眉根を寄せてキスをしてきた。あれほど淫らなキスを、清春は他に知らない。舌と舌が、地中にもぐった大樹の根っ子のようにからまりあって、ほどけなくなるかと思った。

千夏は鎧(よろい)を脱ぎ捨てるようにして裸になった。薄皮を剝(む)いた果実のように瑞々(みずみず)しく無防備なヌードに、清春は瞬(まばた)きを忘れた。すべてをさらけだした彼女は服を着ていたときとはまるで別人で、どこまでもエロティックな小悪魔だった。

つかまえようとすると、逃げた。ベッドから逃げだしたわけではない。清春のリードをかわし、焦らしてくる。挑発、扇情、甘えるふり、ありとあらゆる手練手管を使って清春を奮い立たせ、けれども決してつかまらない。欲望と欲望の追いかけっこで、ベッドの上を熱狂させる。

ひとつになると、見つめあいながら腰を振りあった。淡褐色の彼女の瞳は喜悦の涙に潤みきり、枕元のスタンドの灯りを浴びて虹のように輝いていた。見つめあって恍惚を分かちあった。今度こそ正真正銘、溺れてしまった。清春は単なる性的興奮を超えた高揚感を覚えていた。自分たちはひとつの生き物だと思った。もともとひとつで、別々に生きているほうが不自然なような……。

気がつけば、窓の外が白々としていた。薄闇に包まれていた部屋も次第に明るくなっていき、ふたりでひとつの夜を乗り越えた実感がこみあげてきた。

「ねえ……さっきのやつ、もう一回訊いて」

オルガスムスの余韻が色濃く残った声で、千夏は言った。あお向けで息をはずませ、天井を見上げていた。部屋が明るくなっているのに、胸のふくらみや股間の翳りを隠すこともできないようだった。

「もう一回？」

清春も放心状態で天井を見上げていた。息のあがり方は、彼女以上だった。精根尽き果てて、難しいことはなにも考えられなかった。

「誰でもいいんだろうって……昨夜言ったでしょ？」

清春が深く考えず求められた台詞を言ってやると、

「誰でもよくない……あなたがいい……」

千夏は嚙みしめるように言い、汗まみれの体でしがみついてきた。

押し寄せてくるあからさまな好意が、清春の胸を熱くした。

しかし、俺もおまえを愛している、とささやき返すことはできなかった。

千夏が悪いわけではない。

清春が愛を知らない男だからだ。

幼少時に失われた感情の中で、おそらくそれがいちばんにやっかいな代物だった。巷にはうんざりするほど愛という言葉があふれている。愛こそもっとも人間らしい感情だと声高に叫ぶ人がいる。清春にはどうにもピンとこない。

性欲はある。女を抱きたいという衝動は理解できる。しかし、ひとりの女を一心不乱に求めるという、感情のあり方がわからない。

荒淫で息も絶えだえになっている千夏を抱きしめながら、もしかするとこの女なら愛を教えてくれるのではないか、と思った。亀マンが恐怖を教えてくれたように、刑務所暮らしが孤独を教えてくれたように、愛と名のつく心の有り様を、彼女なら実感させてくれるのではないか。

「あなたがいい……あなたがいい……」

いまにも感極まりそうな声で繰り返す千夏に、キスをした。恐怖や孤独とは違い、愛を理解する道のりは、なんだか楽しそうだった。愛を知ることで、人間らしい人間になりたかった。純秋のように、一緒にいるだけで心温まるやさしい人間に……。

とはいえ、千夏は一筋縄ではいかない女だった。

ひどく大人っぽいところと、ひどく子供っぽいところが同居していた。いつも楽しそうで、いつもつらそうだった。蓮っ葉な態度と、純情な笑顔が交互に現れた。要するに、矛盾の塊のような存在だった。はしゃいでいるときと落ちこんでいるときの落差が激しく、そういう自分をもてあましていた。光線の当たる角度によって色が変わる淡褐色の瞳は、まさしく彼女の象徴だった。

だからこそ眼が離せなかった。初対面でその瞳に魅せられ、彼女のペースに嵌まってしまったように、季節が変わるより早く、抜き差しならない関係に陥っていた。

問題がひとつあった。

清春は純秋と同居していたので、千夏がひとり暮らしをしているアパートに泊まることができなかった。彼女は不満をもらし、そのうち別の女の存在を疑いはじめた。

しかたなく、清春は千夏を自宅に招くことにした。ないがしろにできなかったのは、彼女が清春との約束を守り、期待以上に頑張って仕事をしてくれたからだ。入店してたった一カ月で、ナンバーワンに躍りでた。朝まで一緒にいてやれなくても、その理由を誠実に伝える必要があった。

当時、純秋は人間嫌いのピークに達していた。口数も少なくなり、部屋から一歩も外に出ようとしなかった。姿形は清春とそっくりでも、心を病んでいることが一目瞭然の眼つきをしていた。一度見せれば、彼を放っておけない事情を理解してもらえると思った。

もちろん、ふたりが意気投合してくれることなど、小指の先ほども期待していなかった。純秋が人間嫌いのコミュニケーション障害なら、千夏も千夏でややこしい性格をしており、とくに仕事が終わったあとは落ちこみが激しく、虚ろな眼をして口をきけなくなることがよくあった。だからこそ、清春に朝まで一緒にいてくれることを求めてきたのだ。

ふたりとも自分から攻撃するタイプではなかったので、小一時間ほど険悪なムードに耐えればいいと、清春は高を括っていた。仕事終わりの千夏をホンダに乗せ、桶に入った寿司を買って帰った。ネタもシャリもフェイクだから、紙のような味がする。清春は苦手だったが、千夏と純秋の好物だった。

それがよかったのか、悪かったのか……。

「そのサバ、僕のぶんだと思うんですけど！」

「はあ？　あんたこそさっきからカニ味噌ばっかり食べてるじゃないのよ。わたし、最後に食べようと思ってとっておいたのに！」

千夏と純秋は犬も食わないような幼稚な言い争いの果てに、取っ組み合いの喧嘩を始めた。ふたりをなだめながら、清春はやりきれない気分になった。サバもカニ味噌も偽物のうえにまずい。そう思うと、涙が出てきそうだった。

だが翌日、仕事を終えて家に帰ると、千夏がいた。超小型のドローンが二機、部屋中を飛びまわり、千夏と純秋は黙々とコントローラーを操作していた。ドローンで追っかけっこをしていたのだ。

訳がわからなかった。千夏はそのまま自分のアパートに帰らず、居着いてしまった。幼稚な言い争いや、取っ組み合いの喧嘩は二度としなかった。ただ、楽しくおしゃべりするようなこともなく、お互いにむっつり押し黙ったまま、つかず離れず同じ空間に収まっているのだった。

ほとんど年中無休で働いている清春に対し、デリヘル嬢のシフトは四、五日に一日は休みがある。千夏は清春と過ごすより、純秋と一緒にいる時間のほうが長かったはずだ。それでもなにかを勘繰ったことはない。

ふたりが一緒にいても、性的な匂いがまったくしなかったからだ。おしゃべりもほとんどしないから、仔犬や仔猫が二匹、そこにいるようだった。清春はさながら二匹の飼い主だった。

おしゃべりなどしなくても、ふたりには通じ合うものがあったようだ。千夏が家にやってきてから、純秋の眼つきは次第に和らいでいった。千夏が仕事の後、塞ぎこむ回数も減っていった。

清春と千夏は同じベッドで寝ていたが、いつもセックスしていたわけではない。むしろ、しない夜のほうが多かった。千夏の体に興味がなくなったのではなく、彼女がセックスワーカーだったからだ。それも、かなりハードな。

仕事がある日は、店の営業時間である正午から深夜零時まで、休むことなく客をとりつづけていた。彼女は清春の店のナンバーワンであっただけではなく、グループ全体のトップにまで昇りつめた。客からリクエストがあれば、朝まで延長されることも厭わなかった。営業時間外の特別料金に、さらに色をつけた額を客からせしめてきた。そんな女は他にいなかった。

彼女は娼婦として天賦の才能がある――そんなふうに思っていた当時の自分に、つくづく絶望してしまう。

仕事が終わったあと、千夏はいつだって疲れきっていて、寝顔が死んでいるように青ざめていることもあった。つらいんだろうな、と思った。朝から晩まで見知らぬ男の性のオモチャにされていて、つらくないわけがない。

そんな彼女と添い寝をし、セックスもせずに腕の中で眠りにつかせてやる——清春は自分の振る舞いに満足していた。悦に入っていたと言ってもいい。

やさしい男になりたかった。彼女を癒やしてやりたかった。自分にとって純秋がそうであるように、ホッと安堵の溜息をつける場所。清春は、千夏にとっての純秋になりたかったのだ。

彼女の柔らかい体や甘い匂いに反応し、勃起してしまっても、セックスは我慢した。完全に痩せ我慢だったが、黙って身を寄せあい、眠りについた。いまでもよく思いだす。幸せと安らぎの象徴的なシーンとして。

「ねえ……」

なかなか眠りにつけない夜、千夏が何度か口にした質問がある。

「もしわたしが、セックスできなくなったらどうする？　セックスできない女でも、男の人って愛せるの？」

ひどく切迫した表情で言うので、清春は苦笑まじりに彼女の髪を撫でた。

「それは困る」

「……だよね」

千夏は安堵と疲労が入り混じった、複雑な表情でうなずいた。

清春にとって千夏は、恋人であるとともに商品だった。自慢の商品だ。ぶっちぎりのナンバーワンをイロカンしていることで、スタッフたちに尊敬されて鼻が高かった。

ただ、純粋に恋人としてなら、別の答えを用意できた。セックスができなくなったらなったで、彼女とならいい関係を築けそうだった。実際、恋人同士であっても、寝る間を惜しんで体を求めあっていたわけではない。ドライブしながら同じ歌を口ずさんだり、添い寝をしている時間だって充分に輝いていた。きっとセックスができなくなっても、自分たちは楽しくやっていけるだろう……。

はっきりと口に出して、そう言ってやるべきだった。

清春は千夏のことをなにもわかっていなかった。

ある日、彼女は突然いなくなった。

当時清春が所有していた年代もののマツダで、湾岸道路からダイブした。

クルマの引きあげに、清春も立ち会った。ガードレールをぶち破り、急な斜面を十メートル以上転落した車体はぐちゃぐちゃに潰れ、見るも無惨な鉄屑の塊と化していた。千夏も四肢の損傷が激しく、手脚がすべてバラバラの方向に曲がり、血に染まってピンク色になったTシャツからドス黒いはらわたが飛びだしていた。不思議なことに、顔だけは傷がなかった。発見から引きあげまでが早かったため、水死体にありがちな醜い膨張もなく、静かな死に顔だったことだけが救いだった。

警察は事故として処理したが、清春には自殺にしか思えなかった。

千夏はもう、セックスなどしたくなかったのだ。セックスができなくなれば清春に捨てられると思って、自死を選んだのだ。

清春は罪悪感と自己嫌悪にのたうちまわり、デリの仕事を続けていることができなくなった。

千夏はたしかに、愛を教えてくれた。

彼女を失ったときの深い喪失感が、その証拠だった。逆光の中に、愛の存在をはっきりと見てとれた。自分は千夏を、こんなにも愛していた——失って初めて、その感情に気づいた。

添い寝をしているくらいで癒やした気になっていたなんて、救い難いにも程がある。自分勝手に悦に入っていないで、伝えておくべきだった。たとえ売春婦をやめても、この関係は続くのだと……セックスなんてしなくても、ずっと側にいてほしいと……。

4

清春は千夏の個人的な情報を、なにも知らなかった。出身地も実家の連絡先も教えられていなかったし、彼女の苗字(みょうじ)が「神里」であったことさえ、亡くなってから知ったくらいだ。

警察から連絡を受けた千夏の両親がいるはずの火葬場に、清春はひとりで向かった。自分以上に憔悴(しょうすい)しきっている純秋を残し、逆縁(ぎゃくえん)にやりきれない気分でいる両親の、混乱や失意や憎悪を一身で受けとめる覚悟を決めて家を出た。

しかし、火葬場に両親の姿はなく、代わりにいたのが、黒いワンピースに真珠の首飾りをした冬華だった。

四つ年下の妹だと説明されても、にわかに信じられなかった。まるで似ていなかった。千夏が天真爛漫とアンニュイをあわせもつフランスの映画女優だとすれば、冬華は長い黒髪と黒い瞳にオリエンタルなムードをまとった中国系のファッションモデルのようだった。

「すいません。わたし、アメリカに住んでいるものですから、戻ってくるのが遅れまして……」

「いえ、火葬を待たされたのはあなたのせいじゃない」

千夏が亡くなってから、すでに十日が経過していた。最近は火葬場の混雑が激しく、それくらいは普通らしい。十日待ちならまだいいほうで、夏場にひと月以上待たされた挙げ句、防腐処理に失敗して、元の顔がわからないほど遺体が腐ってしまったむごい例もあるという。

「ご両親は？」

清春が訊ねると、冬華は口ごもった。

「沖縄で……眠っております……ふたりとも……」

永眠している、ということのようだった。

千夏と冬華の出身地が、沖縄本島からさらに離れた小さな離島であることを、そのとき初めて知った。「神里」という苗字は琉球にルーツがあるらしい。南国のリゾート地とはまるで無縁な半生を送ってきた清春には、千夏や冬華の少女時代がどういうものだったのか、想像することすら難しかった。

人間を灰にするには時間がかかる。

清春と冬華は、吹きさらしのベンチに並んで腰をおろした。

「姉の恋人だったんですか？」

清春はうなずき、深く頭をさげた。

「申し訳ありません。こんなことになってしまって……」

「姉のことをいくつか教えていただいてもいい？」

「自分にわかることでしたら……」

「どういう仕事をしていたんでしょうか？」

　今度は清春が口ごもる番だった。

「実はわたし……アメリカの大学院に留学しているんですけど、そのお金を全部姉に頼っていて……でも、何度訊ねても仕事は教えてもらえませんでした」

　天を仰ぎたくなった。

『わたしにはね、すっごく頭のいい妹がいるの……』

　千夏はよく言っていた。

『わたしは勉強が大っ嫌いで、教科書なんてろくに読んだことないけど、妹は貰ったその日に全部読んじゃうんだから。その妹がいま、アメリカに留学してて……東京で有名な大学を卒業したのに、まだ勉強したいって……わたしがひと肌脱ぐしかなかったの……嫌々やってるわけじゃないのよ。わたしは姉だから、妹の力になりたいの……でも……でも……』

　清春はその話をあまり深刻に受けとめていなかった。聞き流していた、と言ってもいい。

その手の嘘をつく売春婦は、珍しくなかったからだ。家族のためだったり、好きな男のためだったり、とにかく自己犠牲でこの仕事をしているというエクスキューズがないと、自分を支えられない。もちろん、そんな嘘に罪はない。折れかけた心のつっかえ棒になるなら、嘘でもなんでもつけばいい。

しかし、千夏は嘘をついていなかった。「すっごく頭のいい妹」は実在したのだ。とはいえ、清春は冬華に真実を話す気にはなれなかった。自分の学費を稼ぐために、実の姉が春をひさいでいたなんて、いまさら知ったところでいいことなどありはしない。

「教えてください……」

冬華は何度も頭をさげた。横顔を向けたまま、喪服に包まれた体を震わせていた。涙は流さなかった。泣きたくても泣けないくらい悲しい――そんな心情がひしひしと伝わってくる表情で、自分の両膝を強くつかんでいた。次第にスカートを握りはじめ、裾がめくれて肉感的な太腿が露わになった。冬華は気にもとめず、教えてくださいさい、と繰り返した。

結局、清春が根負けした。

すべてを知った冬華は、見ているのが気の毒になるくらい狼狽していた。するに決まっている。そして清春は、彼女を慰める立場になかった。唯一できることがあるとすれば、憎悪の対象になるくらいだった。自分が千夏を雇っていたデリヘル店の店長だったことを告げ、その場を辞した。

再会したのは、千夏の死から半年ほどが経過したころだった。

なんの前触れもなく、突然自宅に訪ねてきた。

清春は都心のアパートを引き払い、ゴーストタウンのスコッターになっていた。どうしてここがわかったのだと訊ねても、冬華は答えてくれなかった。足跡を消したわけではなかったので、探偵でも雇えば簡単に辿りつけただろうが、どうしても会う必要がなければ、そんなことまでしない。

清春は千夏を失ったことで売春稼業に嫌気が差し、仕事もせずにぶらぶらしていた。スコッターなら家賃がかからないし、贅沢さえしなければ、デリヘル時代に稼いだ金で二年くらいは暮らせそうだった。純秋と同居していなかったら、引きこもりになっていたかもしれない。心配をかけたくなかったので、仕事に行くふりをして、あてもなくホンダのアクセルを踏みつづける毎日を送っていた。

「わたしと組んで仕事をしませんか?」

冬華は清春の眼をまっすぐに見て言った。五つも年下のお嬢さんだった。最初は、いったいなにを言っているのだろうと思った。

ゴーストタウンに唯一残っていた掃きだめのようなファミリーレストランで、彼女は〈オンリー〉について語った。〈ヒーリングユー〉の構想は、その時点ですっかりできあがっていた。差しだされた事業計画書はずしりと重く、日本における風俗産業やセックスドールのマーケティングリサーチに始まり、ショールームや倉庫の具体的な候補地まであげてあった。

ただ、〈ヒーリングユー〉の事業計画書がやけに立派なのに対し、〈オンリー〉に関する具体的な記述はまったくなかった。冬華による口頭の説明だけで、写真一枚見せてくれない。

「コンフィデンシャルなので、資料は出せないんです。近々、実物をお目にかけることができると思いますが」

清春はどういうふうに受けとめていいかわからなかった。現実離れした話だったが、荒唐無稽な冗談で片づけるには、冬華の態度が真剣すぎた。

「いくつか質問しても？」

「ええ」

「まず、その〈オンリー〉ってやつを開発したのは、どこの誰だい？」

「ある世界的企業、としかお答えできません。わたしはアメリカ東海岸の大学院で経営学を学んでいて、そこでコネクションを得ました。それ以上は……」

「じゃあ、その企業が全面的に面倒見てくれるわけか？」

「いいえ。提供してもらうのはあくまで〈オンリー〉だけです。〈ヒーリングユー〉はわたしが立ちあげる、わたしの会社です」

冬華は背筋を伸ばして答えた。

「製造元にいくらとられる？」

「向こうが欲しいのは情報で、お金じゃありません」

「無料で提供してくれるのかい？」

「はい。その代わり、〈ヒーリングユー〉に関する情報は全部出します。向こうは〈オンリー〉の世界販売に先駆けて、日本で販売実験をしたいんです」

「じゃあ、その世界的企業とやらとは別に、スポンサーがいるわけか？　倉庫ひとつ借りるのだって金がいる。スタッフも必要だし、搬送用のクルマだってそうだ。どうする？　肝心の〈オンリー〉が機密事項じゃ、闇金だって融資してくれないぜ」

「自己資金があります」

清春は眉をひそめた。目の前の女は、半年前まで姉の仕送りを受けて外国で勉強していたはずだ。金なんかあるわけがない。

「姉が残してくれたんです」

冬華によれば、千夏はかなりの額の預貯金を残していたそうだ。グループの中でもトップの売上を叩きだしていた千夏だから、仕送りとは別に貯金があってもおかしくない。そこまでは想定内だったが、その他に億単位の保険金が振り込まれてきたという。もちろん、千夏が自分で自分に死亡保険を掛けていたのだ。

清春は知らなかった。

自分はやはり、千夏のことをなにもわかってなかった。いや、わかろうとする努力さえしていなかった。自己嫌悪に胸を締めつけられながら、冬華を見た。なにもわかってやれなかった恋人の妹を、どう扱っていいのか戸惑うばかりだった。

「なぜ俺に声をかけた？　製品に自信があって事業計画が万全なら、企業と組んで大々的に売りだせばいいじゃないか？」

冬華はきっぱりと首を横に振った。

「既成の企業と組まないでほしいというのは、製造元の意向でもあるんです。目的はあくまで販売実験とデータ収集ですから、営利企業を参加させると趣旨が微妙にずれてくる」

「……なるほど」

まともな企業に売春じみた汚れ仕事のノウハウがない、という理由もあるのだろうが、製造元は要するに、泳がせる存在が欲しいのだろう。大量の人間に〈オンリー〉を届け、データを収集し、万一社会的なトラブルが起こった場合は防波堤となる——捨て駒を必要としているわけだ。企業は大きければ大きいほど、捨て駒にはなれない。責任の所在を曖昧にし、都合の悪いことは隠蔽するのが、日本企業の体質だ。それどころか、膨大な利権に食いこもうと、あの手この手を弄してくる可能性もある。

その点、冬華がひとりで立ちあげる会社なら、監視が行き届くし、コントロールもしやすい。〈ヒーリングユー〉の売上はつまり、捨て駒になるリスク料なのだ。

「わたし自身にも、自分の力で、手の届く規模から始めたいっていう意向がありです。自分の力でこのビジネスを成功させたい……もし姉が生きていたら、姉とふたりで〈ヒーリングユー〉をやっていたかもしれません。でも、姉はもういない……だから、あなたに力を貸してほしい……わたしには、偶然だとは思えないんです。あなたがデリヘル店の経営を熟知してる人だったたってことが……」

5

埋め立て地から見える灯りの群れはどれも遠く、朧気な夜景にセンチメンタルな感情をかきたてられた。

清春の息はあがり、ずいぶんと汗もかいていた。

結局、銀座から歩いて〈湾岸ベース〉に辿りついた。しかも、考え事をしているうちに道を間違えてしまい、二時間も夜の埋め立て地を彷徨っていた。時刻は午前一時をとっくに過ぎている。〈湾岸ベース〉は照明が消え、物音もしなかった。

この時間になると、スタッフはもう誰もいない。清春は事務所をのぞかず、ホンダに乗りこんだ。延々と歩きつづけたおかげで、クルマという文明の利器のありがたさが身に染みた。

夜の高速道路は、昼間とは相貌をガラリと変える。

いつものことだが、煌びやかな夜景を誇る都心から暗鬱な郊外に向けて時速百キロオーバーで飛ばしていると、ブラックホールに吸いこまれていくような感覚に陥った。人間の本能が、闇から光に向かっていくことを希求していると、はっきりわかる。光から闇に向かっていくのは、根源的な恐怖を伴う。

実際、そこはブラックホールのようなものだった。吸いこまれると時間も成長もとまり、思い出までも闇に溶かす。過去を潔く葬り去れる者だけが、闇の中で安眠をむさぼる資格をもつ。

自宅に着いた。

ホンダのエンジンを切っても、清春はなかなかクルマから降りる気になれなかった。車体の震えはおさまっているのに、貧乏揺すりがとまらない。苛立ちと後悔と胸を刺す哀しみが複雑に交錯して、気持ちがどこまでもささくれ立っていく。

よけいなことを長々と思いだしてしまったのは、あの百舌という探偵のせいだった。

冬華と千夏をとり違えている時点で、笑ってしまうほど無能な探偵だったが、過去をほじくりかえされるのは愉快なことではない。

冬華が売春とは程遠い世界の人間でも、〈ヒーリングユー〉が売春婦の遺産で設立されたことは間違いなかった。冬華の実姉がセックスワーカーだったという事実を、マスコミの餌にされたくない。

売春婦のなにが悪い――冬華が受けて立ちそうなところがまた困る。そうやってスキャンダラスに注目を集めれば、再びアシッド・アタックのようなトラブルが降りかかってくるかもしれない。〈オンリー〉も〈ヒーリングユー〉も、日陰の存在でいるくらいがちょうどいいのだ。

まったく腹がたってしようがなかった。

百舌を抱きこめるだけの金がないことが、腹立ちに拍車をかけた。

〈ヒーリングユー〉からは毎月、一流企業の役員並みのサラリーが振りこまれているが、手元にはまるで残っていない。

かつて自分が雇っていたデリヘル嬢の中で、心身を壊して働けなくなった女たちに仕送りをしているからだった。

千夏が死んでしまったことで、清春は自分の傲慢さに気づいた。売春婦たちの目的は金であり、それを稼がせてやることが思いやりだと信じて疑わず、無茶をして働かせすぎた。

ユイは性病で視力を失い、ナオミは子宮を取った。ミサキやマリエは心を病んで閉鎖病棟から出られない。残念ながら、亡くなってしまった女もいる。せめてもの罪滅ぼしに、生きている者にはできる限りの金を送っているから、家賃のいらないゴーストタウンに住みつづけているのだ。

フロントガラスに映った自分の顔が、眼をそむけたくなるほど険しくなっていた。

金を遣わなくても、百舌を黙らせる方法はある。デリヘル時代、身に降りかかる火の粉は、自力で払わなければならなかった。法の外で金を稼いでいれば、やくざが首を突っこんでくるのは日常茶飯事だった。デリバリするのが生身の女からアンドロイドに替わったことで、その手のトラブルはまったくと言っていいほどなくなったけれど、自衛の手段まで捨ててしまったわけではない。

クルマを降りた。

風の質が湾岸地域とはまるで違った。埃っぽく、カラカラに乾いて、ヤスリのように頬をこすっていく。外灯はどこもかしこも壊れていて、極端に視界が悪い。おかげで風まで黒く見える。黒い風に乗って、不穏な空気が運ばれてくる。闇の向こうで、誰かが息をひそめている。姿は見えなくてもたしかに感じる。空き家狙いの物盗りかもしれないし、ホームレスが今夜の寝床を探しているだけなのかもしれない。

しかし確実に、もっと危険で非情な存在がこちらを監視していた。百舌のような、間抜けな私立探偵ではない。

清春は身構えながら、腐りかけたコンクリートの階段をのぼっていった。途中で乾いた炸裂音が聞こえ、あわてて伏せた。部屋に入るためには、五つも鍵を開けなくてはならない。ゴーストタウンのマストマナーであり、いつものこととはいえ、鬱陶しくてしようがなかった。

「やあ、お帰り」

部屋に入ると、純秋が呑気な声で迎えてくれた。あまりに緊張感のない声だったので、清春はイラッとした。

「いま銃声がしただろ?」

「遠い、遠い」

純秋は笑っている。

「どうしたの?　銃声なんか珍しくもないのに、顔が怖いよ」

「いや……」

清春は無理に笑顔をつくった。リビングに、見覚えのない水槽が置かれていた。横幅がゆうに一メートル以上ある。純秋が銀色のなにかをつかみ、その水槽に放った。ピチピチと跳ねている。魚のようだが……。

「なにやってんだ……」

「鮎さ」

「鮎ぅ？」

「もちろん、観賞用のオモチャだよ。でも、けっこうリアルだろ？」

本当に呑気な弟だった。しかし、それがいい。ひどく殺伐とした気分で帰ってきたのに、純秋と会うなり、こんなにも和んでいる自分に驚く。

不意に、実家の裏庭に茂っていた二輪草が脳裏をよぎっていった。

やはり、ふたりでひとつ、だったのだ。一緒にいれば、清春は純秋の生活力のなさや不器用さをカバーできる。純秋は清春に、人間らしい感情を教えてくれる。

「懐かしくない？」

純秋が水槽の鮎を眺めながら言った。

「……ああ」

清春はソファに腰をおろし、眼を細めた。

小学生から中学生にかけて、清春と純秋は夏休みになると山深い親戚の家に預けられていた。近くに渓流があったので、ふたりでよく、鮎の友釣りをした。

もっとも、竿（さお）を振り、リールを巻いていたのは清春だけで、純秋は見学専門だった。それでもついてきたのは、鮎の塩焼きが大好物だったからである。実家の食卓に天然の鮎が出てきたことなどない。清春についてくれば、釣りたての新鮮な鮎を、その場で塩焼きにして食べられる。

蟬（せみ）の鳴く緑深い山、渓流のせせらぎ、野趣あふれる川魚の味、それらはふたりにとって掛け替えのない夏の思い出だ。

ただ、いい思い出ばかりがあるわけではなかった。中一のとき、清春は純秋に悩みを打ち明けたことがある。そんなことは滅多にないことだったので、緊張を必死に隠し、釣り竿を握りしめながらさりげなく訊ねた。

「おまえさあ、あそこが大きくなったらどうしてる?」

「えっ……」

「ここだよ、ここ」

清春は顔を熱くしながら股間を指差した。性の目覚めを迎えたこの時期、自分の体の変化に戸惑っていた。たとえば自慰をする場所だ。同じ部屋で暮らしている純秋は、どうしているのだろうと思った。自分と同じように、埃まみれの倉庫や公衆便所で処理しているのか……。

「なに言ってるかわからないよ、清春」

純秋はひどく困った顔をしていた。驚いたことに、自慰の経験がないようだった。清春が兄弟とはいえ、そういう話をするのは初めてで、ひどく気恥ずかしかった。清春が男の体のメカニズムについて話してやると、ショックを受けていた。

清春はどういう顔をしていいかわからなかった。

双子の兄弟なのに、どうしてこれほど違うのだろうか。当時の清春は、自慰のことで頭がいっぱいだった。朝起きた瞬間から、今日はいつどこでしようかと考えていた。まさか純秋のぶんの性欲まで、自分のほうに来てしまったのかと怯(おび)えた。

「いまの話、絶対誰にも秘密だからな」

清春は地面に穴を掘り、ビクに入っていた五匹の鮎をすべて埋めた。

「なにするんだよ……」

「こいつらは、俺たちの秘密を知った。だから生かしちゃおけない」

「食べればいいじゃないか」

「秘密を知ったやつの運命は、食物連鎖にも加われず、死あるのみだ」

清春は冷酷に言い放ち、鮎を埋めた地面を思いきり踏みつけた。本当は、背骨の曲がった鮎がいたので直感的に食べないほうがいいと判断したのだが、純秋はその件をずいぶん長い間、根にもっていた。

「清春はひどいよな。秘密を知ったら、鮎でも殺すんだ」

水槽を泳ぐオモチャの鮎を眺めながら、ボソッとつぶやく。

「きっと俺も殺されるよ、そのうち……」

部屋の空気が重く沈んだ。

まだ言うか、と清春は純秋の背中を睨みつけた。本当のことを教えてやればいいのだが、どういうわけかそういう気になれない。本当のことを言う代わりに立ちあがり、後ろから純秋の脇腹をくすぐってやる。

「ぎゃーっ、やめてっ！」

くすぐったがりの純秋は、子供のころからこの攻撃にすこぶる弱かった。

「俺たちの間に秘密なんかないだろ？」

「やっ、やめてっ……コチョコチョしないでっ……」

「秘密なんてないだろ？　あったら殺すぞ」

「ないからやめてっ……死ぬっ……死んじゃうっ……」

くすぐるのをやめると、眼を見合わせて笑った。鏡を見ているように、自分と同じ顔が同じように笑っていた。

第四章　雨よやさしく

1

工場の天井はやたらとうるさく雨音が響く。

一日中聞いていると、さすがに気が滅入ってくる。

追い打ちをかけるように雷鳴が轟きはじめ、ガレージで若い連中が騒ぎだした。

秋梅雨とやつだろうか。

もう一週間も太陽を拝んでいないのに、いっこうにやむ気配がない。

清春は事務所のデスクで、パソコン画面を睨んでいた。ネットニュースが、長雨より鬱陶しい事件を伝えていた。

「清春さん、ちょっといいですか？」

事務所に入ってきた黒須が、椅子を引きずってきて側に座った。早番の内勤スタッフは先ほど帰り、彼は遅番だった。事務所には他に誰もいなかった。

「なんか、うちのこと嗅ぎまわってるやつがいますね。そこの角に停(と)まってるクルマ、昨日もいましたよ」

「正体不明ないつものやつじゃなくて、小柄で痩せぎすなおっさんだろ？　深海魚みたいな顔をした」

「そうです、そうです」

　黒須の眼(め)が邪悪に光る。

「そんなに嬉(うれ)しそうな顔をするなよ」

　清春は苦笑した。

　黒須は二十九歳。飄々(ひょうひょう)とした風貌をしており、一見、うだつのあがらないセールスマンのようだが、元軍人だった。女装趣味が高じ、ドラァグクイーンになるために軍隊を辞めた変わり者である。

「ありゃあ素人(しろうと)じゃありませんね。どこかの国の諜報員(ちょうほういん)かもしれない。捕まえちゃっていいですか？」

「そんな立派なもんじゃないよ。私立探偵だと」

　変わり者ついでに、黒須は清春のことを尊敬してくれている。清春も彼を高く買っているので、デリヘル時代は特別な絆(きずな)で結ばれていた。黒須は汚れ仕事を一手に請け負ってくれる、トラブルシューターなのだ。やくざがちょっかいを出してきたら、身柄をさらって背後関係を吐かせる——そういう役まわりだ。

清春も詳細は知らないが、息のかかった手下が何人かいるらしい。おそらく、元軍人か軍事関係者だろう。

一度、やり方を訊いたことがある。

いくつかパターンがあるらしいが、産業廃棄物が不法投棄されている山奥に連れていくという話はインパクトがあった。足元に落ちている血で汚れたポンプを拾って、注射するぞと脅すらしい。実際に射つこともあるという。フェイクを用意しておくらしいが。

「わざわざ現場まで連れていくのがミソなんですよ」

黒須は得意げに語っていた。

「医療関係の産廃物が棄てられてるところって、そりゃまあひどいもんですからね。ポンプ、チューブ、包帯、介護用のおむつ、とにかくなんでもドス黒い血や吐瀉物にまみれてて、あちこちで変な色の煙とかがあがってたりもして、マスクしてたって鼻が曲がりそうな異臭がするわけです。入院病棟のトイレって行ったことあります？　強烈な臭いがするでしょ？　排泄物と消毒薬の入り混じった……あれの何百倍ですよ。要するに、死の臭いですよね。嗅げばどうしたって、自分の死について考えてしまう。それもね、拳銃で頭をぶっ飛ばされるとかじゃなくて、病原菌を射たれた体が内側からドロドロに腐りだして、大小便を垂れ流しながら時間をかけて朽ち果てていくところを、想像しちゃうんですよ。たいそうな肩書きのやくざだって、五分で泣いちゃいます」

正真正銘のサディストだと、清春は呆れた。黒須はおそらく、そういう拷問を笑いながら行なっている。心のどこかに欠陥がある哀しい人間だと言うしかないが、アウトローを相手にするとき頼りになるのも事実だった。汚れ仕事を頼むとき、清春はボーナスをはずんでやった。こんな物騒な男に臍を曲げられたら大変なので、かなり厚遇していると言っていい。ドラァグクイーンのレビューには金がかかるらしく、黒須はそれを喜んでくれる。

「いちおう洗っておいてもらえるか?」

清春は百舌の名刺を渡した。

「手荒なことはしなくていい。とりあえず調べるだけで」

「了解です」

黒須は笑顔で名刺を受けとった。

「あと、誰かボディガードのあてはないかな?」

「ボディガード?」

「社長のさ。アシッド・アタックなんて二度とごめんだからな。なるべく人前に出るような仕事は受けないように説得してるんだけど、まあ、なかなか言うことをきいてくれないわけだよ」

「俺じゃダメですか？　ファンなんですけど」

黒須が身を乗りだしてきたので、清春は眉をひそめた。

「そんな話、初耳だぜ」

「こないだテレビ観(み)てファンになったんですよ。噂(うわさ)には聞いてましたけど、ぶっ飛びましたから。美しさは正義！　って感じ」

「こっちの仕事はどうする？」

「〈湾岸ベース〉は平和じゃないですか。管理売春じゃないから、やくざも警察もちょっかい出してこない。客層がいいから揉(も)め事も起こらない。俺は暇すぎてあくびが出そう」

「だといいんだがな……」

清春はパソコン画面に眼を向けた。ネットニュースが、タクシー強盗事件を報じていた。被害額、わずか三千円。犯人は飲食店勤務の青年で、駆けつけた警官に即刻逮捕されている。

普通なら、ニュースバリューなどまったくないチープな事件だ。都心を離れて郊外のゴーストタウンに行けば、週に一度は銃声が聞こえてくる。人間にあたっていないという保証はない。黒須が御用達にしている産廃物の山を掘り起こせば、捨てられた死体が何十体出てきてもおかしくない。

だが、警察は決して調べない。ゴーストタウンも産廃物の山も、抜本的な解決を図ろうとすれば気が遠くなるほどの時間と労力がかかるし、そもそも警察だけで解決できる問題ではないからだ。

同じ理由で、メディアも決して報じようとしない。報じたところで、関心が寄せられることはない。世間の誰もが、解決策の不在を諦観まじりに受け入れているからだ。

それではなぜ、たった三千円のタクシー強盗事件は報じられたのか。

政治家の汚職や、海外の無差別テロと並んで、ヘッドラインの一角を担っているのか。

犯人の動機のせいである。

――もう一度、〈オンリー〉を抱きたかった。

勘弁してくれ、と清春はかぶりを振った。

2

タクシーで銀座に向かった。

嫌な予感は的中し、ショールームの入った雑居ビルの前は、報道関係者らしき人間が、三人ばかりうろついていた。

「五分後に、そのビルの裏口に着けておいてくれ」

清春は運転手に一万円札を渡し、タクシーを降りた。時刻は午後九時。雨の勢いは弱まっていたが、まだしつこく降りつづいている。

一時間ほど前、冬華から電話がかかってきた。

「いきなりで申し訳ありませんけど、今夜空いてるでしょうか？　なんだか急にお酒が飲みたくなっちゃって……こないだ話してくれたチャイナバルに、連れてっていただけません？」

清春はふたつ返事で快諾した。

明日になれば、メディアが騒ぎだすことは眼に見えていた。〈オンリー〉抱きたさに強盗事件――セックス・アンドロイドは人心を惑わす有害製品だと、尾上久子のような人間が、鬼の首でも取ったようにカメラに向かって口角泡を飛ばすに違いない。

犯人の動機が、酒やパチンコだったらどうなるのか、と思う。同じことを言えるわけがないのに、〈オンリー〉だったら言えるのである。目くじらを立てて攻撃できる。あまりの理不尽さに怒りがこみあげてくるのは清春も同じだが、冬華には黙っていてほしかった。メディアに追いまわされても、喧嘩は買わないほうがいい。叩かれれば埃が出る。

タクシー強盗なんて小さな話だった。それよりも腹上死である。たった半年で会員が三人も死んでいるという事実のほうが、よほどシリアスな社会問題になりそうだった。あるいは過去だ。〈ヒーリングユー〉の設立資金について、あることないこと書かれたくなかった。

いまは息をひそめて辛抱する時期なのだ。〈ヒーリングユー〉がもっと成長すれば、世界的企業とやらの庇護だって期待できる。日本のメディアは巨大資本に弱いから、圧力をかけてもらえばいい。もちろん、逆も考えられる。こんなところで下手を打ってしまうと、早々に見切りをつけられるかもしれない。

エレベーターで四階にあがると、ガラスの扉の向こうに冬華が見えた。準備を整えて、待っていてくれたらしい。鮮やかなレモンイエローのレインコートに身を包み、二宮と立ち話をしていた。

ふたりが清春に気づく。扉を開けて出てくる冬華の後ろで、二宮が少し困った顔をする。人のいい彼は気持ちが表情に出やすい。清春は昼のうちにメールを送ってあった。冬華がネットニュースを見ておかしな行動に出ないよう注意してくれと……。

「こっちから行こう」

エレベーターが一階に着くと、清春は冬華を裏口にうながし、待たせていたタクシーに乗りこませた。今日は相手が三人だったので助かったが、明日からが思いやられる。裏口も塞がれたら、このビルは本当に逃げ場所がない。

期待は大きく裏切られた。

前回このチャイナバルに来たときは、巨大な水槽にグッピーやネオンテトラが泳いでいたはずなのに、陰毛じみた水草が生気なく揺れているだけだった。

オモチャではなく本物だったし、観賞用の熱帯魚なので食べてしまったわけでもないだろう。最近の魚は極端に寿命が短いのだ。

「ふたりきりで食事するなんて、いつ以来でしょうか？　三カ月ぶりくらい？」

鶏（とり）そばの麺を箸でたぐりながら、冬華が言った。小麦粉が使われていないケミカル麺だ。テーブルに並んだ海老（えび）チリ、焼売（シューマイ）、大根餅、そして清春が食べている季節はずれの冷やし中華まで、なにもかもフェイクだらけだが、味は上出来の部類に入る。どんな化学調味料を使っているのか、知るのが怖いくらいに。

「三カ月は大げさだ。ひと月半くらいだろ」

「そう？」

「奥多摩（おくたま）で鮎（あゆ）を食べた」

「ああ……あのまずい鮎」

「まずくても本物だった」

「思いだしたくないです」

冬華は一瞬、唇を歪（ゆが）めたけれど、すぐに気を取り直して言った。

「どっちがいいんでしょうかね？　まずい本物とおいしい偽物」

「おいしい偽物に決まってる。ただし、健康に留意してくれるなら、だ」

「その見解はどうでしょう。本物がかならずしもヘルシーで安全とは限りません」

「……なるほど」

清春は、水草だけが揺れている水槽を一瞥（いちべつ）した。

「いまの時代、本物には本物ってだけのバリューしかないんですよ。あとは全部、偽物と同等か、偽物の勝ち」

冬華は麺を頬張った。どこかムキになった表情で、もぐもぐと噛（か）む。

この店のフェイクチャイナはたしかに旨(うま)いけれど——清春は思った。自分は彼女のように、手放しで偽物を支持できるだろうか。まずい本物とおいしい偽物なら迷わず後者を選ぶだろうが、実際のところ、清春は普段、錠剤で食事を済ませている。どうせ偽物なら味気なくて結構と、心のどこかで偽物を馬鹿にしている。

「純秋が同じこと言ってたよ」

努めて明るい口調で言った。

「最近、家に水槽を持ちこんで、オモチャの鮎を飼いはじめたんだ。偽物は死ななくていいってさ」

「また鮎ですか?」

冬華が不快そうに片眉をもちあげたので、清春は口をつぐんだ。

そのチャイナバルは、JR新橋駅の烏森口(からすもりぐち)付近にあった。界隈(かいわい)には小箱の洒落(しゃれ)た店が多く、デートを楽しむ男女で賑(にぎ)わっている。

テレビで顔が売れてしまった冬華を連れてくるのはどうかと思ったが、余計な心配だった。誰もが目の前の異性とのおしゃべりに夢中で、こちらを気にする素振りもない。フェイクのレストランとはいえ、料金は安くない。恋人たちにとっては、月に何度も楽しめるわけではない貴重なデートの時間なのだ。

それにしても、冬華が肝心の話を切りだしてこないのはなぜなのだろう?

ショールームで眼が合ったとき、二宮は困った顔をしていた。つまり、冬華はタクシー強盗のニュースに接し、二宮が困るような言動をとったということだ。珍しく食事の誘いをしてきたのはその話をするためだとばかり思っていたのに、悠然とワイングラスを傾けている。清春は乾杯しただけで烏龍茶に変えたが、ひとりでボトルを空けそうな勢いだ。

「もう一本、抜いていいでしょうか？」

清春がうなずくと、冬華は店員を呼んでワインを頼んだ。料理は偽物ばかりでも、ワインだけは本物だった。もっとも、欧州メイドはグランメゾンにでも行かなければ口にできない。一般的な店でリストに載っているのは、政治的圧力で膨大な量を輸入させられている、カリフォルニアワインだけだ。

飲むほどに、冬華の口は重たくなっていくようだった。ワインの味に文句があるのではないだろう。いつからか、ふたりでいても会話がはずまなくなった。〈ヒーリングユー〉を立ちあげたころとは意味が違う。出会ったころのぎくしゃくは、一緒に仕事をすることで緩和されていき、関係が良好だった時期もある。

清春は彼女が立ちあげた銀座のショールームによく足を運んでいたし、会えば近所のカフェでお茶を飲んだ。仕事が終わったあと、深夜営業のレストランでこんなふうに食事をともにすることも珍しくなかった。

気を遣っていたわけではない。むしろ、〈湾岸ベース〉を仕切りはじめて多忙を極めている中、冬華と会うことが息抜きになっていたくらいだ。

気まずくなったきっかけに、心当たりがないわけではなかった。

鮎である。

ひと月半前の奥多摩だ。

冬華のテレビ出演が決まる直前、夏の終わりのあの日——。

初めてふたりきりでドライブに出かけた。仕事ではない。お互いに休めそうな日が重なったので、ランチでも食べようということになったのだが、せっかくだから遠出がしたいと冬華が言いだしたのだ。

カラフルなパンジー柄のワンピースと、女優が被(かぶ)るような巨大な麦わら帽子という装いで待ち合わせ場所に現れた冬華は、清春のホンダを見て深い溜息(ためいき)をついた。

「やっぱり、ガソリン車で行くんですか……」

「他のクルマじゃ、運転に自信がない」

「酔わないように、やさしく運転してくださいね。お願いですから」

言っているわりには、峠のワインディングロードでドリフト走行をしてやると、キャーキャーとはしゃいだ声をあげた。そんな彼女を見たのは初めてだった。久しぶりのオフのせいか、すこぶる上機嫌だった。

冬華にとっても、自分に会うことが息抜きになっているのかもしれない。そうであってくれれば嬉しかった。仕事を離れれば、二十八歳の健康な女子なのだ。たまには声をあげてはしゃぎたいときだってあるだろう。多忙を極めていても、清春には純秋がいる。だが、冬華は頼れる姉を亡くしている。仕事がいまの状態では、恋人をつくることだってままならない。

　山深いところまで足を延ばしていくと、「鮎の友釣り」の看板が見えた。清春は冬華を誘って釣り場に入った。もっとも、冬華は川に足を浸けるのを嫌って見学していただけだったが、清春はそういうシチュエーションに慣れていた。

「また釣れた！　入れ食いだな！」

　稚魚を放流している有料の釣り場だったので、面白いように引きがあり、小一時間もするとビクの中が鮎でいっぱいになった。

「匂いを嗅いでみなよ。魚のくせに、スイカの匂いがするんだぜ」

　ビクの中でピチピチ跳ねている鮎を見せても、冬華のリアクションは薄かった。最初の一匹が釣れたときははしゃいだ声をあげていたのに、どういうわけか次第に元気がなくなっていき、七、八匹も釣るころには、むっつりと押し黙っているようになった。

　そのうち、売店で酒を買ってきて飲みはじめた。岩場に座ってカップ酒を飲むなんて、ノーブルな彼女には似合わなかった。気の利いた食事処にでもエスコートしてやるべきだったが、清春は鮎釣りをやめられなかった。少年時代を思いだし、郷愁に浸っていた。

清春が黙々と竿を操っていると、

「あのうっ！」

不意に、冬華が後ろから声をかけてきた。酒で機嫌を取り戻したのか、妙に声がはずんでいた。

「お姉ちゃんとも、よくこういうところでデートしたんですか？」

珍しいこともあるものだ。冬華が千夏のことを「お姉ちゃん」と呼ぶのを聞いたことがない。いつも「姉」だ。そもそも、千夏のことを口にすること自体、ほとんどない。

「お互い忙しかったからな……デートなんてしてないよ」

背中を向けたまま答えた。

「おうちでエッチばっかり？」

清春は苦笑した。

「誰かさんと違って、彼女はガソリン車が好きだったからな。仕事帰りにドライブがてら首都高を流したり、そういうことはしてたさ……」

千夏とデートらしいデートをしたことがあるとすれば、最初に会ったときだけだ。マリファナカフェでの出会い、百貨店でのとまらない買い物、高層ホテルから眺めた銀河のような夜景……しかし、そういう話を冬華にする気にはなれなかった。千夏とふたりだけの大切な思い出だ。

「昔のこと、いろいろ教えてほしいです」

冬華はわざとらしいほど声を明るくして言った。

「お姉ちゃんのこと羨ましいって思うことが……最近よくあるから……」

「羨ましい？　よしてくれよ……」

清春は力なく首を振った。それを言うなら、千夏のほうがよほど羨ましかったに違いない。

体を売ってでも妹の力になりたいと思っていたのも千夏だが、そういう自分の運命を呪っていたのも千夏だった。相反するふたつの気持ちを抱えて生きているから、テンションが乱高下するのを抑えることができなかった。彼女は矛盾の塊だった。

売春を忌み嫌いながら、売春に適応しすぎていた。

「だって、お姉ちゃん、伝説の娼婦(しょうふ)だったんでしょう？」

安酒を飲んで悪酔いしてしまったのだろうか？

「それって、女にとって最高の勲章じゃないですか。男を慰めて、気持ちよくさせて、感謝されて、たくさんお金まで稼げて……」

「やめとけよ」

清春は振り返って制した。たとえ悪酔いしていたとしても、言っていいことと悪いことがある。伝説の娼婦——他の誰かが言うならいい。悪意なく褒め称える(たた)のなら、聞き流してやることもできる。だが、それを口にしてはならない人間が、この世にふたり存在する。清春と冬華だ。

「あのう……」

冬華が渓流に入ってきた。スパイクブーツを履いていないから、ワンピースの裾をたくしあげて裸足(はだし)でジャバジャバと……。

「ひとつ、訊きたいことがあるんですけど」

冬華の顔はアルコールでほのかなピンク色に染まっていたが、眉間に皺(しわ)を寄せた険しい表情をしていた。

「お姉ちゃんと〈オンリー〉、どっちが抱き心地(ごこち)がよかったですか?」

清春は一瞬、呆気(あっけ)にとられた。

「答えてください。真面目(まじめ)な話なんです。伝説の娼婦とセックス・アンドロイド。あなたなら、どっちに軍配をあげますか?」

ふつふつと怒りがこみあげてくる。まさかこの女は自分を怒らせようとしているのだろうか。先ほどまでの上機嫌はいったいどこに行ったのだろう？

「馬鹿げてる。本物の女とアンドロイドを比べるなんて……」

「どうしてですか？　わたしたちはお客さんに比べることを迫ってるんですよ。本物より抱き心地がいいって」

「それは……」

　さすがに言いよどんでしまう。答えがないのではなく、答えを口にしたくないことが、この世にはいくらでもあるものだ。しかし、冬華が簡単には引き下がらない女であることを、清春は知っていた。思っていることを正直に伝えなければ、この女はエンドレスで不躾（ぶしつけ）な質問を繰り返す。

「俺は……〈オンリー〉をもう一度抱こうと思わない……」

　横顔を向けたまま言った。

「いくら完璧なセックスが保証されてても、もういい……一度経験できれば充分だ……でも千夏は……千夏はもう一度抱きたい……生き返ってほしい……幽霊でもいいから、もう一度会って……」

「やめてくださいっ！」

　冬華は、清春が腰にさげているビクに手を突っこみ、鮎をつかんで放り投げた。銀色に輝く鮎が、渓流に戻って軽やかに泳ぎだす。

「どうして〈オンリー〉がお姉ちゃんなんかに負けるんですか。偽物だって、こんなふうにあなたの腕の中でピチピチしてたんでしょ」

鮎をつかむ。つかんでは投げる。顔を真っ赤にして、忌々しげに。

「だいたい、お姉ちゃんって娼婦ですよ？　お金さえ貰(もら)えば、誰にでも股開く売春婦だったんですよ？　そんな女のほうがいいなんて、どうかしてます。英語で言ったら、ユー・ファッキン・ビッチ！」

巻き舌の発音にカッとなり、清春は冬華の頰を平手で叩いた。加減したつもりだったが、冬華は細木が折れたように浅瀬に倒れこんだ。

清春は自分のしでかしたことに動揺した。麦わら帽子が渓流に流されていき、長い黒髪が川風に舞っている。ワンピースはびしょ濡れだ。思い出の一コマになるはずだった美しく叙情的な景色が、一瞬にして眼も当てられないほどむごたらしく破壊された。

冬華は突然の暴力に半身を濡らしたまま立ちあがることもできず、顔面蒼白でハアハアと息を荒らげている。

誓って言うが、女に手をあげたのは初めてだった。あわてて冬華を抱き起こした。

「ごめん……」

謝る声が上ずり、それ以上言葉を継げなかった。手のひらに、冬華の頰の柔らかい感触が残っていた。自分の中で脈打っている暴力的な衝動がおぞましかった。いままで数えきれないくらい人を殴ってきたが、殴ったあとに震えあがったのは初めてだ。

「すまなかった……本当に……」

「いいえ……」

冬華は打たれた頰を押さえながらかぶりを振った。

「いまのは……わたしが……言いすぎました……」

その後、釣り場の施設で暖をとらせてもらい、鮎の塩焼きを食べた。食糧事情が悪化の一途を辿る昨今でも、あれよりひどい味の食べ物を口にした記憶は、後にも先にもありはしない。

3

チャイナバルを出ると雨脚が強まっていた。

ほとんど土砂降りだった。

清春も冬華も傘を持っていなかった。冬華はレインコートを着ていたが、清春は普通のジャケットだった。どちらからともなく小走りになった。一刻も早くタクシーに乗りたかったが、激しさを増すばかりの雨が顔にかかり、行く手まで見失いそうになる。

ネオンが滲む飲食店街を駆け抜けた。駅の向こう側にタクシー乗り場はある。ガード下に入ると、線路が雨よけになってくれたので立ちどまった。ふたりとも息があがっていた。冬華はかなり酔っていたので、足元が覚束なかった。ふらふらと落書きの壁に近づいていき、背中を預けた。息を整えながら、濡れた黒髪をかきあげた。

「もう一軒行きましょう」

清春は耳を疑った。

「まだ飲み足りないです……もっと飲みたい……」

頭上を電車が通過していく。ガタンガタンという騒々しい轟音が雨音ごと声を蹴散らし、会話を続けることを許してくれない。ストロボのような閃光が騒音と同時に頭上から降り注いできて、冬華の濡れた横顔を夜闇の中に白く浮かびあがらせる。酔いでピンク色に染まった頬が、動揺を誘うほど艶めかしい。

「飲み足りないようには見えないぜ」

電車が通過してから、清春は言った。

「明日もあるんだ。もう帰ったほうがいい」

タクシー強盗に腹上死、話しあわなければならないことは多々あったが、この状態では無理だろう。

「つまらない人ですね」

「そっちは珍しく危なっかしい」

雨が降る。激しくなるばかりの雨音が鬱陶しい。タクシー乗り場に向かいたくても、ガード下から出ていく気になれない。

「なあ……」

「なんですか？」

「最近はなにかと物騒じゃないか。この際だから、ボディガードをつけたほうがいいと思うんだ」

黒須でいい。迷っていたが、いま決めた。

「デリヘル時代からの俺の右腕を、近日中にそっちに行かせるよ。いろいろとわきまえている男だし、トラブルにも滅法強いから……」

冬華は急に不機嫌さを露わにし、そっぽを向いた。まるでなにかを洗い流すように、横顔に雨が降りかかる。

「馬っ鹿みたい……どうしてそんなこと言うんですか……」

拗ねた顔で壁にもたれ、ハイヒールで地面を蹴っている冬華は、なんだかいじけた少女のようだった。

「訳のわからない人に、まわりをウロチョロされるのはいや……わたしこう見えて、けっこうデリケートなんですから……」

壁に預けていた上体を起こし、よろめきながら近づいてくる。息のかかる距離まで冬華の顔が迫り、清春は身構えた。葡萄の香りを帯びた吐息が、鼻先で揺らいだ。

「ボディガードなら、あなたがしてください」

「なにを言いだす……」

「失礼しました。一緒に会社を立ちあげてもらったあなたに、ボディガードなんて……。副社長の椅子を用意します。〈湾岸ベース〉はもう、他のスタッフに任せても大丈夫でしょう？　銀座で一緒に経営全般を見てください」

清春は黙したまま冬華を見つめた。

見つめていたのは、けれども冬華その人ではなかった。

初対面でイロカンを求めてきた千夏を思いだしていた。

千夏と冬華はまるで似ていない姉妹だった。容姿はもちろん、声も口調も態度も、なにもかも似ていない。

だがやはり、ふたりは血が繋がっているらしい。

不器用なところがそっくりだ。

「ねえ……」

濡れた指で、清春の腕をつかんでくる。

「側にいてって言ってるの」

清春は初めて、彼女の本心に触れた気がした。普段の冬華は防御の壁が厚く、取りつく島がない。彼女はあまりにミステリアスだと、探偵が呆れていたのもよくわかる。ビジネスパートナーの清春であってさえ、冬華という女はよくわからない。

なのに、こうやって唐突に弱みを見せてくる。無防備に素顔をさらけだす。計算があるとは思えない。

「側にいてよ……お願い……だから……」

心が揺さぶられた。

胸の中で嵐が起こった。

彼女が求めているのは、ボディガードでも副社長でもなかった。飲みすぎて立っているのがやっとの体を、抱きしめてほしいのだ。雨に濡れた唇に、唇を重ねてほしいのだ。

抱いてしまえばいい、と本能が体を突き動かそうとする。

男と女だった。体を重ね、恍惚を分かちあえば、通じる感情もあるかもしれない。

だが、清春には、彼女を抱きしめてやることが、どうしてもできなかった。

「俺は……」

かすれた声で言った。

「俺は千夏のことが……キミのお姉さんが、本当に好きだったんだ……」

冬華が睨んでくる。彼女らしからぬいまにも噛みつきそうな表情に、清春は気圧(けお)された。

「嘘(うそ)じゃない……心の底から……愛していたんだ……」

言いながら、口の中に苦いものがひろがっていく。

自分は果たして、本当に千夏を愛していたのだろうか？

彼女と出会うまで、清春は愛を知らなかった。千夏はたしかに、愛を教えてくれた。しかしそれは、喪失感という絶望的な姿をして目の前に現れた。失って初めて、その大切さに気づかされた。こんなにもつらいのだから、自分は千夏を愛していたに違いないと……。

だが……。

本当に……。

雨が降る。

線路を越えて降り注いでくる。

「やっぱり……」

冬華はふっと笑い、清春の腕から手を離した。

「そう言われるんじゃないかと思ってました。わたしが女として、お姉ちゃんに勝てるわけないもの……」

「そうは言ってない」

「いいんです、気を遣ってくれなくて……でも、〈オンリー〉は負けませんから。お姉ちゃんにも、どんな女にも……」

冬華は背を向けて歩きだした。清春は黙って見送った。土砂降りの雨に打たれながら、カツカツとハイヒールを鳴らして歩く彼女の後ろ姿は、酔ってなお凛々しかった。夜闇にも目立つレモンイエローのレインコートと相俟って、華やかな孤高さえ感じさせた。

しかし、その強さはなにかを鎧うために見えてならなかった。脆弱ななにかを守ろうとして、彼女は強く凛々しく孤高でいなければならない――強さと脆さが表裏一体で、叩けば細木のように崩れ落ちる……。

頭上で電車が通過していく。

轟音が冬華の足音を掻き消してしまう。

もしかすると……。

千夏を愛しているというのは、自分に対する誤魔化しではないか。分厚い防御の壁で心を鎧っているのは、自分のほうではないか……。

冬華と手を組んで〈ヒーリングユー〉を立ちあげたのは、彼女が千夏の妹だからだ。千夏に対する贖罪の意識が、強い動機であったことは間違いない。

だが、自分でもうまく説明できないけれど、おそらく、千夏への贖罪とは別のところで、冬華に関わりたいという意識もまたあった気がする。

火葬場での初対面のときから、冬華の中にある、脆弱ななにかに気づいていた。

脆弱であるがゆえに、心惹かれるなにかを……。

冬華はたしかに容姿がよくて頭もいい。弁も立つし、世界レベルのビジネスに必要な知識だってもちあわせているのだろう。

だが、それだけの女ではない。眼に見えない澄んだなにかだ。言葉にできない清らかなものを彼女はたしかに内に秘めていて、それが重力のように清春を惹きつける。

いったいなんだろう?

無垢な少女のようでもあり、高潔な天使のようでもある、その正体は……。

4

「ねえ、清春。人が来てるよ。黒須ちゃん」

　ドンドンドンと扉を叩いて、純秋が言った。清春はベッドの中にいた。時計を見た。午前八時だった。いつもなら、悪夢にうなされても眼を覚まさない時間だ。

「黒須がどうしたって……」

　寝ぼけ眼をこすりながら部屋を出た。

「屋上にいるってさ」

　純秋は水槽の前でぼんやりと放心状態だった。オモチャの鮎は元気だが、人間はそうはいかない。清春も純秋も、寝起きがいいほうではない。

「なんなんだよ、こんな朝っぱらから……」

　清春は綿入りのナイロンコートを羽織って外に出た。長く続いた雨はやみ、ここ数日は晴天が続いていているものの、気温は秋の終わりを予感させるほど低い。

　清春が住んでいるマンションは八階建てで、使っている部屋は四階にある。エレベーターは当然動かないので、踏めばジャリジャリと音をたてる腐ったコンクリートの階段を、屋上までのぼっていかなければならない。運動不足が祟って、息が切れる。

　黒須は柵に両肘をついて街を眺めていた。前髪が風に吹かれている。男のくせに睫毛が長いから、横顔が愁いを帯びて見える。眼下に広がっているのは土留色のゴーストタウンなのに、なんだか感傷に浸っているかのようだ。

「このあたりも、ちょっと見ない間にずいぶん荒れましたね」

　横顔を向けたまま、黒須はボソッと言った。

「唯一残ってたファミレスが、先月潰れた」

　清春は吹きつけてくる冷たく乾いた風に体を丸めながら、黒須の隣に並んだ。風に背を向け、柵に寄りかかる。

「どうしたんだ？　苦手なんだろう、ここの景色は」

　黒須は東南アジアの某国で、市街戦を経験している。命の危険にさらされたこともあれば、むごたらしい場面に遭遇したこともあるのだろう。清春が心身を病んだ女を間近で見てきたように、殺戮の現場や瓦礫の中に転がる死体を見てきた。おかげで、廃墟じみた街の光景を見るとトラウマが疼くらしい。

　ここは爆撃で建物が半壊していたり、地面がえぐられているわけではなかった。けれども、兵どもが夢の跡という意味では、戦場に似ていなくもない。貧しさに生活を蹂躙された人間が、刀折れ矢が尽きて敗走した陣地。あるいは、他にどこにも行くあてのない者たちの難民キャンプ。凋落は自己責任のひと言で片付けられ、国は救いの手を差しのべるどころか、見て見ぬふりを決めこんでいる。

「例の探偵の件ですが……」

黒須が話を切りだしてきた。

「なるべく早く報告したほうがいいと思いまして。朝からすみません」

「まさか悪い知らせか？」

清春は眉をひそめた。

「いや、その……悪いというか、なんというか……」

黒須はスマートフォンを取りだし、画像を見せてきた。

「なんだ……」

清春は思わず眼を剝いた。百舌がジャージの腕をまくりあげて、洗濯物を干していたからだ。このくしゅくしゅと丸まったピンク色のものは、女物のパンツではないのか。

マンションのベランダを盗撮した画像だった。それにしても、ずいぶん年季の入った建物のようだが……。

「やつもスコッターなんですよ。もう少し西の……このあたりよりは、多少治安がマシなところです」

「なんで洗濯してる写真なんだ？」

「洗濯ばっかりしてるからですよ。洗濯というか家事ですね……」

　黒須が画面をスクロールする。ジャージ姿の百舌が籠つきの自転車に乗っている。顔が深海魚に似ているせいもあり、哀しいくらい滑稽だ。

　続いて、スーパーでの買い物、保育園の前での小さな女の子とのツーショット、場所が公園に移ると、子供が三人に増えていた。

　清春は次第に、笑っていられなくなった。百舌の顔が疲れきっていたからだ。仕事で疲れた男の顔は、見るに堪(た)えないものではない。精力的に働き、疲れてなお気力がみなぎっていれば、むしろ魅力的に映る場合が多い。

　だが、生活に疲れた男の顔は、見るに堪えないほど不快だ。人間、不向きなことを無理にやっていると、みじめで憐(あわ)れでみすぼらしい顔になっていく。乱れた頭髪、カサカサした土気色の肌、光を失って黄色く濁った眼……。

　もちろん、家事や子育てに向いている男もいるだろうが、百舌の場合は必要に迫られ、呻吟(しんぎん)しながらやっていることが、数枚の写真を見ただけで伝わってきた。

「百舌一生、四十一歳。老けて見えるんで、実年齢を知ってびっくりしましたよ。子供が五人のシングルファーザー……」

「五人？」

「そんな子だくさん、いまどき聞いたことないですよねえ。高校一年生を筆頭に、女の子が三人、男の子がふたりいる」

「シングルファーザーっていうのは……」

「近所の人の話じゃ、一年くらい前に嫁は逃げたみたいです。五人もポンポン産んでおいて、なんなんでしょうね、まったく」

清春は言葉を返せなかった。

「百舌はもともと大手ネットニュース社の記者だったらしいです。ただ、子供の世話のために会社勤めができなくなって……」

「私立探偵なんて始めたわけか?」

「いえ、在宅勤務のライターが本業だとか」

「じゃあ、探偵っていうのは……」

「そんな名刺を渡されたの、たぶん清春さんだけですよ」

「……なるほど」

清春は大きく息を吐きだした。

「経済的に、かなりシリアスな状況みたいですからね。嫁とダブルインカムだったんでしょう。で、片一方がいなくなれば収入は半減、おまけに在宅勤務のライターじゃ、ギャラなんてたかが知れてます」

「……どうしたもんかね？」

「……そう言われても」

黒須がふやけた顔を向けてくる。黒須はやばい橋を渡りたかったのだ。久しぶりに仕事ができると腕を鳴らしていたら、ターゲットがこの有様では拍子抜けしてもしかたがない。

「バックにやくざがいないなら、荒っぽい手を使うのもなあ……」

「たしかに……ただこの男、業界では知る人ぞ知る存在だったらしいんですよ。大企業や大物政治家に食いついて、しつこさを武器に悪事をめくる……そういうのが得意な記者で、いまだ公判が続いている事件が何件もある。単独で動く一匹狼だから、ネットニュース社を辞めたときは、誰かに消されたんじゃないかっていう噂がまことしやかに流れたらしいです。それくらい、煙たがられている」

「敵にまわさないほうがいいわけか？」

黒須は曖昧に首をかしげた。

「俺、こういう野郎が大嫌いなんですよ。信用できない。まあね、金を渡せば簡単に尻尾を振るでしょう。でも、こっちより一円でも多く出すやつが現れれば、あっさり寝返る。腹立つことに、こいつの中では筋が通ってるんですよね。俺は五人も子供を養ってるんだ、なにが悪いって」

黒須の意見は間違っていない――清春もそう思った。百舌は信用できない。ならばどうする？

百舌の目的は、定期的にコンサルタント料をせしめることだろう。たとえば月々五十万などの契約をして〈ヒーリングユー〉の内部に入りこみ、金を貰いながらこっそり秘匿情報も漁る。その一方で、明日の米びつを探すのに余念がない。秘匿情報の売り手が見つかれば、後足で砂をかけて逃げだしていく。そんなことをされたら、たまったものではない。

いささかハードな忠告をしておいたほうがいいのかもしれなかった。黒須の手を煩わせるまでもない。自分でやればいい。あんな深海魚一匹追い払えないようでは、冬華も会社も守っていけない。タクシー強盗に腹上死にメディア対応、片づけなければならない問題は他にもあるのだ。

「ご苦労だったな」

屋上の風に吹かれながら、黒須に礼を言った。

「あとは俺がなんとかする。調査してもらった特別手当は……」

「いやいや、いいっすよ」

黒須があわてて手を振る。

「こんなのは通常業務の範疇ですから、手当なんて……」

「ハハッ、最後まで聞けよ。金は出せないが、嬉しい知らせがあると言いたかったんだ」

「はあ？　なんです？」

「社長のボディガードをおまえに頼む。ファンなんだろう？」

黒須が破顔したので、清春も笑った。とはいえ、内心では冷や汗をかいていた。黒須は冬華のファンなどではない。冬華の側にいたほうが、自分の力を発揮できると思っているだけだ。つまり、危険な匂いを嗅ぎつけたのだ。そんな予感があたってもらっては困るのだが……。

それにしても、いまの話でひとつ引っかかるところがあった。

百舌のキャリアだ。冬華と千夏をとり違えるようなボンクラが、本当に知る人ぞ知る敏腕記者だったのだろうか。

5

若いドライバーが、ドアの隙間からひょいと事務所に顔を出した。

「お先にあがります。俺が最後ですから、シャッターの鍵かけときますね」

「ああ、頼む」

清春は時計を見た。午後十一時半。今日はいつもより若干、早仕舞いということになる。

「ちなみに、純秋は知らないよな？」

「えっ？　俺さっきまで外にいたし……帰ってきてからは見てないです」

「そっか……オッケー、お疲れさま」

ドライバーが出ていくと、清春は純秋に電話をかけた。出なかった。珍しいこともあるものだ。電話に出ないのはよくあることだが、いまのドライバーが戻した〈オンリー〉のメンテナンスが残っていた。いつもはかならず、その日のうちに作業してから帰宅する。

まあ、なにか用事があったのかもしれない。一体だけなら、明日に繰り越しても、業務に支障が出るわけではないが……。

「たまには自分でやってみるか」

ふと思いたち、清春は腰をあげて工場に向かった。洗浄だけなら、いちおう手順は知っているし、少しばかり時間を潰す必要があった。

メンテナンス済みの〈オンリー〉は、いつものように一列に並んで椅子に座り、電源も切られていた。それでも、どこか人間じみた匂いがした。最初、同じ顔に同じ服で並んでいた〈オンリー〉だが、純秋のメンテナンスによって、あるいは客とセックスを重ねることで、全員に個性が出たからだろう。照明の消えた百貨店の売り場で、立ったまま眠っているマネキンとは違う。

いま戻されたばかりの〈オンリー〉は、いづみという名前で、お嬢さまっぽい。髪型もメイクも服装も、富裕層の箱入り娘のイメージで、コンサバティブな真珠色のスーツを着ている。

智恵子の座った車椅子を押し、専用の洗浄機に向かう。日焼けマシーンのような形状をしている。蓋を開け、体を横たえてやらなければならないが、その前に、服を脱がせる必要がある。

「まいったな……」

ブラウスのボタンをはずしはじめると、智恵子は首をひねり、視線を向けてきた。洗浄するまでは電源を切れないのだ。手順を知っているとはいえ、清春がそれを行なったのはもう一年も前の話で、これほど〈オンリー〉に個性が出ていないときだった。

個性も出たが、それ以上に色気が出た。視線が合うと、照れずにいられなかった。スタンバイモードなので腕をからめてくるようなことはないけれど、眼つきがどんどんセクシーになっていく。照れながらも、チラ見せずにはいられない。智恵子が眉根を寄せる。拗ねたように唇を尖(とが)らせる。

下着はコーラルピンクだった。可憐なレースで飾られたブラジャーをはずしながら、純秋は偉いと思った。こんなことを一日に数十回も繰り返して、変な気持ちにならないのだろうか。さすがにもう慣れてしまったのかもしれないが、それにしても……。

「……ふうっ」

全裸にした智恵子を洗浄機に横たえ、蓋をした。あとはスイッチを押して一分間待つだけ。カップ麺ができあがるより早く、肌の汚れは取りのぞかれ、客の体液を受けた性器は消毒される。

裏口の扉がノックされた。待ち人が来たらしい。振り返らずに「どうぞ」と答えると、ギギッと耳障りな金属音をたてて扉が開いた。

「ここから入ってもいいんですか?」

百舌だった。

「もう店仕舞いをしてますからね。表のシャッター、降りてたでしょう?」

「ええ」

百舌がうなずいて入ってくる。相変わらず、疲れたスーツを着ている。清春の脳裏には、ジャージを腕まくりして洗濯物を干している姿がくっきりと刻まれたままだった。スコッターを決めこんでいる廃マンションのベランダで、子供のパンツを干していた。

「壮観ですな」

一列に並んでいる〈オンリー〉の前に、百舌は立った。

「こんな舞台裏に招待してもらえるなんて、感無量というところです。前にも言った通り、私はあなたたちを……〈オンリー〉を擁する〈ヒーリングユー〉を高く買っている。いずれ日本中を席巻すると確信しています」

「だったら、放っておいてもらえませんかね」

清春は唇を歪めて言った。

「あんたの見込み通り、〈オンリー〉はそのうち日本中を席巻するでしょう。あんたが邪魔さえしなけりゃな」

「おやおや、それはずいぶんな買いかぶりだ」

百舌は芝居じみた笑みをもらした。

「私は無能な探偵なんでしょう？　あなたたちの邪魔なんてできるんですかね」

「あんまりナメた口きくなよ」

清春は低く唸った。

「俺はついこの間までイリーガルなデリを仕切ってたんだ。昔の血を騒がせるような真似はよしてくれ」

「ナメているのはあんたのほうだな」

百舌は笑っている。

「そんな脅しに屈するようじゃ、探偵なんてやってられない」

「なに言ってやがる、エセ探偵が」

清春はスマートフォンを操作し、画像を見せてやった。みすぼらしさが不快感を誘う、生活に疲れきった男の姿が映っていた。

百舌の顔はみるみるひきつり、紅潮していった。

「このご時世に五人の子持ちとは立派なもんだ。応援してやりたいのは山々だが、生憎うちではあんたを雇えない。かわりに忠告してやろう。ゴーストタウンで子育てなんてやめておけ。子供の命が惜しいならな」

「手を引かなきゃ子供を狙うってか……」

「そんな話じゃないさ」

清春は封筒を出し、百舌の懐に差しこんだ。中身は一万円札が十枚。清春のポケットマネーで融通できる限度額だった。

「チビたちになんか旨いもんでも食わせてやれ。活きのいい情報をもってきたら、新規で情報料を払ってもいい」

百舌は懐に差しこまれた封筒を抜き、厚みを確かめるようにひらひらと振った。

「ずいぶん薄い」

「エセ探偵のガセネタに対する報酬にしちゃ破格だよ」

百舌が眼を凝らしたので、清春も睨み返した。瞬間、嫌な予感がした。眼に覚悟が浮かんでいた。修羅場をくぐってきた男特有の、死をも恐れない強い覚悟だ。この男はただの無能な深海魚じゃない——直感が戦慄となって、背筋を這いあがっていく。

6

ピエロは最初、わざと失敗するらしい。ジャグリングでもマジックでも、失敗することで笑いをとったり、客をハラハラさせたり、あるいはそのパフォーマンスが、熟練の腕をもってしてもきわめて困難なとっておきの秘技であることを印象づけるために、あえてミスをしてみせるのだ。

「あんた、まだ若いな……」

ククッ、と喉を鳴らして百舌が笑った。

「人間の値踏みの仕方がわかってない。いや、テメエのことすらわかっちゃいねえ。エセ探偵がガセネタをもってきただけなら、放っておけばいいじゃないか。わざわざ背後を洗ったり、こんなふうに呼びつけて、脅しを入れる必要はない。本当は怯(おび)えてたんだろう？　その怯えてるテメエの本能を、あんたは信用すべきだった……私はもちろん知っていたよ。伝説の娼婦が、神里冬華の姉であることを。その女があんたの恋人で、事故死していることまできっちりな。さて、どんなリアクションが返ってくるのか楽しみにしてたんだが、がっかりだよ。ゴーストタウンで子育てをするな？　そんな薄っぺらい脅し文句、いまどきチンピラだって言いやしねえぜ。私を敵にまわすのならそれでもいいが、それ相当の覚悟をしておいたほうがいい……あんた、人殺しだろ？」

「なんだと……」

清春は震えそうになる声を必死に抑えた。

「人殺しじゃねえか。千夏という名の娼婦を殺した……あんたが店長やってたデリヘル、ずいぶんエグい経営方針だったってな。店をあげてのイロカンで、女の首根っこつかんで働かせてたんだろう？　普通はそこまでやらないよ。もっと大事に女を扱う。大事にってのは、イロカンでひいひい言わせることじゃない。ある程度距離をとって、いつでも飛べるようにしといてやるってことさ。じゃなきゃ、女が壊れちまう。女って生き物は男よりずいぶん頑丈にできてるし、頑張りもきく。色恋で熱をあげていれば、限度を超えて働きに働く。若いねえちゃんはとくにそうだ。

無理くり十人、二十人の客をとっても、体力的にはなんとかなるかもしれない。だが、心までそうはいかねえんだ。眼つきがエロくて、ボディの発育はよくても、中身はまだほんの小娘なのさ。千夏って女は、人一倍体力があったんだろうな。運動能力じゃなくて、セックスする体力がね。売れてる娼婦はみんなそうだよ。でも、体力があるから心まで頑丈とは限らない。むしろ千夏は、とびきり繊細だったんじゃないか。あんたは知っていた。イロカンしてたんだから、知ってるに決まってるよな。知っていて、エグいことを平気でやらせていた……」

知っていたわけじゃない——清春は胸底で声を震わせた。知ろうとしなかったのだ。千夏もナンバーワンでいることに、誇りをもってくれているのだと思っていた。選りすぐりの美女が集う現在の風俗業界で千夏ほど稼げる女はほんのひと握りで、いにしえの吉原遊郭の花魁のようなものなのだから……。

「これでもあちこち顔がきいてね。あんたの店の客だったって男と話ができた。名前を言わなくてもわかるんじゃないか、当時売り出し中だったIT系の青年実業家だよ。定宿のホテルにドレス姿のキャバクラ嬢を四、五人集めて、朝まで飲むのが日課だったらしい。そこに千夏ちゃんを呼ぶんだと。キャバクラ嬢を焚きつけて、口汚く罵らせるためにな。やりまんだの腐れおめこだのと罵りながら、千夏ちゃんの服を一枚一枚脱がせていく。キャバクラ嬢も必死だよ。手心を加えてその場をしらけさせれば、太い客を失ってしまうからな。ボキャブラリーの限りを尽くして罵りに罵って、そこらにある酒をかけて、唾もかけて、終いには小便かけるやつまで現れるって言ってたからな。まったく、胸くそ悪い話だぜ。『ゲームですよ』なんて、青年実業家は笑ってたよ。死ねばいいのにな。残念ながら、ゲス野郎はくたばることなく、朝もなかなか来てくれない。千夏ちゃんをいじめるのに飽きたら、今度はウリセンボーイを部屋に呼んで、千夏ちゃんにフェラチオさせるんだと。ゲイだから女じゃ勃ちませんってウリセンボーイが泣くと、頭の血管が切れそうなくらい精力剤飲ませて無理くり勃たせてハメさせる。ふたりが泣きながら盛ってるのを見て、寄ってたかって笑い者にするんだってよ。江戸時代の見世物小屋もびっくりな、地獄絵図だな……」

「……黙れ」

清春はもう、声の震えを隠しきれなかった。

「いーや、黙らねえ。そんな地獄が毎晩続いてりゃあ、正気じゃいられなくなってくるよ。VIPの客をつかむのも考えもんだな。千夏ちゃんは、きっと健気に頑張って、ナンバーワンになったんだろう？　まったく、せつなくて涙が出てくるぜ。単なる性欲処理で女を買って、猿みてえに腰振ってる貧乏人を相手にしてるほうがよっぽどマシだ。いまこの国で金をもってるやつは、全員頭がおかしくなってる。

金さえ払えばなにやってもいいと、神様にでもなったおつもりだ……まあ、いい。そんなことより千夏ちゃんだ。地獄の日々にいよいよ心が折れちまって、あんたのクルマで海にドボン……警察は事故で処理してるが、これも相当あやしいな。はっきり言うよ。自殺ですらないと、私は思ってる。事故でも自殺でもなけりゃあ、いったいなんだ？　いくら調べても、神里冬華の資金源だけがわからなかった。〈ヒーリングユー〉を立ちあげる直前まで、彼女はアメリカに留学してたんだろ？　ＭＢＡまで取ってるらしいから、相当に優秀で、大変な努力家なんだろうが、学生なんだから金なんてあるわけがない。もちろん、〈オンリー〉の製造元が資金をバックアップしているのかもしれない。その可能性は否定できないが、私はどうも違う気がする。それにしては神里冬華は自由すぎる。組織の操り人形という匂いがしない。となると、神里冬華はそれなりに自己資金をもっていた、ということになる。自分の懐にじゃない。神里冬華、そしてあんたは……千夏の貯金に眼をつけた」

「いいかげんにしろっ！」

さすがに清春は怒声をあげた。

「そんな妄想、言ってまわりたいなら勝手にすればいい。ネットニュースでもなんでも、好きなだけ垂れ流せば……だが、たとえ妄想でも、言葉は人を傷つける……もしあんたが、うちの社長を傷つけたら……俺は絶対、あんたを許さない」

「妄想？　果たしてそうかな……クラッシュしたのは誰の愛車だったんだい？　しかもあんたは、いまどきガソリン車を乗りまわしてるようなカーマニアだ。ブレーキをちょいちょいっと細工するくらい、朝飯前だろうが」

百舌がニヤリと余裕の笑みを浮かべたときだった。

バタンッ、と扉が開く音がした。開いたのは、工場の裏口ではなく、事務所に続く扉だった。事務所にもその向こうのガレージにも、もう誰もいないはずだった。最後に帰ったドライバーがシャッターの鍵をかけ忘れていなければ、外からだって入れない。

「話は聞いたよ。清春、こいつをやっつけるつもりだったんだね？」

立っていたのは純秋だった。清春は激しく動揺した。純秋の手に、銀色の鉄パイプが握られていたからである。

「おまえ、どこにいたんだ……」

「配達用のクルマの中に隠れてた」

「なんで……」

「二、三日前から、様子がおかしかったじゃないか。なにかあるってすぐに気づいたよ。よくないトラブルが降りかかってるって……」

「おまえには関係ない」

「あるだろ？　そのおっさん、うちの会社に因縁つけてきてるんだろ？　過去をほじくって、強請りにきたんだろ……」

清春は百舌を見た。平然としている。不敵な笑みさえ浮かべている。知る人ぞ知る敏腕記者は、暴力沙汰にも慣れているわけか。

「なあ、清春。俺はこの日が来るのを待っていた。ようやくおまえに借りを返せる。返さないと、俺は……」

ちょっと待ってくれ、と清春は叫びたかった。純秋が言っているのは、おそらく子供のころの話だ。彼はいじめられっ子で、不良に小突かれてよく座り小便を漏らしていた。いつも清春が助けてやった。純秋は大人になっても、そのことをひどく気にしていた。いじめのフラッシュバックがあると、錯乱状態になるくらいだったが……。

なぜこの状況で、そんな埃の被った昔話をもちだしてくるのか。

「やればいいよ」

百舌は純秋に向かって言い放った。

「深夜の工場なんかに呼びだされたから、こんなこともあると思っていたさ。だが、手を出せばおまえらは終わりだ。パクられるだけじゃなく、私の妄想に信憑性が出る。悪いが、単なる妄想じゃない。きっちり裏をとっている部分もある。しかし、残念ながら完璧でもないのさ。あんたらが手を出せば事が明るみに出る。伝説の娼婦を殺した犯人を捕まえろと、世間の声が大きくなって……」

「チィちゃんは事故で死んだんだっ！」

純秋が鉄パイプを振りあげた。清春は咄嗟に動けなかった。純秋は滑稽なほどのへっぴり腰で鉄パイプを振りおろした。信じられないことに、百舌はよけなかった。挑発するように笑いながら、無防備に顔面を差しだし……。

工場の天井に、ゴンッと鈍い音が反響した。百舌の額がぱっくり割れ、真っ赤な鮮血が飛び散った。清春には、目の前の光景が現実のものとは思えなかった。なぜあのやさしい純秋が、鉄パイプを振るって人を痛めつけているのか。入院していた清春の手を握り、泣きじゃくりながら「もう喧嘩なんかやめてよ」と言ってきた純秋が……。

「死ねっ！　死ねっ！　おまえが死ねっ！」

うずくまっている百舌に追撃を浴びせる。へっぴり腰は相変わらずだったが、狂ったように打ちおろしている。へっぴり腰でも凶器は鉄パイプだ。百舌は断末魔の悲鳴をあげてのたうちまわり、血まみれの顔面を掻き毟る。

「やめろっ！」

清春は、純秋が振りかぶった瞬間、胴にタックルをした。ふたりで床に転がった。

純秋はハアハアと息をはずませていた。ひどい興奮状態だった。とめなければ、本当に殺していたかもしれない。

清春は戦慄していた。

弟の凶行にではなく、その結果にだ。

百舌の言う通り、一気に立場が逆転してしまった。

「私の勝ちだな……」

血まみれの顔を歪めて、百舌が笑う。

「これでおまえらは終わりだ……おまえらの未来は、たったいま消えた……」

「ひいいっ！」

純秋が悲鳴をあげて頭を抱える。カラン、と鉄パイプが転がる音がする。我に返ったらしい。正気を取り戻し、自分の凶行に腰を抜かしている。

どうすればいい？

パニックに陥りそうになりながらも、清春は必死に頭を回転させた。派手に血は出ているが、百舌の怪我(けが)は致命傷までいっていない。救急車を呼ぶべきか、あるいは自分のクルマで病院に連れていったほうが早いか。傷の手当てをし、冷静な話しあいをもって詫(わ)びを入れ、しかるべき慰謝料を払えば、この事態に収拾をつけられるのか。

「これは報いだぞ、若いの……」

百舌が低く声を絞る。

「伝説の娼婦を殺した報いだ……尽くしてくれた女を棄てた報いだ……死人に口なしと思ったら大間違いだぞ……悪事はかならず、めくられる……おまえは間違いなく、地獄に堕ちる……」

清春は呆然とした。

意味がわからなかった。この期に及んで挑発的な言葉を呪文のように繰り返す、百舌の真意がわからない。

ピエロは最初、わざと失敗するという。二度目の成功を印象づけるために。この男がピエロなら、二度目の成功とは〈ヒーリングユー〉から金を引っ張ることではないのか。

「報いだ、若いの……報いを受けろ……」

あまりの不可解さに、気持ちが悪くなってくる。

この男の態度は、金を引っ張って手打ち、という方向に向いていない。血だるまになっているのに、まだ殴られ足りないと言わんばかりだ。なぜなのか……。

「あのなあ……」

清春は立ちあがり、百舌に近づいていった。

「そういう態度に出られると、こっちだって選ぶ手段がひとつしかなくなるぜ。面倒くせえからぶっ殺して口塞いじまおうってな」

「やればいい……」

「ボコられて頭にきてるのはわかるが、そういきり立たなくてもいいんじゃねえか。少し落ち着けよ」

俺も大人になったものだと、胸底でつぶやく。少し落ち着け――胆力をこめて足元の男を睨めつけながら、清春は自分に言い聞かせていた。

ここでキレたら事態は悪化していくばかりだろう。自分ひとりでなんとかできると思っていたのは、自惚れだった。黒須を呼んで対処したほうがいいかもしれない。百舌の態度には、絶対に裏がある。黒須なら、頭のイカれたエセ探偵の口を割らせることくらい簡単にできるはずだ。清春にはキレて暴れた過去はあっても、拷問のノウハウなどない。したいと思ったこともない。

「殺してみろよ……殺せばいい……」

虫の息のくせに、百舌はまだ挑発してくる。血まみれでニヤニヤ笑っている深海魚じみた顔はただひたすらに醜く、不快感に口の中が粘ついていく。

「あんたは間違ってる。俺は千夏を殺してないし、あんたを殺すつもりもない……殴ったことは謝る。治療費も出そう。だからもう少し落ち着いて……」

「いや……」

百舌は苦しそうに息をはずませながら、一語一語絞りだすようにして言葉を継いだ。

「おまえは……千夏を……殺した……」

喉がヒューヒューと鳴っている。

「千夏が……おまえを……裏切っていたからだ……」

「……なんだと？」

清春は眉をひそめた。いったいなにを言っているのだろう？　千夏が裏切っていた？　売春稼業で疲弊しきっていた彼女に、自分を裏切るどんな真似ができるというのだろう？

もはや処置なしだ。この男の妄想に付き合っていると、本気でキレてしまいそうだった。縛りあげて、黒須を呼ぶしかない。

そう決めた瞬間、背後で気配がした。

「うわあっ！」

純秋が鉄パイプを振りあげて、百舌に襲いかかっていった。今度はへっぴり腰ではなかった。振りおろされた鉄パイプが、百舌の脳天をとらえた。グシャ――耳に鋭利な異物を突っこまれ、脳味噌（のうみそ）を掻き混ぜられたような、嫌な音がした。

「チィちゃんは事故で死んだって言ってんだろっ！　おまえが死ねっ！　おまえが死ねっ！　おまえが死ねえええええーっ！」

嫌な音が倉庫の天井にこだまする。すさまじい勢いで鉄パイプが振りおろされ、返り血が純秋の顔にかかる。純秋は怯むことなく、鬼の形相で叩きつづける。血飛沫があがり、百舌の頭部が人間のそれとは別のものへと変わっていく。頭皮がデロリと剝けて、白い頭蓋骨が見えてきた。それも無残に打ち砕かれ、桃色と黄色の脳漿が飛び散った。まるで地上にあがった深海魚そのもののように、眼球も飛びだして頰のあたりでぶらぶらしている。

清春がとめる暇もなかった。

いや、最初の一撃が振りおろされた瞬間、とめる気力を奪われた。銀色の鉄パイプが百舌の脳天を砕くのを見て、すべてが終わったと思った。足元から凍えるような諦観がこみあげてきて、体を動かすことができなかった。

第五章　宿命の色

1

夢を見ていた。

〈オンリー〉を抱いた記憶が蘇(よみがえ)ってきた、と言ったほうがいいかもしれない。

高級ホテルのエグゼクティブフロア、黒人と白人のボディガード、胡散臭(うさんくさ)くもハイソサエティの匂いをプンプンさせている外国人たち、ベッドを照らすダークオレンジの間接照明……。

〈オンリー〉は美しい日本人の姿をして、ベッドにちょこんと座っていた。ミルク色をした乳房はもぎたての果実のような丸みをたたえ、先端に咲いた淡い桜色の乳首が清らかだった。

いくら時間をかけてもかまわない——冬華にそう言い渡されていたので、清春はわざとゆっくり服を脱いでいくことにした。気持ちを落ち着けるためだったが、上着の袖を抜くと、〈オンリー〉が立ちあがったので驚いた。独力では歩けない、と聞いていたからだが、立つことはできるらしく、丁寧に服を脱がしてくれた。

顔が近かった。アンドロイドのくせに、〈オンリー〉は息をしていた。吐息が甘く匂った。双頬は生々しいピンク色に染まっていた。清春の服を一枚脱がすごとに、黒い瞳がねっとりと潤んでいった。眉根を寄せ、唇を尖らせて見つめてきた。甘い吐息の匂いがどんどん濃くなり、気がつけば清春の呼吸もはずんでいた。

〈オンリー〉は口をきけない。

にもかかわらず、なにも不自由を感じなかった。人間同士だって、セックスの最中にあまり口をきかないから——最初はそう思った。もちろんそれもあるのだが、しゃべらなくても感情が伝わってくるのだ。

勃起したペニスをひと目見るなり、〈オンリー〉はすがるような表情になり、身をよじりだした。伝わってくるのはただの感情ではなく、沸騰寸前の欲望だった。

一刻も早く快楽が欲しくて切羽つまっている——なのに、恥ずかしがってもいるから驚きだった。欲情していることを恥じているのだ。その相反する複雑な心模様を〈オンリー〉は完璧に表現していた。美しいが抽象的な顔立ちをしているのは、表情の変化によってメッセージを伝えやすくするためなのかもしれないと思った。

清春は〈オンリー〉をベッドに横たえた。

ポリマー樹脂、還元グラファイト酸化物、電流を流す無数のナノワイヤ、コンピューター回路を構成する半導体……脳裏にちらついていた雑念が、〈オンリー〉を抱きしめた瞬間、焼けた鉄板に落ちた水滴のように蒸発した。ぴったりと重ねた素肌に、吸いとられたと言ってもいい。

〈オンリー〉の肌は信じられないくらいなめらかで、瑞々しくて張りがあり、吸いついてくるような感触がした。手のひらを這わせると、あまりの心地よさに撫でるのをやめられなくなった。これほど上質な肌触りを、清春は他に知らなかった。肉づきも女らしいカーブに満ちて、見た目はすらりとしているのに、つくべきところにしっかりと肉がついている。官能的な曲線が綾なす起伏に富んだボディラインに、我を失いそうなほど陶然となっていく。

唇を重ねた。〈オンリー〉と舌をからめあっていると、それが自分の舌なのか相手の舌なのかわからなくなった。唾液を啜りあえば、頭の中の線が一本ずつ切れていき、やがて思考回路が完全にショートした。

〈オンリー〉が誘発する興奮は独特なもので、牡の本能に根ざしている攻撃的な衝動とは別物だった。たった一度だけ口にしたことがある本物のシャンパンを思いだした。酔い方に角がなく、優美で華やかで濃厚な酩酊へといざなってくれる……。

清春はなにも考えず、腕の中にいる〈オンリー〉を愛でることしかできなくなった。ほとんどトランス状態に陥っていたと言ってもいい。

なぜあっという間にトランス状態に引きずりこまれてしまったのか、思考回路がショートしていたのでわからなかった。喩えて言うなら、美しい景色に見とれているうちに、自分がその景色の一部になってしまったような感じだった。

とはいえ、美しい景色は美しさで圧倒してくるだけだが、〈オンリー〉とは裸で抱きあっている。キスを深めていきながら、体をまさぐりあうことができる。清春の両手はせわしくなく動いていたが、〈オンリー〉の両手もまた、そうだった。

清春の髪の中にざっくりと指を入れ、耳をくすぐり、首筋を撫でてきた。手のひらを胸に這わせ、乳首をやさしくつまんできた。欲望が全身を満たしていくのがはっきりとわかった。そうなると、相手がセックス・アンドロイドであることなど、どうでもよくなった。はっきり言って、自分が誰であるかさえよくわからなくなっていた。

清春はただ一個の欲望だった。風船に空気を入れるように濃厚な欲望を吹きこまれ、気がつけば心身のすべてをそれに支配されていた。

清春の指は、〈オンリー〉のM字に開かれた両脚の中心をとらえていた。生温かい粘液が泉のように湧きあがっていた。簡単に指が泳ぐほど蜜をしたたらせ、それが柔らかな肉ひだと溶けあってトロトロになり、よく煮込まれたホルモン、あるいは海底で揺らぐ無脊椎(せきつい)動物を彷彿(ほうふつ)とさせる感触がした。

　指を動かすと、〈オンリー〉は白い喉を突きだしてのけぞった。甲高く放たれた声は、喜悦に歪(ゆが)んでいた。歪んでいなければ、綺麗(きれい)に透き通ったソプラノだろうと想像させた。聞き惚(ほ)れながら指の動きに熱を込めた。トロトロの中に、小さな突起があった。ボタンを押すようにそこを刺激すると、〈オンリー〉の反応はひときわ激しくなった。釣りあげられたばかりの魚のように五体を跳ねさせながら、清春にしがみついてきた。

　フェラチオ、クンニリングス、シックスナイン……試してみたいことはいろいろあったはずなのに、こみあげてくる衝動が体を突き動かしてしまう。

　挿入するためにペニスを握りしめると、自分のものとは思えないほど硬くなっていた。性器の角度を合わせ、上体を被(かぶ)せた。〈オンリー〉の素肌は熱く火照っていた。抱きしめた瞬間、胸にあたった乳房が汗でヌルリとすべった。

　清春は息を呑(の)んで腰を前に送りだしていった。ペニスで貫いた瞬間、吸いこまれる感覚があった。結合は驚くほどスムーズだった。少しゆるい、と思ったほどだ。すぐに錯覚であることを悟った。内側のひだがざわめきながらからみついてきた。ペニスをみっちりと包みこんでいる穴が蛇腹(じゃばら)のようにくねりはじめ、緩急をつけて締めつけてきた。

清春はまだ腰を動かしていなかった。動かなくても射精に達することができるのではないかと思うほどの快感に、熱くなった顔を歪めて唸(うな)った。結合しただけでこれほどの快感を得られるとなると、動きだしたらいったいどうなってしまうのか——感嘆と不安が入り混じった感情が、体を金縛りに遭わせていた。

とはいえ、いつまでもじっとしているわけにはいかなかった。ピストン運動は軽快に送りこめた。息を吸って吐くように腰が動いた。〈オンリー〉がそう導いてくれる——理解したのは、動きはじめてずいぶん経(た)ってからだった。男が過剰な体力を使わなくてすむポジションや動きを、〈オンリー〉はさりげなく実現していた。

それがセックス・アンドロイドの気遣いらしい。男のスタミナを奪うのでなく、逆にスタミナを与えてくれる。腰を振りたてれば振りたてるほど、体中にエネルギーが充満していく実感がある。

〈オンリー〉のあげる声は、聞いていると一緒に感極まってしまいそうになるほどせつなかった。あるいは、全身が粟立(あわだ)っていくほどいやらしかった。せつなさといやらしさをせわしなく行き来し、清春を限界まで奮い立たせた。

腰を振るピッチはあがっていくばかりだった。突いても突いても、さらに奥まで突けそうな感覚の虜(とりこ)になっていた。一往復ごとにペニスの表面からペロリ、ペロリとなにかが剝けていく感覚があった。ペニスとはこれほどまでに敏感な器官だったのかと驚嘆させられ、その一方で身をよじりたくなるほど芯が熱く硬くなって、激しく腰を振りたてずにはいられない。

なぜこれほど気持ちがいいのだろう、と不思議でしようがなかった。これは自分のために誂えてもらった、オンリーワンのセックス・アンドロイドではない。

なのに、〈オンリー〉は自分好みの抱き心地を実現してくれている。こちらがムキになって腰を振りたてれば振りたてるほど、もっと、もっと、と煽ってくる。性器を繋げているのが生身の女であるならば、それは快楽に対するおねだりだ。しかし相手はアンドロイド。〈オンリー〉はまるで、こう言っているようだった。

あなたの知っている最高のセックスを、もっと教えて——。

〈オンリー〉の顔に千夏の顔がダブッて見えたのは、次の瞬間だった。

美しくも抽象的で、誰かに似ているようで誰にも似ていないのが、〈オンリー〉の顔の特徴だった。よがって歪んでもそれは同じだったのだが、よがればよがるほど千夏に似てきた。清春はようやく気づいた。

〈オンリー〉はこちらの知っている最高のセックスをなぞり、それを超えようとしているのだ。清春の場合、最高のセックスの記憶は、千夏としたそれだった。癖のように体に染みこんだ千夏とのセックスの記憶が、〈オンリー〉に逆流していっているのだ。自分の経験が鏡のように映しだされているから、これほど気持ちいいのだ。

もちろん、それは正確なトレースではなく、こちらが補っている部分も大きいのだろう。人間の顔の特徴は、極端に言えば数本の線で表現できる。写真の足元にも及ばない再現性でも、簡単な似顔絵が異様に似ていることがある。そこに描かれているのが愛しあった故人であれば、数本の線に心を揺さぶられる。思い出がこじ開けられる。〈オンリー〉は完璧でなくても的確に、こちらの記憶にアクセスしてきた。

千夏……。

清春は滂沱の涙が流れだすのを、どうすることもできなかった。射精の前兆がこみあげてきたが、射精などしたくなかった。このままずっと、千夏を抱きしめていたかった。もちろん、だからといって突きあげるのをやめることはできなかった。むしろ、ピッチはあがっていくばかりだった。泣きながら怒濤の勢いで渾身のストロークを打ちこみ、〈オンリー〉を抱きしめた。顎が砕けそうなほど歯を食いしばって射精をこらえながら、この世のものとは思えない快感に打ち震え、熱い涙を流しつづけ――。

ハッと眼を覚ますと、顔も体も汗びっしょりだった。

清春は自宅のベッドの中にいた。心臓が早鐘を打っていた。息もあがっている。涙は流していなかったが、股間のものが痛いくらいに硬くなり、いまにも爆(は)ぜてしまいそうだった。

〈オンリー〉の夢を見るのは初めてではなかった。初めてどころか、このところ頻繁に見ている。まるで現実がストレスフルになればなるほど、その夢に逃げこみ、救いを求めるように……。

だが、〈オンリー〉を抱く夢はストレスからの逃げ場にはならないし、救いにもならない。

清春にはわかっていた。

これは単なる夢ではない。

禁断症状だ。

2

陽射しがまぶしかった。

フロントガラスの上部をサンバイザーで隠しても、まだまぶしい。グローブボックスにサングラスは入っていない。高速道路の路面状態はいつも通りに最悪で、ホンダの車体はいつにも増してガタピシと音をたてている。

清春はハンドルを握りながら、何度も顔をしかめた。苛立っても高速を運転中は貧乏揺すりができないので、顔の筋肉を動かさずにいられない。まるでチック症にでもなってしまったように頬を上下させ、口を大きく開いては閉じる。

「昨日午後八時、東京都杉並区で起こったひったくり事件の続報です」

カーラジオから、女性アナウンサーの抑揚のない声が聞こえてきた。

「自転車に乗った男が通勤途中の女性派遣社員のショルダーバッグを強引に奪おうとしたところ、女性は激しく抵抗。男は通行人たちによって取り押さえられました。逮捕された男は、自称広告代理店勤務の三十歳、『〈オンリー〉を抱く金が欲しかった』と容疑を認めております」

「またですか」

低い声の男性アナが呆れたように言う。

「このところ多発している、いわゆる『〈オンリー〉強盗』でしょう?」

「そうですね。この一週間で七件目です」

「なんだか都合のいい言い訳になってるような気がするけど……」

まったくだ、と清春は相槌を打った。

「それにしても、〈オンリー〉っていうのはすごいんだね。いまあちこちで話題になってるでしょう？　なかなか予約がとれないくらい大盛況って。どうなんだろうね、抱き心地は」

「そういう発言は慎んでください」

女子アナがにわかに声を尖らせた。

「あっ、いや……申し訳ない」

「非常に不愉快です。被害者がいるんですよ。こういうニュースを取りあげると、むしろ〈オンリー〉の宣伝になるんじゃないでしょうか。ちょっと考えたほうがいいように思います」

だったらニュース原稿など読まなければいいではないか、と清春は憤慨してカーラジオを切った。本当に不愉快なのはこちらのほうだ。ひったくりを〈オンリー〉のせいにする犯人も許せないが、「〈オンリー〉強盗」などとレッテルを貼るメディアのやり口はそれ以上に許せない。

案の定、銀座のショールームには記者が押しかけ、大変な騒ぎになっているらしい。黒須を送りこんでおいてよかった。冬華が採用する銀座のスタッフは、見てくれがよく、マナーは行き届き、頭の回転も悪くないが、揉め事に弱そうな連中ばかりが揃っている。

運転しながら二宮に電話をした。

「どうなってる?」

「営業妨害もいいところです……」

二宮は大げさに溜息をついた。

「マスコミがいるから、お客さんをここに通せないんですよ。上にあがってきちゃえば静かなんですけどね。お客さんに、カメラ持ってるマスコミの前を通行しろっていうのも酷な話で……」

「そうじゃなくて、社長の予定だ」

清春はここ数日、冬華に面会しようと何度もアポを入れていた。ああだこうだと理由をつけて、断られてばかりいる。

「すいません。そっちはまだ……」

「なんとかしてくれよ」

「ここんところ、社長はずっと外出しっぱなしで……」

二宮は弱りきった声で言った。

「社長は外出してなにやってる?」

「ここに来られないお客さんの対応です。〈オンリー〉をクルマに積んで、自宅やホテルで商談を……」

「黒須は？」

「社長と一緒です」

「とにかく早急に会えるようにしてくれ。俺が連絡しても、返事は梨のつぶてなんだ」

「わかりました」

「お疲れさまです」

電話を切った。あてになりそうにないので、黒須にも電話をかける。

「いまどこだ？」

「新宿のホテルです」

「商談中かい？」

「いえ、その……」

黒須が口ごもったので、

「なんだよ？」

清春は声を尖らせた。

「商談中は商談中なんですが、なんというか、その……」

黒須が狼狽えるのは珍しかった。

「俺は社長に会いたいんだ。わかってるよな？　アポとろうとしても埒があかないから、これからそっちに乗りこんでいく」

「ちょっと待ってください」

「なんだ？」

「その前に俺に会ってもらえませんか？　電話じゃなくて直接……」

「言いたいことがあるなら、いま言ってくれよ！」

清春の苛立ちはピークに達していた。これから乗りこんでいくと啖呵を切ったところで、実際には行けない。まずは〈湾岸ベース〉に顔を出さなければならないからだ。黒須を冬華のボディガードにあてがったことで内勤スタッフの手が足りていないし、他にも深刻な心配事がある。

「すいません。今日中に折り返します」

黒須はそう言って電話を切った。いったいどうなっているのだろうか。黒須も黒須なら、冬華も冬華だ。まさかとは思うが、自分に隠れてテレビ出演の準備でもしているのだろうか。〈オンリー〉強盗が連日報道されている以上、オファーしてくる局はあるはずだった。もちろん、絶対に出演などしないほうがいい。治安の悪さを〈オンリー〉のせいにしようとする、悪意に満ちた連中を相手にしてはならない。

舌打ちついでに視線をあげると、

「……んっ？」

バックミラーに後方から迫ってくるクルマが映っていた。すさまじい勢いで、ぐんぐんと追いあげてくる。ホンダは時速百キロで走行中だった。車体はガタピシとうるさいが、エンジンは快調に吹けている。

相手が最新式のＥＶならスルーした。スポーツタイプであれば二百五十キロはゆうに出るし、足まわりが全然違う。高速道路の路面状態は悪く、それを想定して開発された四駆のＥＶスポーツに、ガソリン車で勝てるわけがない。

だが、バックミラーに映っているのは年代物のマツダだった。ガンメタリックのツーシーター・クーペ。

かつての愛車と同じ車種だった。

千夏がそれに乗って、海にダイブした……。

驚いたことにパッシングをして煽ってきた。似たようなスペックの好敵手とでも思ったのか。反射的に、清春はアクセルを踏みこんでいた。相手は発売当初、国産最速のコーナリングマシンと謳(うた)われた名機だが、目の前はストレートが続いている。ロータリーエンジンに、ホンダのＫ20Ａが負けるわけにはいかない。鬱憤晴らしにカーチェイスも悪くないと、清春は手のひらの汗をズボンで拭い、ハンドルを握り直した。

チェイスになどならなかった。

後ろから追いかけてきたマツダは、清春のホンダを一瞬でかわし、あっという間に走り去っていった。

毒気を抜かれたように、清春はアクセルを戻して減速した。あまりにあっさり勝負がついてしまい、負けた気がしなかったくらいだ。

おまけに、ぐんぐんと遠ざかっていくガンメタリックのクーペは、見慣れた後ろ姿をしていた。

昔を思いだし、懐かしさがこみあげてきた。あのクルマの助手席に、千夏を乗せてよくドライブしていた。お互い忙しかったので、デートといえば仕事帰りに首都高を走りまわることくらいだった。千夏は古いロックが好きだった。音楽の趣味が同じ女を助手席に乗せて運転するより気持ちが躍ることを、清春は他に知らない。

ルー・リードの『サテライト・オブ・ラブ』、ドアーズの『ムーンライト・ドライブ』、イギー・ポップの『ザ・パッセンジャー』……カーステレオから流れる曲に合わせて、いつも一緒に歌っていた。深夜の首都高は、さながらふたりだけのライブハウスだった。デヴィッド・ボウイの『スペイス・オディティ』がふたりのいちばんのお気に入りで、何回歌ったか数えきれない。千夏の歌はいつだって調子っぱずれだったけれど、不思議な浮遊感のある声の持ち主で、いくら聞いても聞き飽きることがなかった。

とはいえ、いまぶっちぎってくれたマツダは、思い出のクルマとはまるで別物だろう。積んでいるのは、ただのロータリーエンジンではない。マニアが強引に金をかけていじり倒したか、あるいはそっくり積み替えているのか、見かけは同じでも、中身は超弩級の怪物に違いない。

3

〈湾岸ベース〉のガレージは活気のある空気ができあがっていた。

スケジュールはいつも通りにパンパンだったが、ドライバーの待遇は悪くない。他の仕事より稼げるし、冬華の地上波テレビ出演をきっかけに世間の耳目も集めているから、やる気がみなぎってしかたがないらしい。

頼もしい限りだった。

問題は、客から連絡を受ける内勤スタッフである。若い男が三人、交代でシフトに入っているが、彼らはまだ仕事を完璧にこなせない。黒須でさえ、ぎりぎりだった。

客との応対、効率のいいスケジュール管理、そこまではなんとかできても、客からのリクエストを純秋に伝え、〈オンリー〉を調整させる作業に手こずるのだ。もちろん、純秋が清春以外の人間に心を開いていないからである。予約が立てこんでいるとき、コミュニケーションが行きづまると、お互いに疲れる。かといって、〈オンリー〉の調整は純秋にしかわからない領域になってしまったので、清春がパイプ役になるしかない。

憂鬱だった。

「おはようございます！」

事務所に入っていくと、上原和哉という最近採用した新人が立ちあがって挨拶した。期待の新星だ。まだ二十歳そこそこなのに、意欲があって仕事の覚えも早い。いつも時間前にやってきて、パソコンに向かっている。

「これ今日の……」

和哉がスケジュール表を渡してこようとしたが、清春はそれを制して洗面所で顔を洗った。洗顔剤をたっぷり使って何度洗っても、顔をしかめるのをやめられなかった。顔面の裏側が細かく痙攣して、頭蓋骨と皮膚の間に虫でも涌いているように気持ちが悪い。

多分に精神的なものだろう。

だが、精神的なダメージなら、純秋のほうが深刻だった。

「お疲れ……」

工場に入っていっても、挨拶を返さなかった。ガン無視だ。背中を向けたまま、洗浄機の調整を続けている。

「スケジュール表、ここに置いとくぞ」

タイムテーブルに加え、客のリクエストがチェックシート式で記されてある。といっても、それは完璧ではない。純秋に理解できない言葉やイメージが出てくれば、細かく説明してやらなければならない。

「俺、今日ちょっと中抜けするかもしれないけど、頼むな……」

黙っている。

「なんかあったら電話くれればいいから……」

まだ背中を向けたままだ。

仲のいい双子の兄弟とはいえ、純秋は難しい人間だから、口をきいてくれないことくらい、子供のころからよくあった。彼は一度塞ぎこむとしつこい。実家の同じ部屋で寝起きしているころでも、一週間や二週間の無視はざらだった。むしろ、塞ぎこんでいるのに仕事には出てきてくれるのだから、感謝したほうがいいのかもしれなかった。

いま純秋に抜けられたら、〈湾岸ベース〉は一瞬にして機能不全に陥る。新たなメンテナンススタッフを育成するのは簡単な話ではなく、なにもかも一年前からやり直しになるだろう。〈オンリー〉が経験を積むように、メンテナンスもまた経験を積んできた。現状は、膨大な試行錯誤の結果なのである。

「……ふうっ」

事務所の椅子に座り、目頭を揉んだ。

「お疲れですねえ」

和哉が苦笑まじりに声をかけてきた。

「部屋のお湯、まだ出ないんですか？」

「んっ？」

清春は一瞬、呆けたような顔になった。

「お湯が出ないから風呂に入れないって、愚痴ってたじゃないですか？」

「……ああ」

話したことを、すっかり忘れていた。

「スコッターだからな。熱いお湯には縁がない。コインシャワーばっかりでのんびり湯船に浸かれないから、疲れは溜まる一方だ」

「なんか印象的でしたよ。お金もってそうなのに、スコッターなんてカッコいいなあって。僕も見習おうかと思いました」

「やめとけ、やめとけ。都心にアパートが借りられるなら、そっちのほうがいいに決まっている」

清春は瞼(まぶた)を閉じて目頭をしつこく揉んだ。清春の住環境はいま、ひどいことになっている。不法定住のためではない。

純秋が、家中の窓という窓を、段ボールとガムテープで塞いでしまったからだった。清春の部屋には手をつけていないが、それ以外はリビングもキッチンもトイレに至るまで、全部である。

精神状態が不安定なとき、純秋はそれをする。室内に太陽光が差しこんでくるのを嫌がり、景観がめちゃくちゃになるのもかまわず、段ボールを貼りまくるのだが、それはまだいい。

つい先ほど、新たな問題が発覚したばかりだった。

出勤前のことだ。先に出かけたふりをして純秋が運転する軽自動車を見送り、自宅に戻った。

純秋の部屋に入るためだった。純秋は自分の部屋を見られるのを極端に嫌がるから、いままで一度も入ったことはない。

ルール違反なことはわかっていた。いくら兄弟でも、やっていいことと悪いことがある。いままで生きてきた中で最大級の自己嫌悪に駆られながら、清春は純秋の部屋のドアノブをつかんだ。

そうせずにはいられない事情があったのだ。

このところ毎晩、おかしな気配を感じて深夜に眼を覚ましていた。純秋の部屋に、誰かがいた。会話が聞こえてきたり、あからさまな物音がしたわけではないが、間違いなかった。血の繋がった自分たちの間に、異物がまぎれこんでいた。

純秋が自分の部屋に他人を招くはずがなかった。いるとすれば、人間によく似ているが、人間ではないものだ。悪い予感はあたった。

清春はその場にへたりこみそうになった。

扉を開けると、〈オンリー〉がベッドに横たわっていた。

生活空間にまぎれこんだセックス・アンドロイドは、異様だった。電源が入っていないにもかかわらず、工場で見るよりずっと生々しいエロスを放射し、空気の色まで劣情を駆りたてる原色に変えてしまいそうだった。

ナンバーイレブンだとすぐにわかった。

〈湾岸ベース〉が管理している〈オンリー〉は、正確には十一体ある。あとから一体、予備として送られてきたのだ。いまだ一度も使われていないそれの通称が、ナンバーイレブン。見ればすぐにわかる。毎日稼働している十体は調整を重ねられ、経験を積んで、それぞれが個性的であるのに対し、ナンバーイレブンはデフォルトの状態だからだ。

かつて清春が抱いたのも、デフォルトの〈オンリー〉だった。

懐かしさは感じなかったけれど、抱き心地は思いだした。わざわざ思いだささなくても、つい先ほどまで夢で見ていた。全身汗びっしょりになるほど興奮し、眼を覚ましたときはペニスがカチンカチンになって……。

清春はトイレに駆けこみ、便器を抱えて嘔吐した。涎と涙で顔をぐちゃぐちゃにして、狭い空間でのたうちまわった。純秋が〈オンリー〉を抱いているところを、リアルに想像してしまったからだった。

セックスは現実逃避に適している。

女を金で買う男たちは、誰もが現実に疲れきっている。〈湾岸ベース〉を利用する客だってそうだろう。現実から逃避するために、〈オンリー〉を抱く。刹那の快楽を求める男たちの衝動は、切実で物悲しい。だからこそ清春は売買春を頭から否定できない。

つまり、純秋もまた、耐えがたい現実から逃避したがっているわけだ。

気持ちはよくわかる。

わかるが、〈オンリー〉はやばい。

のめりこめば泥沼に嵌まる。

清春も最初はハイテクノロジーの威力に圧倒され、興奮を抑えきれなかった。〈オンリー〉こそが未来のセックスだと信じ、熱病にかかったような状態で、ビジネスを軌道に乗せるために夢中になって働いていた。

それがいつからだろう？　おそらく冬華と奥多摩に行って気まずくなったあたりからだと思うが、〈オンリー〉を抱く夢を頻繁に見るようになった。眼が覚めても欲望は過ぎ去らず、セックスがしたくてしようがなかった。いや、セックスというより、〈オンリー〉だ。〈オンリー〉を抱きたいという激しい衝動にいても立ってもいられなくなり、我を失いそうになった瞬間が何度もあった。

似たような経験がなければ、まんまと泥沼に嵌まっていただろう。

ドラッグである。

デリヘルの雇われ店長になって一年目か二年目、寝る間も惜しんで働いていたころの話だ。店は順調に売上を伸ばしていたが、さすがに疲労が溜まってエナジードリンクばかり飲んでいると、タカという男にシャブをすすめられた。

タカは麻薬の売人で、支払い能力のなくなったジャンキーの戸籍を外国人に売り払ってしまうような人間のクズだったが、店の上客だった。女を二、三人まとめて朝まで借りきる、派手な遊びをよくしていた。

清春は、そのころ解禁になったばかりのマリファナもまだ試していなかった。そもそも麻薬にそれほど興味がなかったのだが、どういうわけかそのときは誘いに乗ってしまった。一緒に住んでいた純秋が、盲腸で入院していたせいかもしれない。

自宅アパートで、タカに射ってもらった。ゴムチューブを腕に巻かれ、日焼けしていない腕の内側を叩(たた)かれた。青く浮きあがってきた静脈に、銀色の針が刺された。静脈になるべく平行に針を刺すのがコツだ、とタカが言った。シャブの入ったポンプの中に、赤い血液が逆流していった。

綺麗だな、と思った。喧嘩(けんか)に明け暮れていたころ、清春は自分の血を見るのが嫌いだった。痛いからとか怖いからではなく、逃れられない宿命の色に思えたからだ。宿命が、人心を狂わす白い粉と混じって体の中に戻っていった。なんだか痛快に感じたことをよく覚えている。

タカが帰ると、清春は壁にもたれてぼんやりしていた。じっと動かず、向こう側の壁を見ていた。ただそれだけのことだったが、丸三日間、それが続いた。四時間とか五時間とか信じられないような時間が一瞬にして過ぎていき、食欲がなくなるので栄養補給のためにこれを飲んだほうがいいとタカが置いていった麦芽飲料をストローで吸いながら、延々と壁を見つめつづけた。

幻覚が見えていたわけではなかった。いつまで経っても、壁はただの壁だった。尻が痺(しび)れてくると、寝転んで天井を見上げた。天井もやはり、いつまで経ってもただの天井だったが、清春は満たされていた。生まれて初めて味わう充足感に、陶酔さえしていた。

これはやばい、とシャブが切れるとゾッとした。

壁や天井を見ているだけで満たされてしまうなんて、どう考えてもおかしいではないか。麻薬の作用だから偽物だと頭ではわかっていても、清春が体感している充足感はどこまでもリアルで、完璧だった。瑕(きず)ひとつ見当たらなかった。

なるほど、これは廃人をつくる悪魔のクスリだと妙に納得し、その一回限りでシャブはやめた。清春を上客に仕立てあげようと目論(もくろ)んでいたのだろう、タカはしつこく声をかけてきたが、二度と誘いには乗らなかった。

そのころ、頻繁にシャブの夢を見た。禁断症状が出るほど常用していたわけではなく、射ったのはたった一度だけ。それでも、体は覚えていた。静脈に針を刺す、チクリという冷たい感触。ポンプを押しこんで数秒後に訪れる、完璧な充足感……。

もちろん、麻薬とセックス・アンドロイドを同列には語れない。

少なくとも、〈オンリー〉は心身を蝕(むしば)まない。乱れた性生活を送るより、よほどヘルシーでクリーンと言っていい。

それでもやはり、似ていると言わざるを得ないと清春は思うのだ。

マスメディアが「〈オンリー〉強盗」と揶揄(やゆ)してくることに苛立つのは、それがあながち的外れではないからだった。〈オンリー〉は、生身の女を抱く以上の性的な充足感を与えてくれる。となれば、それを抱けない渇望感もまた、生身の女の比ではない。

清春がシャブに嵌まらずにすんだのは、仕事があったからだ。イリーガルのデリヘルとはいえ、売上をあげれば上層部の覚えはめでたくなり、部下からは尊敬された。シャブで得られる偽物の充足感より、仕事で得られる生きている実感を選んだわけだ。

しかし、たとえばゴーストタウンに住みついている多くのスコッターがそうであるように、現実にすっかり絶望しきっていたとしたら……。

あるいは眼をそむけたくなるような事象を前に、自分を保てなくなっていたとしたら……。

それに溺れ、それに依存し、それを生きる目的にしていたかもしれない。

そういう意味で、〈オンリー〉は麻薬によく似ている。

貧困層のユーザーが、渇望感に耐えられず強盗を働いてもおかしくない。

長期契約で〈オンリー〉を貸与（たいよ）されている富裕層が、頭の血管が切れるまで無酸素運動を繰り返すことだってあるかもしれない。

それでは……。

心を閉ざした元引きこもりが、それに夢中になったとしたら、いったいどうなってしまうのか？

清春が知る限り、純秋に女性経験はない。異性どころか、同級生や教師、実の親とさえ拙（つたな）いコミュニケーションしかとれなかったのが、純秋なのだ。

そんな男が、〈オンリー〉でセックスの快感に目覚めてしまったとしたら……。

4

夕方になって、ようやく黒須から電話が入った。

「二十三時、西新宿のホテルでどうでしょう？」

「問題ない」

清春はうなずいた。その時間なら、客のリクエストも大方さばき終えている。

「社長が直接会うそうです」

「おまえも話があるんだろう？」

「社長が会うなら、そっちのほうが……まあ、俺も現場にいますけど」

「わかった」

清春は電話を切り、思案を巡らせた。黒須の言葉の濁し方が気になった。もっとしっかりしてほしい。元軍人のサディストが口ごもる状況がどういうものか、うまく想像できなくて不安がこみあげてくる。

午後十時過ぎ、ホンダを駆って西新宿に向かった。指定されたホテルの地下駐車場にクルマを停め、一階のロビーにあがっていく。

黒須が待っていてくれた。細身のダークスーツに身を包み、薄く色のついたサングラスをかけていた。飄々とした風貌なので屈強なボディガードという雰囲気ではないが、かえってそのほうが目立たなくていいだろう。

「社長のご機嫌はどうだい？」

エレベーターに乗りこみながら訊ねた。

「悪くないと思いますよ。この三日で、十人の会員を獲得しましたから」

「十人？」

清春は声を跳ねあげた。尋常ではない数字だった。銀座のショールームは、設立半年でようやく会員が五十人に到達しようとしているところなのだ。それが三日で十人？〈オンリー〉は安くない。年契約をすれば高級外車を買う程度に金がかかる。どんな凄腕のディーラーだって、メルセデスを三日で十台も売りさばくのは難しいだろう。

しかし……。

「そっちの顔色はよくないな?」

「いえ……」

黒須が眼をそむける。痩せた横顔には愁いが漂い、冬華と話せばすべてがわかると書いてあった。

エレベーターを降りた。内廊下を進み、黒須が扉をノックする。ややあって扉が開き、冬華が顔をのぞかせた。

「どうぞ」

笑顔がないのは想定内だった。長い黒髪をアップにまとめ、濃紺のタイトスーツにハイヒールというかつて見慣れたスタイルが、すでに懐かしい。

会議室ではなく、普通のツインルームだった。それでも、窓辺にゆったりしたリビングスペースがある。四人掛けのソファにうながされ、清春は腰をおろした。冬華が向かいの席に腰をおろす。黒須は立ったままそこにいた。冬華が人払いをしなかったのは、清春の右腕と認めてのことだろう。

「〈オンリー〉は?」

見当たらないので訊ねると、

「隣の部屋」

冬華は答えた。なるほど、商談は明るい部屋で、対面はムーディな間接照明が灯(とも)

った部屋で、というわけだ。清春のときもそういう演出があった。銀座のショールームが二層階を使ったメゾネットなのも、同じ理由だろう。

「調子いいんだって？」

清春は笑いかけた。

「いま聞いたが、三日で十人の会員獲得とは恐れ入る。いったいどんな魔法を使ったんだい？」

「わたしは魔法使いじゃありません」

冬華は笑わずに言った。

「これでもリアリストのつもりですけど。それも、かなりシビアな」

「結構だね。そのシビアなリアリストの眼から見て、三日で十人はどんなもんなんだ？」

「報告があります」

冬華は自分のペースを崩すつもりはないようだった。

「京極さんを、当社の副社長に抜擢（ばってき）したいと思います」

清春は耳を疑い、冬華を二度見してしまった。

「京極って……教育評論家の京極恵三？」

「そうです」

あまりの唐突さに笑ってしまいそうになる。スキンヘッドで百貫デブの風貌を思いだすと、本当に吹きだしそうになった。

「いったいどこから湧いてでた話なんだ？　なぜ教育評論家のジイさんが、うちの副社長にならなきゃならねえ」

「理由はふたつあります」

冬華は冷めた眼つきで言葉を継いだ。

「ひとつは、わたしとヴィジョンを共有していること。〈ヒーリングユー〉をできるだけ迅速に成長させたほうがいいと、彼も思ってくれている。もうひとつは、口先だけじゃなくて、実際に成長に貢献してくれています。ショールームがあんな状態にもかかわらず、三日で十人も会員が獲得できたのは京極さんのおかげです。おかげというか……端的に言って、彼が紹介してくれた方々なんです」

「……なるほど」

清春はさすがに動揺した。

ここまで態度を硬化させている冬華と相対したのは初めてだった。完全に怒っていた。言葉のチョイスは丁寧でも、眼つきや口調に敵意すら感じる。

思い当たる節はひとつしかない。雨の夜、新橋のガード下——清春は彼女を抱きしめてやることができなかった。しかし、いくらなんでもそんなことくらいで、訳のわからない教育評論家を副社長に据えようとするだろうか。

「京極さんは、ただ単に会員候補を紹介してくれるだけじゃありません。彼が経営している会社から、人員補強も約束してくれました。会社の規模が大きくなっても対応できるように……」

「要するに……」

清春は力なく笑った。

「教育評論家と組んで、社会的な信用でも得ようって腹か？　デリヘル上がりのやんちゃな不良はお払い箱にして……」

「そんなことは言ってません。あなたにはいままで通り、〈湾岸ベース〉を見てもらわなければ困ります」

「話を変えてもいいか？」

「なんでしょう？」

「教育評論家を副社長に据えたところで、ほころびは隠しきれないぞ。『〈オンリー〉強盗』、あれはこれからも頻発する」

「弁護士に相談しています。警察の発表の仕方も、メディアの報道の仕方も、疑問だらけです。わたしたちに対する悪意しか感じません」

「腹上死はどうだ？」

冬華の顔色は変わらない。

「会員がもう、三人も死んでいるらしいじゃないか。なぜ報告しなかった?」

「報告する必要がないと思ったからです。単なる事故じゃないですか。亡くなったのはご高齢の方ばかりだし……」

「俺には単なる事故に思えんね。〈オンリー〉に夢中になるあまり、我を忘れてセックスしたから……」

「それのどこがいけないの? セックスって、夢中になって我を忘れるものじゃないのかしら?」

「死んでるんだぞ、三人も!」

「相手が奥さんでも同じことが言えますか? 八十代の男性が、長く連れあった奥様を抱きながら亡くなった……むしろ、美談になるでしょうね。〈オンリー〉はその代わりを務めただけで……」

「いやしかし、精力剤を大量に飲んで……」

「どうして製薬会社の責任は問われなくて、わたしたちだけが悪者にならなきゃいけないんでしょう?」

清春は椅子にもたれて大きく息を吐きだした。

話にならなかった。そういう論法で突っぱねようと思えば、いくらでも突っぱねることはできる。

問題は、その主張が世間一般に通用するかどうかだ。通用する道も、もちろんある。安楽死が認められるようになって、救われた人間は多い。親の介護に疲れ果てて自殺するくらいなら、生命維持装置でかろうじて心臓だけが動いている親に、静かに息をひきとってもらったほうがいいに決まっている。

だが、命のかかった案件では、声高に正論を振りかざさないほうがいいのだ。合理的に考えれば安楽死を選ぶしかなくても、割り切れない感情が残るのが人間という生き物だからである。

死者を軽く扱えば冷酷な印象を与え、かならずや反発を招く。焦ってはいけないのだ。安楽死だって、認められるようになるまで何十年もかかっているではないか。受け入れられる土壌ができあがるまで、〈オンリー〉は目立たない日陰の存在でいたほうがいい。せいぜい「静かなブーム」くらいで充分なのに、どうしてそれがわからないのか。

清春は疲れきった顔で冬華のいる部屋を出た。

黒須がドアの外まで見送ってくれたので、

「ちょっと付き合ってくれ」

苛立ちを隠さずに声をかけ、エレベーターで地下まで降りた、清春がホンダの運転席に乗りこみ、黒須が助手席のシートに腰をおろす。エンジンはかけない。人影のない地下駐車場は、まるで海底のように暗く静かだ。

「……どう思う?」

「……どうって言われても」

黒須が力なく笑う。

「よくない流れに、なってますね……」

「京極って男は……」

「洗ってあります。テレビで見たときは単なるハゲデブだと思ってたんですけど、直接会ったら胡散臭すぎて、調べずにいられなかったっていうか……」

「どんな感じだ?」

「まー、立派な経歴の野郎でしたよ。悪い意味でね。社長が京極の会社云々って言ってましたけど、あれって自己啓発セミナーですからね。小規模なやつをいくつも運営しているから馬脚を現してませんけど、やってることはインチキ占い師と変わりません。適当な御託を並べて、がっぽりと巻きあげる……」

清春は舌打ちした。要するに冬華は、タチの悪い占い師につかまってしまったということか。学校のお勉強が得意だった女ほど、神秘主義に足をすくわれやすいというが……。

「それに……」

　黒須が言いづらそうに顔をしかめた。

「社長と京極は……商談が終わって客が帰っても、部屋でふたりきりでいることが……よくあります」

　清春はにわかに言葉を返せなかった。

　色恋もまた、頭でっかちで経験値の低い女が、足をすくわれやすい神秘主義のひとつなのかもしれない。しかし、それにしても……。

　さすがにあの男が相手では、元軍人のサディストも口ごもってしまうというわけか。想像すると、清春も気持ちが悪くなった。冬華は本当に、あんな男に抱かれているのか。三日で十人の客を紹介してもらうのとバーターに……。

　いずれにしろ、教育評論家をあなどりすぎていたらしい。

　いや……。

　冬華に隙がありすぎたのだ。いくら頭がいいとはいえ、まだ三十にもならない若い女なのだ。少し前まで学生で、世間の荒波にも揉まれていない。彼女の隙に気づいていて、埋めてやれなかった自分が悪いのか……。

「すまん。とにかく京極をもう少し洗ってみてくれ。おまえが動けなくても、使える人間がいるだろう？」

「……わかりました」

黒須はなにか言いたいことがありそうだったが、口をつぐんで助手席から出ていった。

自宅に着いたのは深夜二時を過ぎていた。

いったん〈湾岸ベース〉に戻ったのだが、純秋の姿はなかった。清春が中抜けしている間に、黙って帰ってしまったらしい。

腐ったコンクリートの階段を踏みしめる足が、鉛のように重かった。高速を降りたところにあるコンビニで、ウイスキーを買ってきた。飲めない酒でも飲んで、今夜はぐっすり眠ろうと思った。このところ隣室の気配に起こされて、切れぎれにしか睡眠をとっていない。

なんとか四階まであがり、部屋の鍵を開けていく。五つもあるから、時間がかかる。苛立ちが募っていく。

リビングの灯り（あか）は消えていて、純秋の姿はなかった。

不在ではない。部屋にいる気配がする。

清春は純秋の部屋の前で耳をすました。

扉越しに、昂ぶる吐息が聞こえてきた。ベッドの軋む音がそれに重なる。

〈オンリー〉を抱いているのだろう。

女の声はしなかった。〈オンリー〉はしゃべれないが、あえぎ声は出せる。純秋はおそらく、その機能をオフにして抱いている。

声はしなくとも、伝わってくる気配は嫌になるほど生々しい。耳が敏感になりすぎて熱くなり、口の中がカラカラに乾いて舌が口内粘膜とくっついていく。

いい加減にしてくれ……。

現実逃避したくなる気持ちはわかるが、〈オンリー〉への依存は、麻薬への依存に似ている。嵌まるとやばい。

しかし、理性でそう考えている以上に、感情が揺さぶられていた。おぞましいほどの不快感に体が震えだし、叫び声をあげたくなる。

扉一枚隔てた向こうで、血を分けた弟が、ペニスを膨張させている。性格が正反対でも、双子の兄弟なのだ。姿形はそっくりで、誕生日も血液型も同じ。まがうことなく同じＤＮＡを有している自分の片割れがいま、本能を剝きだしにした獣になっている。

おぞましくてたまらない。

なのに清春は勃起していた。痛いくらいに硬くなり、身をよじらずにいられない。

これも〈オンリー〉に対する禁断症状の一種なのかもしれないが、それだけではないはずだ。

なにかが共振していた。

〈湾岸ベース〉で純秋が〈オンリー〉のメンテナンスをしているのを目の当たりにすると、いつだって胸を掻き乱される。悪寒がするほど不快なのに男の器官は硬くなり、混乱しながらトイレに駆(か)けこんだことは一度や二度ではない。

熱くなった耳に、扉の向こうから気配が届く。血が沸き立つ。純秋と同じ血だと思うと、暴れだしたい衝動がこみあげてくる。階下にとって返してホームレスでもなんでもつかまえ、八つ裂きにしてやろうか。

震える手でコンビニの袋からウイスキーを取りだし、キャップをはずしてラッパ飲みした。手の震えは激しくなっていく一方だったので、ウイスキーが口のまわりや喉を濡(ぬ)らし、シャツの前まで盛大にこぼれた。

かまっていられなかった。アルコールが興奮を抑えてくれることを祈りながら、火を噴くような酒を飲みつづけた。清春はすでに、純秋の部屋の前から動けなくなっていた。手淫でもしない限り、勃起を鎮めることは期待できそうになかった。純秋がセックスしている気配で自慰などしたら、自己嫌悪で首を括(くく)りたくなるだろう。ならば一刻も早く泥酔し、気絶するように眠りに落ちる以外、この地獄から抜けだす方法はなさそうだった。

5

やつらは突然現れた。

清春が〈湾岸ベース〉に出勤すると、いつもホンダを停めている場所に、見覚えのないワンボックスカーが停まっていた。そこから段ボール箱を運びだしている男が四、五人いた。こちらも見覚えがない顔ばかりだった。

白い服を着ていた。なんというか、新興宗教の信者が着るような、上下揃いの異様なやつだ。

「なにをしてる?」

リーダーらしき男に声をかけた。

「あなたが波崎清春さん?」

「そうだ」

「我々は、副社長の指示で今日からここに詰めることになりました」

「そんな話、聞いてないぜ」

「いま言ってます。会社がそのように決定した、ということです。私は丸川健吾(まるかわけんご)と申します。お見知りおきを」

ニコリともせずに言い、段ボールを運びこむ作業に戻った。人を不快にさせる競技があれば、この男は無敵に違いない。口調はどこまでも慇懃無礼で、無表情なのに眼がイッている。

「みなさん集まってください」

ガレージに段ボールを十箱ほど運びこむと、丸川はドライバーたちに声をかけた。

「今日からこれを着て仕事をしてください。配達もです」

そう言って、段ボールの中から、自分たちが着ているのと同じ服を取りだした。ドライバーたちが、いっせいに困惑した顔になる。高級感を演出するため、いままではダークスーツの着用を義務づけていた。服飾手当を出しているので、ドライバーたちの評判はよかった。

「それも会社の決定かい?」

清春は丸川の前に出ていった。

「もちろんです」

丸川が胸を張って答える。

「俺は聞いてない」

「いま言ってます」

「俺はおまえの部下じゃない」

睨(にら)みあいになった。

丸川はふっと笑い、

「まあ、そう尖らないでくださいよ。たかが服じゃないですか」

へりくだった上目遣いを向けてきた。

「たかが服ならいまのままでいいじゃないか」

「私の顔を立てると思って……」

清春は首を振り、事務所に向かった。こういう輩(やから)と、話しあっても意味がない。へりくだってみせたところで、自分の主張は絶対に曲げない。

冬華に電話をかけた。出なかった。黒須も同様だ。スマートフォンを持つ手を怒りに震わせていると、突然それが鳴りだしたのでびっくりした。発信元は冬華でも黒須でもなく、二宮だった。

「どうした?」

「またありました」

「……腹上死か?」

「はい」

「これで四人目か……」

「四人目と、五人目です……」

清春は太い息を吐いた。

「なんとかしなきゃまずいですよ」

二宮の口調が急に切羽つまったものになった。

「腹上死もですけど、清春さんのところにも来たでしょ？　白い服を着たのがわらわらと……」

「……ああ」

「気持ち悪くないですか？」

「……そうだな」

「社長を支えてあげてください。社長が本当に支えてほしいのは、京極なんかじゃなくて、清春さんですよ」

わかっている、という言葉が胸の中でこだまする。わかっているのにどうすることもできない自分が、すべての苛立ちの元凶なのだ。

「僕も、このままじゃ……」

最後まで言わなくても、二宮の言いたいことはわかった。

〈オンリー〉のようなものを扱う会社の社員にしては、彼はまともだった。よくも悪くもまともすぎるから、こういう事態になった場合、本気で辞職を心配しなければならなかった。

「そっちに辞められると、俺も困るぜ……」

清春はかろうじてそれだけ言ってから、電話を切った。

ホンダを駆って〈湾岸ベース〉を離れた。

自分がいなければ業務が立ち行かなくなることは眼に見えていたが、知ったことではなかった。馬鹿げた揃いの作業着など、着るつもりはなかった。刑務所を思いだし、見ているだけで虫酸(むしず)が走る。

「俺はフケる。おまえも好きにしろ」

純秋には、そう耳打ちしてきた。

とにかく、冬華と話がしたかった。黒須が電話を返してこないことに怒りがこみあげ、不安が募っていく。

しかし、同時に深い徒労感も覚えていた。話したところで無駄な気がした。京極のような男に副社長の椅子を与え、〈湾岸ベース〉に彼の手下を送りこんでくるくらいだから、冬華は自分を切ろうとしているのだろう。納得いかないが、認めなければならない。認めたうえで、冷静に善後策を考えなくては……。

清春はいまの仕事に執着していなかった。だからといって、訳のわからない連中にコケにされたまま黙っているわけにはいかない。手塩にかけた〈湾岸ベース〉からこんな形で追い払われるのかと思うと、腹立たしさに体中の神経が張り裂けそうだ。

あてもなく高速道路を走った。鬱屈した気分とは裏腹に、空はどこまでも青く澄み渡っていた。このままどこかに行ってしまいたい――子供のころ、晴れた日に外を走っていると、よく思った。いまも思っている。もう子供ではないので、行こうと思えばどこにでも行ける。しかし、どこに行っても結局は同じという、シビアな現実も思い知らされている。

目の前の景色を変えたいなら、自分が変わるしかない――それがこの理不尽な世の中をサバイバルしていく鉄則に違いなかった。

「……んっ？」

バックミラーに、後ろから追いかけてくるクルマが映っていた。年代物のマツダだった。ガンメタリックのツーシーター・クーペ……。

一瞬、笑ってしまいそうになった。

いったいこれは、どういう種類の冗談なのだろう。それとも悪夢なのか。運転しているのは千夏の亡霊で、地獄への招待状でも渡しにきたか。

この前と同じように、パッシングで煽ってきた。清春の顔はひきつった。相手は普通のクルマではない。見た目はノーマルでも、中身はカリッカリのモンスターだ。ドンッ、とアクセルを踏みこんだ。勝ち目なんてあるわけなかったが、それがどうしたというのだろう。久しぶりに千夏の顔が見たくなった。地獄への招待状なら、ぜひ受けとってみたかった。ちょうどいい。ここではないどこかへ、行ってみたいと思っていたところだ。

一気に時速百六十キロまで加速していく。目の前はストレート。この前は一瞬で負けてしまったが、少しは食い下がりたい。アクセルを踏みつづける。エンジンが唸りをあげる。百八十キロを超えると、車体の震動が尋常ではなくなった。ぐんぐんと視界が狭くなっていき、景色から色彩が抜け落ちていく。車体が吹っ飛び、宙を舞うイメージが脳裏をよぎる。それでもアクセルを踏みつづける。さすがのK20Aも悲鳴をあげはじめた。ハンドルが暴れる。爆音が耳をつんざく。もうすぐ時速二百キロだ。

マツダが追い抜きにきた。抵抗虚しく、横に並ばれた。向こうのウインドウはスモークで、運転手の姿は見えない。見えなくても、強烈なオーラが伝わってくる。モンスターマシンを駆るドライバーが、モンスターでないわけがない。頭のイカれたスピード狂に決まっている。

清春はこのクルマで、時速二百キロ以上出したことがなかった。エンジンはともかく、車体がもちそうにない。足まわりはもっとやばい。小石ひとつでクラッシュしてしまいそうだ。

アドレナリンが大量に出て、自分を制御できなかった。ハンドルを取られないよう、押さえこむのに必死だった。鏡を見なくても、眼が血走っているのがはっきりわかった。スモークガラスの向こうにいる運転手が、本当に千夏のような気がしてきた。

もう楽にしてあげる――千夏は言っていた。

そうなのか、と清春は妙に合点がいった。つまり俺は苦しんでいるのだ。世の中には、自分より苦しんでいる人間などいくらでもいる――そう思っていた。浮き草稼業で小銭を稼ぎ、社会的責任にきっぱりと背を向け、天下国家を語るような馬鹿げたこともしないで、楽に生きているつもりだった。自分や家族の衣食住も満たせず、もがき苦しんでいる人間と比べたら、楽に決まっている。

そうであるはずなのに、生きることは、なぜこんなにも苦しい……。

6

高速を降りてから少し走ったところにある広い空き地で、クルマを停めた。

元は野球のグラウンドだったのだろう。錆びついたスタンドが半分ほど残っていたが、ほとんど廃墟で、地面には雑草が生い茂っていた。都心からずいぶん離れたところまできてしまったせいもあり、空がやたらと高く感じられる。

クルマを停めたのは、前を走っていたマツダがそうしたからだった。高速道路で清春のクルマの前に出ると、徐々に減速していった。スピードの恍惚が霧散していくにつれ、誘導されていることを冷静に受けとめなければならなかった。もちろん、千夏の亡霊があの世に誘導しているわけではなかった。残酷なほどリアルななにかが、こちらとのコミュニケーションを求めていた。

清春はクルマから降りてマツダに近づいていった。ガンメタリックのドアが開き、中から運転手が降りてくると、足がとまった。

一瞬、呆気にとられてしまった。

輝くような長い金髪をなびかせた、白人の女が降りてきたからである。

年は四十前後だろうか。レズビアンで有名なハリウッド女優を彷彿とさせる、美しい顔立ちをしていた。それ以上に、気圧されそうになる貫禄があった。日本人とは立体感がまるで違う肢体を、ターコイズブルーのスーツに包んでいた。ひと目で安物ではないとわかる仕立てだった。踵の低いパンプスを履いているのに、目線の高さが清春と同じくらいある。残念ながら、腰の位置は向こうのほうが高い。近づいてきて、真っ赤なルージュに彩られた唇を動かした。

「昔の日本車はいいわね。人馬一体が味わえる」

彼女が小声でささやいたのは英語だったが、自動翻訳機の機械的な音声が即座に通訳してくれた。よく見ると、スーツの襟にそれらしき小さな機械がついていた。

「本当は曲がりくねった首都高で競走したかったけど、あなたのホンダじゃ足まわりが心配です。マツダに乗り換えることをお勧めするわ」

そっちのエンジンはただのロータリーじゃないだろう、と言いたかったがやめておいた。彼女は頭のイカれたスピード狂ではないし、走り屋談義をするためにクルマを停めたわけでもないはずだ。

「マイ・ネーム・イズ、ローザ・フィリップス」

清春が黙っていると、

「波崎清春さんですね？」

向こうから名前を言ってきた。

「わたしは〈オンリー〉を製造している会社の人間です。仮にA社としておきましょうか。A社の極東戦略を担当している人間のひとりで、発言権は小さくありません。あなたが最初に〈オンリー〉と対面したときに会った三人は、わたしが雇っている研究者ふたりと、わたしの部下です……」

黒塗りのEVが音もなく近づいてきて、十メートルほど向こうで停まった。降りてきたのは、ダークスーツを着た黒人と白人だった。見覚えがあった。〈オンリー〉との初対面のときにいた。クルマの側（そば）から動かずに、直立不動でこちらを見ている。

「この一年、わたしは新コンコルドのニューヨーク・東京特別便に、計三回乗りました。機内で三つ星のフレンチを味わえるのは、多忙な生活の中のささやかな楽しみでもあったわけですが、〈ヒーリングユー〉の活動をこの眼で確かめるために東京まで来なければならなかった。いまのところ、神里冬華は期待以上の仕事をしてくれている、というのが、私を含め、A社全体としての評価です。お世辞ではなくてね。ただ……わたし個人としては、彼女より、あなたがやっているデリバリビジネスのほうに、強く興味をそそられます。とにかくメンテナンスが素晴らしい。元は同じ規格であったものが、あんなふうに各々個性を花開かせるなんて……少し、ジェラシーに駆られました。あれはわたしたちにも予想することができなかった、〈オンリー〉の潜在能力です。おかげで、禁を破ってあなたとコンタクトをとる気になって……ふふっ、あんまり悔しいからチェイスなんて仕掛けてしまいました。ごめんなさいね」

ずいぶん上からものを言ってくれるじゃねえか、と清春は胸底で吐き捨てた。権力者の傲慢が、反吐（へど）が出そうな不快感を誘う。

不快感の原因ははっきりしていた。

話を聞きながら、清春の背筋は凍りついていく一方だった。決して尻尾をつかませない尾行者、透明ドローン、どこにいても感じる視線——その元締めが彼女なのだ。〈ヒーリングユー〉の現状について、この女はなにもかも知っている。冬華が提供している情報だけではなく、その裏の裏まで……。

まずい……。

だとすれば、百舌の一件は……。

「話を進めてもよろしいでしょうか？」

自動翻訳機の音声に、清春はハッと我に返った。

「この一年の〈ヒーリングユー〉の成果には合格点を与えてもいいと思います。わかりますね、合格点です」

ローザはまるで、清春の不安を取りのぞくように「合格点」という言葉を繰り返した。

「でもここにきてひとつ、大きな問題が出てきました。言うまでもありません。京極恵三です。なぜあんな男に副社長の椅子を与えたのか、神里冬華の経営判断は理解に苦しむものです。あの男は危険です。いますぐパージしたほうがいい。わたしがあなたにコンタクトをとった、それがふたつ目の理由」

「いますぐパージしたほうがいい……」

清春はローザの言葉を繰り返した。

「まったくだ。それができれば苦労はしない」

ローザは唇を引き結んで黙りこんだ。清春も言葉を発しなかった。視線だけが行き交っていた。清春はローザを値踏みしようとした。女とはいえ、さすがは世界的大企業を背負っているパワーエリートだった。彼女の放つオーラを感じていると、冬華さえ小娘に思えてしまう。ましてや自分など……役者が違うという敗北感だけが、足元からこみあげてくる。

このままではまずい。向こうのペースに巻きこまれる一方だ。

「これは余談……いえ、わたしの独り言として聞き流してください……」

ローザが肩をすくめて言葉を継いだ。

「北アフリカ、中央アジア、あるいは中東……そういったきな臭い地域で無政府主義運動をしている組織に、時折、日本人がまぎれこんでいることがあります。個人として参加している取るに足らない人たちなのですが、どういうわけか、京極恵三と関わっていた過去が複数例見られる。活動を支援しているというわけではありません。ましてや、コマンドを与えているわけでもない。過去に薫陶を受けたことがある、という程度なのでしょうが、そんな日本人、わたしは他に知りません……」

なるほど、世界的大企業も京極を嫌がるわけだ。それにしても、狂信的なテロリストにも影響を及ぼす京極という男は……。

「たとえばですが……」

ローザが言った。

「あなたが〈ヒーリングユー〉からの独立を希望するなら、A社はそれを全力でバックアップする用意があります」

清春は動揺した。彼女たちがパージしたいのは京極だけではなく、京極に副社長の椅子を与えた人間も、ということらしい。

「あなたがた兄弟は、本当に素晴らしい。天才肌の弟さんを、秀才型のあなたがうまく支えている」

えっ？　と首をかしげそうになった。純秋が天才で、自分が秀才……そんなことは、いままで一度も思ったことがなかった。人に言われたこともない。たしかにメンテナンスはよくやってくれているが、純秋は本来、どこへ行ってもお荷物な、元引きこもりなのだ。自分がいなければ生活もままならない……いや、いまはそんなことにこだわっている場合ではなかった。

「こちらからの質問はＯＫでしょうか？」

清春が気を取り直して言うと、ローザはうなずいた。

「いまの選択肢をチョイスするにしろしないにしろ、今後、トラブルシューティングにあなた方の協力を得られる可能性はありますか?」

こちらが抱えている問題は、なにも京極だけではなかった。〈オンリー〉強盗に腹上死、さらにはメディア対応、ほころびはいくつもある。おまけに百舌の一件が、背中に重くのしかかっている。

「可能性ということなら、どんなことにだってあるでしょうね」

ローザは微笑を浮かべながら言った。

「覚えておいていただきたいのは、〈オンリー〉をこの世に産み落とした母親は、我がA社ということです。母親が子供のために粉骨砕身し、時に命を賭すことがあるのは、日本もわたしたちの国も一緒ではないでしょうか。その習性は、たとえば法律みたいなものよりずっと歴史が古く、人間を人間たらしめているものです。万一のときに助けを求められて、どうして断れるでしょう?」

望外と言ってもいいほど、頼もしい答えだった。彼女は、口には出せないメッセージをいくつも送ってきた。ある程度のトラブルシューティングは任せてもらっていい。邪魔者を消したくらいで自分たちは動じない。ただ、そのメッセージの裏側には血も涙もない冷酷さが貼りついていた。自分たちを失望させれば無慈悲に切る――冬華のように。

さて、どうしたものか……。

考えるまでもなく、清春のとるべき道は決まっていた。自力では戦いようのない巨大な権力は、おもねることなく利用するしかない。

「連絡先を交換させてもらってもよろしいですか？」

ローザはスマートフォンを出して操作した。清春のスマホが鳴った。こちらの電話番号は、とっくに知られていたらしい。ワン切りで音がとまった。

「いいお返事を期待してます」

「あっ、最後にひとついいですか？」

立ち去ろうとしたローザを、呼びとめた。本当は訊ねたいことがたくさんあった。腹上死もそうなら、〈オンリー〉強盗もそうだ。メディアの扱われ方についても、できることなら意見を仰ぎたい。

しかし、自分たちが泳がされている存在であることを、忘れてはならなかった。求められているのは、超巨大企業にとって取るに足りない金銭的成功ではなく、失敗も含めた情報なのだ。答え合わせを求めたところで、正解が返ってくるはずがない。

それでもひとつだけ、どうしても訊ねておきたかった。

「あなたにとって、〈オンリー〉はどういう存在なんでしょうか？　商品？　それともそれ以上のなにか?」

「そうですね……ひと言で言えば、わたしはこう思ってます……」

ローザは余裕の笑みを残して、マツダに戻っていった。

自動翻訳機は、唇が動いてから発声するまでタイムラグがある。ローザが背中を向けて歩きだしてから、決め台詞(ぜりふ)が耳に届いた。

「〈オンリー〉は人類救済の女神」

7

ローザの運転するガンメタリックのクーペと、ボディガードが乗っている黒塗りのEVが姿を消しても、清春はなかなかその場から立ち去れなかった。クルマにもたれ、青く澄み渡った空をぼんやりと眺めていた。

ここはいったいどこだろうか?

常磐(じょうばん)自動車道を北上してきて、埼玉県に入ったあたりで高速を降りた。清春が住む東京の西側もゴーストタウン化が激しいが、このあたりもそのようだ。かつて東京のベッドタウンと言われた郊外は、一様にそうなのだろう。

しかし、それほど殺伐とした空気が流れていないのは、ここが元野球場だからだろうか。なんとも言えずのどかで、あくびが出そうになる。

清春は小学生時代の一時期、近所の少年野球チームに所属していた。五番でレフト、長打力と強肩が自慢だった。純秋もいちおうチームには入っていたが、いつも補欠だった。たまに打席を代わってやっても、へっぴり腰で三振ばかりしていた。

「あいつが天才で、俺が秀才か……」

ローザに言われた台詞が、意外なほど胸に引っかかっている。もちろん、彼女はなにもわかっていない。純秋について、〈湾岸ベース〉の仕事ぶりしか知らないから、そんなことが言えるのだ。

「あいつは本当に、なにをやらせても下手くそだったたな……」

エアバットを握りしめ、素振りをしてみる。エア白球をフルスイングでかっ飛ばし、青空に高々と舞いあがらせる。両手をひろげてそれを捕球し、自慢の肩でバックホームするのも、また自分だ。レーザービームできっちりと刺した。エアランナーが一瞬、ひどい鈍足の純秋に見えた。

あのころは楽しかった——そんなふうに少年時代を振り返ったことはない。野球なんて、大人にあてがわれたただの遊びだ。腕一本で世間と渡りあっているいまのほうが、ずっと生きている実感を味わえる。子供のときに戻りたいなどと言っているやつの、気が知れない。大人になっても、親代わりの教祖様を欲するような連中とは、間違っても手を組みたくない。

今日は〈湾岸ベース〉に戻るつもりはなかった。どうせ遠出をしてしまったのだから、今後のことをひとりでじっくり考える日にすればいい。常磐自動車道をさらに北上し、温泉にでも行ってやろうか。無尽蔵にあふれだすお湯で、スコッター生活の垢（あか）を洗い流すのも悪くない。

そのとき、一台のＥＶが近づいてきた。先ほどのクルマではなかった。色が白だし、グレードも低い。

「お疲れさまです」

クルマから降りてきた男を見て驚いた。

黒須だった。

「なにやってんだ……」

「会いに来たんですよ」

平然と言われ、清春は怖気（おぞけ）立った。

「どうしてここに俺がいるってわかったんだ……」

「すいません。〈湾岸ベース〉を離れるとき、念のため清春さんのクルマにＧＰＳを付けときました」

「プライバシーの侵害じゃねえか」

「社長のボディガードをしてても、俺のボスはあくまで清春さんですからね、心配くらいさせてください。営業前にすごい勢いで〈湾岸ベース〉から遠ざかっていったんで、ピンときました。ああ、こりゃ間違いない。ブチキレてサボタージュだって」

清春は呆れた顔で首を振った。

「違うんですか？」

「いや、まあ……そう言われりゃあそうかもしれないな……」

「でしょ？」

黒須は嬉しそうに相好を崩した。清春も苦笑する。

「そっちもサボタージュか？」

「はい。俺、社長のファンやめました」

清春の顔が険しくなる。

「幻滅ですよ。あんな気持ちの悪いおっさんにコマされて、なんでも言いなりになっちゃうなんてね。もうちょっとキリッとした人かと思ったんだけどなあ。やっぱ女は弱いってことですか、一発やられちゃうと」

「今日はずいぶんと辛辣だな。この前はカマを掘られた後みたいに、もじもじしてたくせに」

黒須が薄く笑う。

「辞めるのか？」

「清春さん次第です」

視線と視線がぶつかった。

「俺は清春さんについていきたいです。〈湾岸ベース〉のスタッフは、ほとんどそうだと思いますよ。でもこのままじゃ……」

「どうしたらいいと思う？」

「はっきり言っていいですか？」

「ああ」

「もう〈ヒーリングユー〉には見切りをつけて、普通のデリに戻りません？　清春さんなら、〈オンリー〉なんかなくても充分稼げますよ。もう一回、女衒稼業のデリヘルで、でっかい花火をぶちあげましょう。そのほうが、やくざとも揉められて、エキサイティングな毎日が送れる」

清春は言葉を返せなかった。軽口を叩いているようでいて、黒須の表情は真剣だった。ここがのどかな元野球場とは思えない重々しい空気が、ふたりの間に横たわった。

「〈オンリー〉はすごい発明だと思いますよ。それは嘘じゃなしに……」

黒須は革靴の踵で地面を蹴りながら、問わず語りに話を始めた。

「なんせ、こんな俺でも、大それた夢を見ちゃったくらいですからね。戦場に〈オンリー〉を持っていきたいだなんて……。地獄ですからね。ああいうところにいる女は可哀相なくらいボロボロで、普通だったらとても抱く気になんてならないんですよ。でも抱く。抱かないと、発狂してしまいそうなのが兵隊ですから……でも、罪悪感っていうか後悔っていうか、終わったあとのそれがひどくて、俺はあるときから抱かなくなりました。かわりにね、女装してどんちゃん騒ぎをするようになった。脳味噌が煮えたぎるまで酒飲んで、女の格好で踊り狂う。一緒に女装したやつらと肩組んで、ラインダンスみたいに脚あげてると、見ている野郎どもがやんやの喝采をあげて、一度やったら病みつきになります。中にはね、抱きついてきたりするのもいますよ。ベロンベロンに酔っ払って、俺のこと本物の女だと思いこんじゃうやつが。ハグぐらいなら許します。こっちも熱いハグを返してやってね。チュウもね……まあ、そこまでは無礼講のうちっていうかね……でも、それ以上してきたら半殺しです。スイッチ入れ替わって、馬乗りになってボッコボコにしてやります。相手も兵隊ですから、半殺しにされることもありますけどね。頭からダラダラ血ぃ流してても、酔ってるから痛くないんですよ。もうめちゃくちゃです。次の日になったら全身痛くて泣きそうだし、営倉にぶちこまれることだってあるし、ろくなもんじゃないんですけど、それでも兵隊相手に春をひさいでる女を抱くよりマシだった……」

清春は戦場に行った経験がない。行きたいと思ったこともない。

だが、この国では現在、戦争を描いたアニメや漫画が大流行中だ。とくに若者に人気がある。英雄譚（えいゆうたん）より、海外での悲惨な体験を元にした地獄巡りがウケる。悲惨であればあるほどいい。理由は簡単だ。自分たちより悲惨な目に遭っている人間が、この世に存在していることを確認したいのだ。

「京極恵三はやばいですよ……」

黒須がボソッと言った。

「調べれば調べるほど、嫌な汗をかかされます……占いもどきの自己啓発セミナーでせこい金儲（かねもう）けをしてるんだろうって思ったら、全然違った。本格的に頭おかしいですよ……なんて言うんだろう……純粋に騒ぎを起こしたいだけの愉快犯っていうか……手を汚さないサイコパスっていうか……」

「はっきり言ってくれよ」

黒須が言いよどむとき、後に続く言葉はたいていろくでもない。

「アシッド・アタック」

衝撃が走った。

「まさか……社長を襲わせたのが、あの男なのか？」

「いやいや……」

　黒須はあわてて首を振った。

「そうじゃなくて、日本にアシッド・アタックを流行らせたのが、京極だって噂があるんです」

「流行らせた？　なんのために……」

「たぶん理由なんてないんです。それによってなんらかの利益があるわけでもない……なのに、焚きつけるんです。嫁や恋人を寝取られた男に、こういう素晴らしい復讐方法があるんだよって本気でそそのかす。普通だったら、女を寝取られたやつは寝取った男のほうをツメに行くでしょ？　でも京極は、裏切った女が悪いって力説するんでしょうね。寝取られた男にしても、内心じゃ男が相手だと反撃されるかもしれないってビビッてる。でも、女が相手ならやれる。強酸なんてスラムで簡単に手に入る。下手すりゃ数百円で売ってますよ……」

「俺は……」

　清春は太い息を吐きだした。

「いくら復讐でも、あれはやりすぎだと思う」

「俺だってそう思いますよ。たとえ全財産を巻きあげられてポイ捨てされたって、あれはやりすぎだ。被害者の写真を見れば、誰だってそう思います。でも逆に、ここまでやっていいんだって、リミッターがはずれてしまう連中もいる。三、四年前に、アシッド・アタックがバタバタッて一気に三件くらい起こって、大騒ぎになったことがあるでしょ。いままで日本にはまず見られなかった犯罪だって……その三人は、辿っていくとみんな京極と接点があるんです。自己啓発セミナーに参加してたとか、ボランティアを一緒にやっていたとか……あれがきっかけで、アシッド・アタックが頻発するようになった。被害者の写真を見て、日本中がドン引きする中、ここまでやっていいんだ、ここまでやってやるって、憎悪を煮えたぎらせてる連中が現れるようになった……」

犯罪は世相を映すという。アシッド・アタックがいまの日本の世相を映しだしていると言われれば、哀しいが妙に腑に落ちる。憎悪の対象に、命を奪う以上のダメージを与えたい——自分の人生が死よりもつらいと思っている者が、そういうことを考える。

「京極は笑いがとまらなかったでしょうね。模倣犯が出るどころか、ちょっとした流行にまでなっちまって。最悪だ、まったく……」

「京極が最悪なのはわかった」

清春は話の方向を変えた。

「そんな頭のイカれたおっさんが、社長をたらしこんだ目的はなんだと思う？」

「さあ……」

黒須は首を振った。

「わかりませんよ、俺には」

「金だけが目的じゃないんだろう？」

「だと思いますけど……ただ、金が必要な局面ってありますからね。個人でも、組織でも」

「むしろ金が目的であってほしいが……」

「……ですね」

しばらく会話が途切れた。結論を出すときが近づいていた。いずれの結論に達しても、すっきりすることはなさそうだった。

「戦場で……」

黒須が遠くに眼を凝らしながら言った。

「野戦を展開してて、敵の規模や装備がわからないときがあるじゃないですか？なにが出てくるかわからない場面……そういうとき、闇雲に突っこんだら、まあ、ろくなことにはなりません」

清春は歯嚙(はが)みした。

なるほど、京極は薄気味悪い。とにかく謎だらけなのだ。教育評論家を名乗っていても、教員の経験はないらしい。自己啓発セミナーだって、実態は闇のベールに包まれている。にもかかわらず、地上波のテレビに出演できるコネクションがあり、〈ヒーリングユー〉に三日で十人の客を紹介できる。命令ひとつで他人の城に乗りこんでくる兵隊がいる。ひとりやふたりではない。

「……一時撤退か」

「あるいは……」

黒須は革靴の爪先で、足元の雑草をぐりぐりと踏みつけた。

「なにが出てこようが、敵の想定外の火力で一網打尽、って手も残されてますけどね」

唇に、薄く残忍な笑みが浮かんだ。

「百舌のときみたいに……」

清春は黒須から眼をそらした。

第六章　命知らず

1

ガレージに人が集まっていた。

これから、冬華が出演する二度目の地上波放送がある。

「これが二度目とは思えませんよね」

「ここんとこ、毎日のようにテレビで社長の顔を見てる気がしますよ」

若い連中が話している。出演は二度目でも、前回放送されたＶＴＲが繰り返し映像素材として使われ、他局では盗み撮りされた冬華の画像がよく映されているらしい。

それにしても……。

すっかり変わってしまった〈湾岸ベース〉の光景に、清春は苛立ち(いらだ)ちを隠しきれず、貧乏揺すりがとまらなかった。壁という壁に白い布がかけられ、ところどころに気持ちのわるい白磁の飾り壺が置かれている。丸川によれば厄払いのためらしいが、むしろ厄介事の象徴にしか見えない。

ガレージだけではなく、事務所や工場も似たような有様だった。白い上下の制服と相俟って、もはや完璧に新興宗教団体の施設である。

清春自身も、白い制服を着用していた。

鏡を見るたびに虫酸が走り、破り捨てたくなる衝動がこみあげてきたが、歯を食いしばってこらえた。やつらがでかい顔をしていられるのも、いまのうちだけだ——そう自分に言い聞かせて。

ワイドショーが始まると、テレビの前に陣取った丸川たち五人が、背筋を伸ばして拍手をした。いずれも京極の子飼いだった。

「お待たせしました。前回ご好評をいただきました、徹底討論、〈オンリー〉は是か非か？　第二弾です」

MCの男は同じだったが、驚いたのはパネリストの数だ。前回は三人だったのに、今回は八人に増えている。世間の関心がそれだけ集まっている証拠だと思うと、憂鬱にしかならない。〈ヒーリングユー〉からは冬華と京極、あとは尾上久子を筆頭に反対派ばかりを揃えたようだ。

不公平にも程がある。いや、いっそ茶番だと鼻で笑ってしまいたくなった。討論に集まった人間の中に、〈オンリー〉を本当に必要としている人間はいない。どんな手を使ってでもいいから、とにかく目の前の現実から逃避したいという切実な欲望を、誰も知らない。

「みなさんが、どうして〈オンリー〉をそれほど目の敵にするのか、わたしにはさっぱり理解できません。製品があってユーザーがいるのは、クルマや家電と一緒です。関心がないなら無視すればいいだけでは？」

立派な肩書きの反対派に噛(か)みつかれそうな視線を向けられても、冬華に臆する様子はなかった。

「ハハハッ、まったくその通り」

冬華の隣で笑っている京極は、冬華に輪をかけて挑発的だった。

「それでも無視できないってことは、要するに〈オンリー〉が無視できない存在だってことを、逆に証明しているようなものですな。セックス・アンドロイドなんて男が使うものなのに、なんでおばさんたちがヒステリー起こしてるんだって、視聴者のみなさんだって首をかしげてるはずですよ。いいじゃないですかべつに。使いたい人間が自己判断で使ってるだけなんだから。それでも頑(かたく)なにＮＯと言うのは、やっぱり女としての存在を脅かされている気がするからですよ。〈オンリー〉にダンナを取られるかもしれないと……自信がないんだ。なんだかんだ言って、男を繋ぎとめる最終兵器はセックスだって、たいていの女が思ってる。男に言わせれば、ふざけるなって話ですよ。女の顔色をうかがって一発恵んでもらうことに、男たちはいい加減うんざりしている。それなら〈オンリー〉でいいと判断する向きが頻出するのは当然の結果だ。〈オンリー〉は減らず口を叩かず、セックスは最高。〈オンリー〉の出現は、男を女から解放したわけだ……」

言葉の間に、尾上久子をはじめとした反対派がこめかみに青筋を立てて反論しようとするが、京極はディベート巧者だった。声の大きさとしゃべりだすタイミングで相手の発言を封じ、自分の意見ばかりを滔々と垂れ流す。やがて怒号が飛びかうばかりで収拾がつかなくなり、「ちょっと待ってください」とMCの男が割って入るしかなくなった。

「えぇっーと、京極先生は教育評論家でありながら、〈ヒーリングユー〉の副社長に就任されたわけですが……」

MCの言葉をきっぱり無視して、京極は続けた。

「僕はなにもね、生身の女が〈オンリー〉にあまねく敗北するなんて思っていませんよ。世の中には自信がある女だっている。いるに決まってますよ。あなたがたと違って、アンドロイドなんかに存在を脅かされない女が……ハハッ、実際、ここに素晴らしい見本がいるじゃないですか。ねえ、社長……社長ほどスペックが高ければ、〈オンリー〉なんかに負ける気がしないでしょう?」

下卑た笑いを浮かべながら同意を求める京極に、冬華はにっこりと眼を細めてうなずいた。言葉を返さず、視線だけを交錯させて甘ったるい笑顔をこぼす。

なんだこれは……。

胸の内側が粟立つような不快感に、清春は顔をしかめた。

眼と眼で通じあう——ふたりが単なるビジネスパートナーではなく、男と女として抜き差しならない関係にあると、誰もが勘ぐってしまうようなワンシーンだった。

前回の、論敵や視聴者を挑発するような皮肉な笑みにも不安を覚えたが、いま冬華が見せている蕩けるような笑顔には呆れるばかりだった。テレビの前で臆面もなく男と視線をからめあい、眼尻を垂らして笑っている冬華の顔など見たくなかった。〈湾岸ベース〉の景色を一変させた白い布や白い制服や訳のわからないオブジェと同様、吐き気がするほどの嫌悪感を誘う。

事務所の空気は澱んでいた。

午後九時、スマートフォンを耳にした清春は、渋面でうつむいている。よけいな口を挟まず、客の言い分を聞いている。

「いやね、文句なんか全然ないんですよ。データを確認してもらえればわかると思いますけど、私はもう五十回以上おたくを利用している。ヘビーユーザーであると同時に、〈オンリー〉の熱烈な支持者だから文句じゃないんですけど……なんていうのかな、もう一歩のところで痒いところに手が届かないっていうか、微妙にもどかしいんですよ。前回より満足感が足りないというか……いやいや、普通のデリなんかよりは、よっぽど満足感はあるんですよ。あるんですが……うーん、こっちの体調のせいかな？　相手は機械なんだから、調子の波なんてあるわけないもんね」

常連客からの電話だった。このところ、この手の電話が日に一、二件ある。以前にはまったくなかった現象だ。

「申し訳ございません。〈オンリー〉はアンドロイドですけど、デリケートな製品なものでして……ええ、以後気をつけますんで……はい、大丈夫です。次回は間違いなく……本当に申し訳ございませんでした」

電話を切ると、

「すみません！」

和哉がこちらに近づいてきて、深々と頭をさげた。

「たぶん自分が受けたお客さんです。純秋さんへの伝え方がまずかったのかな……」

「いや、気にしなくていいから……」

清春は和哉の肩を叩いた。たしかにいまの客の予約の電話を受けたのは和哉だったが、彼のせいではない。〈オンリー〉がユーザーに飽きられてきたわけでもない。〈オンリー〉を調整している純秋が、絶不調なのである。

「だからさ、小百合は清純なタイプだけど、そう見えて実はドSのド淫乱ってふうに調整してくれよ」

「なんで小百合がドSでド淫乱なの？」

「そういうリクエストなんだよ」

「ドSだったら純がいるし、ド淫乱なら葉子だってみどりだっているじゃないか」

「だから、なんべんも言っただろっ！　小百合みたいな清純なタイプがさ、服を脱がせてみたら実はドSでド淫乱っていうギャップがいいんだよ。前にもそんなリクエストがあったじゃないか」

　このところ、純秋のメンテナンスにかける熱量は著しく低下していた。ちょっとややこしいリクエストが入ると、すぐにごねる。虚ろな眼をして溜息ばかりをつき、以前のように率先して服や下着のコーディネイトを考えることもない。半ば投げやりに、ドライバーたちに任せている。

　逆に言えば、いままでが好調すぎたのかもしれなかった。〈ヒーリングユー〉で働きはじめる前は、引きこもりの社会不適合者だったのだから、毎日出勤してきているだけでも、たいした進歩ではあるのだ。

とはいえ、高い金を払っているユーザーの眼はシビアだった。なんとかしなければならなかったが、清春は他の案件で手一杯なのだ。いまのところ、純秋とじっくり向きあう時間や労力がとれない。

とにかく、やらなければならないことが多すぎた。会社の態勢を立て直すまで、純秋にはなんとかもちこたえてほしい。低空飛行でかまわない。一日に一、二件のクレームなら眼をつぶるので、こちらの手が空くまで破綻せずに踏ん張ってくれと祈るしかない。

まったく苛々する。

べつに〈ヒーリングユー〉を辞めてもよかった。

いずれはそうなるだろうと予想していたくらいだから、清春自身はどうということはない。だが、辞めるのなら、純秋も道連れにしなければならない。コミュニケーションに難がある彼をひとり残していくわけにはいかないし、となると、純秋から〈オンリー〉を取りあげてしまうことになる。

毎晩部屋で慰みものにしているナンバーイレブンのことではなく、メンテナンスの仕事のほうだ。いまはいささか不調でも、やり甲斐(がい)を感じているはずだし、ここより彼が輝ける仕事場は、おそらく他にはない。ならば、この仕事を続けさせてやりたい。

独立の道についても考えた。

自分と純秋、そして黒須、さらには二宮や和哉のような優秀なスタッフを引き連れていけば、それなりにうまくやっていけるだろう。無駄に世間を挑発しなくても、地道にやっているだけでいい。〈オンリー〉が勝手に世間に浸透していってくれる。〈オンリー〉にはそれだけの潜在能力がある。ありすぎて困るくらいだが、製造元と直接パイプをもつことができれば、強盗を犯すほど〈オンリー〉に依存したり、腹上死するまで抱きつづけるような問題も、解決できるかもしれない。

純秋の居場所を確保するということを考えれば、辞めるより独立のほうがマシな選択ではあるだろう。

しかし、そうなると今度は、冬華をきわめてシリアスな状況に追いこんでしまうことになる。

清春が〈湾岸ベース〉のスタッフを引き抜いて辞めるとどうなるか。売上が一時ガタ落ちしたところで、厄介者を追い払えたバーターだと、京極はほくそ笑むかもしれない。だが、売上の低下を理由にローザが〈ヒーリングユー〉から手を引き、清春と組んだらさすがに黙っていないはずだ。

逆上するに決まっている。

黒須によれば……。

京極の悪事は、寝取られ男をそそのかし、アシッド・アタックを誘発させたことに留まらないらしい。

彼の主宰する自己啓発セミナーはほとんど洗脳で、悩める者を復讐鬼に変える。人間、生きていれば人に騙されたり、陥れられたりすることがある。たいていは納得いかなくても忘れる努力をして、自分の人生を生きようとするが、中には一度の躓きで、心が病む寸前まで鬱々と落ちこんでしまう者もいる。

京極は彼らにささやくのだ。あなたには復讐の権利がある。一方的に騙されたり、陥れられたりして、黙っているほうがおかしい。大切なものを騙しとられたなら草の根分けても探しだして殺せ。本人じゃなくてもいい。家族や親類縁者なら上等、子供でも容赦するな。なんなら友達だっていい。悪党と関わっているやつもまた悪党だ、躊躇うことなく血祭りにあげろ……。

京極ははっきりそう命じているわけではなく、そそのかしているだけだというが、彼の主宰するセミナー周辺には凶悪犯罪や謎の失踪者にまつわる黒い噂話が、叩けば叩くだけ出てくるらしい。単なる噂話ではなく、メディアに大々的にとりあげられた事件もある。一家惨殺事件に連続放火魔、あるいは無差別テロにも似た白昼の銃乱射事件……。

いくらそそのかしているだけとはいえ、警察がなぜかくも危険な人物を野放しにしているのか、不思議なくらいだった。加害者の周辺を洗えば京極の名前が浮かんでくるのに、メディアも決して京極の名前だけは報道しないという。

そんな男の元に、冬華を残していけなかった。残していけるわけがない。逆上した京極がどんな手で復讐を仕掛けてくるのか、清春には想像もできない。想像もできないほど、むごたらしい現場に立ち会わされる予感だけがする。

「チャンスをくれ」

清春は黒須に電話を入れた。

「もう一度だけ、社長を説得したい」

「俺たちがフケるんじゃなくて、社長に京極を切らせると?」

「そうだ」

どうやって、と黒須は訊(たず)ねなかった。清春の考えていることくらい、黒須には察しがついているはずだった。

京極のような男と手を組んだ時点で、冬華にはすでに裏切られているのかもしれない。そんな相手と手を切ることに躊躇う必要などないと言われれば、その通りのような気もする。

だが、それでもなお、清春は冬華を見捨てられなかった。冬華が千夏の妹だからという理由も、もちろんある。冬華の身になにかあれば、いつかあの世に行ったとき、千夏に合わせる顔がなくなってしまう。

だがそれ以上に、自分でもよくわからない感情が、冬華を見捨てることを拒むのだ。

ふたりで〈ヒーリングユー〉を立ちあげてから一年と少し、その間に刻まれた思い出は、いままでの人生の中でも特別な色合いを帯びている。同じ夢を見ていたこともあれば、戦友めいたシンパシーを抱いていたことだってある。〈オンリー〉を世に問い、ゼロから〈ヒーリングユー〉を大きくしていった疾走感は忘れることができない。

それだけではない。出会ったころの彼女には、世間知らずゆえのとぼけた味があった。無神経かと思えば妙に人の顔色を気にしてみたり、空まわりしていることも気づかずに力みかえっていたり、意地っ張りなのに打たれ弱かったり……清春は呆れたり苦笑したりしつつも、いつしか彼女とのやりとりを楽しんでいた。

そういう思い出の一つひとつを、愛しあえなかったからという理由だけでチャラにされてしまうのは、どうしても納得いかなかった。

「ふたりきりで会えるようにすればいいんですね？」

黒須が言い、

「頼む」

清春は唸(うな)るような声で答えた。

「なるべく早く、人目につかないところで」

「説得に失敗したら？」

腹を括(くく)るしかなかった。

「そのときは……想定外の火力でもなんでも、使うしかないだろうよ」

「了解しました」

黒須はうなずいて電話を切った。

2

午後九時、事務所の仕事を和哉に任せて、清春は〈湾岸ベース〉を出た。ホンダに乗りこみ、豊洲(とよす)方面へハンドルを切る。

三十分ほど前、黒須からメールが入った。

――一時間後、豊洲市場跡。

東京都中央卸売市場は、かつて移転問題に揺れていた。築地(つきじ)と豊洲――愚かな政治家の玉虫色の判断によってどっちつかずの状況に苦しめられ、結局、豊洲市場は移転数年で完全に閉鎖された。

千億単位の金をかけて整備された設備も、いまは野ざらしに放置されたまま顧みられることがない。行政にもはや、閉鎖された市場を管理する金も能力もありはしない。

だが、そうなればなったで集まってくる者がいるのは、ゴーストタウンと一緒だった。だだっ広い駐車場を有する豊洲市場跡は現在、カーセックスの名所となっている。

マイカーで訪れるカップルもいるが、近隣の駅前にはクルマに乗った売春婦がうようよと待ち構えている。組織に属さない、インディペンデントのセックスワーカーが多い。

彼女たちは客と直接交渉し、まとまれば助手席に乗せて豊洲市場跡の駐車場に向かう。車内でひと通りのことをして、再び駅前まで送ってくる。プレイタイムのミニマムが十五分の短い遊びなので、料金はデリよりずいぶんと安い。よって金がなく、デリヘル嬢を自宅に呼べない住宅事情の者に人気が高い。

時間があったので、清春は下見がてら豊洲市場跡の駐車場に入っていった。とにかく広かった。千五百台から二千台停められる駐車場が三つもあるから、いくらカーセックスが花盛りでも、夜闇ばかりが茫洋とひろがっている。ゆっくりと進んでいくと、時折ヘッドライトが駐車中のクルマを浮かびあがらせた。ギシギシと揺れているのがわかる。中をのぞきこまなくても、腰を振りあっている様子が生々しく伝わってきて、外灯のない漆黒の夜に妖しい艶を与える。

いったん駐車場を出ると、晴海大橋の手前でクルマを停めた。

冬華が移動に利用しているのは、フォードのごついEVだ。自分で運転するのではなく、かつては二宮が、いまは黒須が運転している。ショールームの客をそれで送り迎えすることもあれば、〈オンリー〉を積んで商談場所に赴くこともある。

今日の目的地がどこかは知らないが、帰り道に迷ったふりをして、黒須が豊洲市場跡の駐車場に入れることになっていた。黒須がクルマを降り、清春が乗りこめば、冬華と密室でふたりきりになれる。

なんだか世を忍ぶ秘密の逢瀬みたいだと、自嘲の笑みがもれた。精力のありあまった若いアイドルタレントが、ここでそんなふうに性欲処理していたというまことしやかな噂が、ネットをよく騒がせている。

目当てのクルマが近づいてきた。色がワインレッドだからすぐにわかった。路肩に停めたホンダを、フォードが抜き去っていく。清春はアクセルを踏んで後を追った。

ワインレッドのフォードは実になめらかなドライビングで夜道を曲がり、闇深い豊洲市場跡に入っていった。駐車場の空きスペースを探すのは簡単であろうに、どういうわけか建物がある方向に向かっていく。清春はハンドルを握りながら眉をひそめたが、なにもないところで駐車すると、黒須が身を隠す場所に困るのだと、やがて気づいた。

行く手には、巨大な水産卸売場棟が夜空に向かってそびえ立っていた。理不尽に打ち棄てられた無念を深く噛みしめながら、恨み言も言わずに。

その下を、二台のクルマが車間距離をとって進んでいく。駐車場と違って、こちらにはまったく他のクルマが停まっていない。どこもかしこも漆黒の夜に溶けこみ、華やかな色彩を放っているのは前を走るフォードだけだ。

ようやく停車した。

十メートルほど後方で、清春もクルマを停める。清春がクルマから降りるのと、フォードの運転席のドアが開くのがほぼ一緒だった。黒須はこちらとは反対方向に、足早に去っていった。

いま顔を合わせたくないのだろう。

なんとなく、気持ちはわかった。

清春にも、いつもとは違う顔をしている自覚はあった。

「……なに？」

後部座席のドアを開けると、冬華は眼を見開いた。それ以上、大げさに驚かなかったのはさすがだった。夜によく似た色の、ボレロとワンピースを着ていた。清春は後部座席に体をすべりこませ、ドアを閉めた。振り返ったときにはもう、冬華はすべてを察した顔をしていた。

「ずいぶん強引なやり方ですね？」

「電話もろくに出てもらえないからな。他に話をする方法がなかった」

冬華には気づかれないように、清春は深呼吸をした。高級車でも、ＥＶの匂いは好きになれない。ガソリンの燃える匂いがしない。

「京極はそんなにいいのかい？」

清春は覚悟を決めて冬華を見た。

「なんの話？」

冬華は鼻で笑った。

「セックスだよ。男として、そんなにいいのかい？」

黙っている。

清春は座り直し、ふたりの距離を縮めた。冬華は後退（あとずさ）らなかった。

「……悪かった」

清春は唸るように言い、太腿の上に置かれた冬華の手に、自分の手を重ねた。冬華は避けなかった。払いもしなかった。ただ、その手はひどく冷たかった。

「そっちの気持ちには気づいていたんだ……しかし、俺はやっぱり千夏の恋人だったわけじゃないか。キミはその妹だ……だからどうしても、そういう気になれなくて……」

冬華は黙っている。清春は彼女の眼を見ずに続ける。

「でも、こういうことになってみると……やっぱり……やっぱり我慢ならない……キミが他の男のものになってしまうのは……」

嘘は言っていなかった。冬華は魅力的な女だし、心惹かれるなにかを感じてもいた。異性として見られなかった理由は、実際に千夏の存在が大きい。自分でも曖昧にしておきたかった冬華を求める気持ちが、京極の登場によって露呈されてきたのも事実である。

なのに、我ながら嘘くさくてしかたなかった。

本心を言っているはずなのに、言葉が上滑りし、相手の心に刺さる気がしない。愛を知らない清春でも、愛をささやいたことくらいはある。ささやかなければ、イロカンなどできなかった。やればできるはずだった。嘘でもいいから、もっと情熱的に相手を求めるのだ。

「俺の女になってくれ……」

手を腰にまわしていった。陶酔を誘うほど、女らしくくびれている。ぐっと引き寄せ、息のかかる距離まで顔を近づけた。視線と視線がぶつかりあった。冬華は虚ろな眼をしていた。その瞳に浮かんでいるものの正体を察することができないほど、清春は愚かではなかった。見なかったことにするしたたかさが、いまは必要なだけだ。

恐れることはなにもなかった。

雨の夜、新橋のガード下で、冬華だってこちらを求めてきたではないか。側にいてほしいと訴えてきたではないか。彼女にとっても、これがいちばんいい結論なのだ。

冬華の冷たい手が、清春の手を握り返してきた。冷気が手に染みこんできそうな気がして、清春はあわてて握り返した。こちらの手のぬくもりを、むしろ冬華の手に染みこませてやりたい。

「耐えられるかしら？」

冬華が虚ろな眼のまま、ポツリと言った。

「わたしを抱いたら、お姉ちゃんとわたしを比べることになるのよ。そんなこと、あなたに耐えられる？」

耐えられるに決まっている。どれだけ耐え難くても、耐えなければならない。冬華を京極の元に残していくよりずっとマシだ。

清春は答えずに唇を重ねた。

真っ赤なルージュが引かれた冬華の唇は、手と違って冷たくなかった。むしろ熱かった。まるで燃えているように……。

「……ぐっ！」

驚いて顔を離した。冬華が唇を噛んだのだった。それも、下唇を食いちぎるような勢いでだ。幸い食いちぎられなかったようだが、ポタポタと滴り落ちる血が、色(いろ)褪(あ)せたブルージーンズにどぎつい水玉模様をつくっていく。

「お姉ちゃんがされたキスって、どんな味だろうと思ったけど……」

冬華は凶暴に眼を剝いていた。手を出してきたら、もう一度嚙みついてやると言わんばかりだった。口角からひと筋の血を滴らせた顔が、女吸血鬼カーミラを彷彿とさせた。

「とってもまずかった」

3

熱いシャワーを頭から浴びた。

不法定住している自宅は、ガスも水道も通じていないので、熱いシャワーなど浴びられない。

黒須のマンションだった。湾岸地区に建つ、瀟洒（しょうしゃ）な１ＬＤＫ。女装の衣装に埋もれて生活していたら面白いと思ったが、異様にすっきりしていた。家具も家電も最低限で、無個性かつチープなものしか置いていない。夜逃げするのが簡単そうだったが、実際そういうことなのだろう。

脱衣所に出て鏡をのぞきこむと、失意がじわりと心に染みた。

冬華に嚙まれた唇は赤紫に腫れあがって、よく見ると歯の跡までしっかり残っていた。黒須はその顔を見ても、なにも言わなかった。ちょっと休んでてくださいと、この部屋の鍵をそっと渡してきた。

バスタオルを頭から被（かぶ）って、脱衣所から出た。

黒須がいた。

「ずいぶん早いお帰りじゃないか」

清春が言うと、黒須は頭をかいた。

「ショールームに戻るなり、ボディガードは馘になりました。まあ、当然ですけどね……ビール飲みます？」

「ああ」

黒須が冷蔵庫から出した缶ビールを渡されて驚いた。正規品のキリンだった。一本千円くらいする——九割は税金だ。その部屋にはソファも椅子もなかったので、剝きだしのフローリングに腰をおろしてプルタブを開ける。

「惨敗だな……」

ひりつくほど渇いていた喉に冷えたビールが染みた。

「俺の腕が錆びついたのか、社長をいささかナメてたのか……まあ、両方なんだろうが……」

「いいじゃないですか、もう。過ぎたことは」

黒須もキリンをひと口飲んだが、なにやら物足りない様子で、大ぶりのグラスにビールを移した。さらにテキーラのボトルを持ってくると、ショットグラスにそれを注ぎ、ビールのグラスにドボンと落とす。

「なんだそりゃあ？」

「デスペラードっていうカクテルです」

ひと口飲んだ黒須が顔をしかめる。テキーラのビール割りだ。かなりきついのだろう。

「飲りますか？」

清春は首を横に振った。

「どういう意味かわかります？　デスペラード」

もう一度、首を横に振る。

「命知らず」

「おまえらしいな」

清春は笑ったが、黒須は笑わなかった。ひどく物騒な名前の酒を飲むほどに、表情を険しくしていった。

「もともとは絶望した人って意味だったらしいですけどね。それが転じて、無謀なことをしでかす命知らずって意味になった。もう絶望だ、むちゃくちゃにやるしかないって……」

「……なんかあったのか？」

いつになく物憂げな黒須の態度に、清春も表情を硬くした。

「社長の懐柔に失敗した以上、京極を殺るしかないですね？」

清春はうなずいた。他にいい方法があるなら教えてほしかったが。

「正直、ちょっとビビッてます」

黒須がデスペラードを飲み、火を噴くように息を吐きだす。

「京極って野郎は調べれば調べるほど、とんでもない……あんな危険人物がどうしてのうのうと地上波のテレビになんか出てられるのか、ようやくわかりました」

「言ってくれ」

「警察の上層部と繋がりがあるみたいなんです」

清春は眉をひそめた。

「きっちり裏がとれたわけじゃないんですが、そうであるなら辻褄は合う。警察は要するに予算が欲しい。そのためには適度に治安が乱れていたほうがいいんです。適度にっていうのがミソで、産廃物の山とか闇マーケットとか、悪党の利権が何重にも重なって収拾がつかなくなってるところには手を突っこめない。だけど、頭のおかしいやつが放火してまわったり、街中で銃を乱射してくれると、交渉のいいカードになる。いや、事実なってる。治安の維持を声高に主張して、がっぽり予算をぶんどってる」

「腐ってやがる……」

清春は吐き捨てるように言った。

「それで京極は、いままで何十人も凶悪犯をそそのかしているにもかかわらず、野放しになってるわけか？」

「だと思います」

火を噴きそうな酒を飲んでいるのに、黒須の顔は青ざめていくばかりだった。

黒須がこれほど険しい表情をしているのを、清春は見たことがなかった。いつだって飄々（ひょうひょう）としている男だった。やばい橋を渡るときは、こちらが心配になるほど嬉々（きき）としていた。

あの日——。

百舌を殺したとき、清春は黒須を頼った。正気を失った純秋が百舌の頭に鉄パイプを振りおろし、息の根をとめたのが一目瞭然の状況になると、他にどうしようもなかった。

純秋はこちらに背中を向け、頭を抱えてむせび泣いていた。座り小便こそ漏らしていなかったが、ものの役に立ちそうもなかった。

いや……。

役に立たないと言うなら、清春のほうだって負けていなかった。百舌の亡骸（なきがら）を前に混乱しきって、呆然（ぼうぜん）と立ちすくんでいるばかりだったのだから……。

いつもと逆だった。いつだってキレて暴れるのは清春のほうで、純秋はそれを知ると泣きながらもうやめてと哀願してきた。

なぜなのか？

殺されたがっているように見えた百舌も気持ちが悪かったが、冬のひだまりのように温厚な弟が、どうしてこんな凶行に及んだのか？

〈ヒーリングユー〉を守ろうとして――たとえそれが勘違いだったとしても――、鉄パイプ片手に登場したところまではまだわかる。慣れない修羅場に興奮しすぎて、つい先に手を出した、というのもありがちなことかもしれない。

だが、殺す必要があったのだろうか？　頭蓋骨を粉砕して、脳味噌(のうみそ)が飛びだすまではやりすぎではないか？　純秋ほど暴力が似合わない男はいないが、これは要するに、加減を知らない鳩(はと)型暴力というやつなのか？

混乱は深まっていくばかりだったが、いくら考えてみたところで、足元で死んでいる百舌が息を吹き返すことはない。

なんとか気を取り直して黒須に電話を入れた。純秋を刑務所送りにするわけにはいかなかったし、こんなことが表沙汰になれば〈ヒーリングユー〉は一巻の終わりだった。

黒須はクルマを飛ばして来てくれた。詳しい状況を訊ねることなく、持参したブルーシートに死体を包みこんだ。ひどく手際がよかった。微笑すら浮かべていた。死体をクルマに積みこむ作業は清春も手伝ったが、「あとは任せてください」と黒須はひとりでクルマを運転して去っていった。清春は工場の床についた血を洗い流し、いつまでも泣きやまない純秋をホンダに乗せて帰宅した。

死体をどうしたか、あとで訊ねた。

「ちょうどいい建設現場があったんで、基礎の中に放りこんでおきました。山に埋めたり海に沈めるより、そっちのほうが確実です。でっかいビルでしたから、解体されるのは俺たちがあの世に行ったあとですよ」

それ以来、清春は工事現場を見かけるたびに百舌のことを思いだした。日本では現在、年間三十万人の失踪者や行方不明者がいるという。正式発表がその数なら、実態は倍でもおかしくない。どのビルの下にもコンクリート漬けにされた死体が埋まっているような気がして、街中を歩いていると足元が涼しくなることがよくあった。

4

電話の着信音が鳴った。

黒須はもう、デスペラードなるカクテルを飲んでいなかった。つくるのが面倒になったようで、テキーラをストレートで呷っていた。清春は黙々とビールを飲んでいた。苦手なアルコールだが、今夜ばかりはいくら飲んでも酔えなかった。

着信音は鳴りつづいている。

清春は溜息をひとつつき、ポケットからスマートフォンを取りだした。表示されている発信元は、丸川健吾――珍しいこともある。まさか〈湾岸ベース〉でトラブルでも起こったのか。

スピーカー機能で電話を受けた。

「なんだ？」

「副社長が面会を求めていらっしゃいます」

丸川が言い、清春は黒須と眼を見合わせた。

「あなたと腹を割ってじっくり話をする機会が欲しいということです。時間をとっていただけますね？」

「いつだ？」

「明日、〈湾岸ベース〉で。副社長はお忙しい。遅い時間で恐縮ですが、営業終了後の午前一時でいかがでしょう？」

もう一度、黒須と眼を見合わせる。黒須がうなずく。

「承知したと伝えてくれ」

電話を切った。

張りつめた空気が、殺風景な部屋を支配していた。腹の底に、鉛のように重苦しい緊張が沈んでいる。

「向こうが先に、俺を的にかけにきたか……」

清春はあぐらをかいた脚で貧乏揺すりを始めたが、

「それはないと思いますよ」

黒須は首を横に振った。

「清春さんには、純秋さんがついてるじゃないですか。京極はなにがあっても、純秋さんのメンテナンス技術が欲しいはずです。清春さんがいなくなったら、純秋さんをコントロールできる人間がいなくなっちゃいますからね」

それはそうかもしれなかった。

「実際、純秋さんはすごい。社長がクルマに載せて商談場所に運んでいく〈オンリー〉はデフォルトでしょう？〈湾岸ベース〉の〈オンリー〉とは全然違う。純秋さんがメンテナンスしてると、色気っていうかフェロモンっていうか、男を惹きつけるオーラが強烈で……社長がこぼしてるのを聞いたことがありますよ。彼には敵わないって、悔しそうに……」

清春は最近、銀座に行っていなかった。行っても昔のように、〈オンリー〉の飾られた階上にあがって、ゆっくり時間を過ごすようなことはなくなった。

「とにかく、一時撤退しよう」

清春は声音をあらためて言い、パンと揺すっていた両膝を叩いた。

「明日、京極にそれを伝える。後ろに警察がいるんじゃ、なにをやっても勝ち目なんかない。やばいことになる前に、バックレちまおう」

「社長を残してですか？」

言葉を返せなかった。

「もう遅いんですよ、清春さん。俺たちは敵に包囲されちまっている。逃げ道はない。手をこまねいていれば全滅。反撃するしか突破口はありません」

「京極を殺るのか？」

「いまの電話が福音だったと、俺は解釈します。あのハゲデブは神出鬼没だから、居所を押さえるのが面倒くさいって思ってたところなんですよ。それが向こうからのこのこやってきてくれるなんてね」

「明日か……」

「京極の狙いは、サシで話して清春さんを懐柔することでしょう。脅しをかけてくるか、金を積むか、はたまた泣き落としか……適当にうなずいておいてくれればいいですよ。なにを企(たくら)んでいようと、帰り道にズドンだ。明日がやつの命日になる」

黒須の眼に狂気じみた光が宿る。

「警察とつるんでいると言ったって、それはあくまで上層部の話ですからね。死体が転がったら、現場のおまわりは捜査せざるを得ない。上が抑えようとしても、絶対にほころびが出る。京極は狂信的な支持者が多い反面、あちこちで恨みも買ってます。マスコミには期待できませんけど、ネットで焚きつけてやればいい。いままで隠蔽されてきた悪事をめくってやれば、大騒ぎになる。いや、大騒ぎにしなくちゃならない……」

清春は腫れた唇を指で触った。

京極を殺る理由なら、いくらでも並べることができる。

しかし、たとえあの男がどれだけの極悪人であろうとも、彼を愛する者は、彼が死ねば哀しむだろう。愛する者を失うのはつらい。いや、失えば身を切られるよりつらい喪失感に沈みこむのが、愛というものではないのか。

――京極を愛してるのか？

唇を噛まれたあと、清春は冬華に訊ねた。

冬華はそれに答えなかった。

清春が退散するまで、凶暴な眼つきのまま、威嚇するように唸っていた。

眼の奥で憎悪の青い炎が燃えているようだった。

それはいい。憎まれることをした自覚はある。

だが、冬華の本心は……。
京極を本気で愛しているのかどうか、彼女の表情からは読みとれなかった。

第七章　涙の行方

1

子どものころからマスクが大嫌いだった。

大気汚染が深刻な街で生まれ育ったので、クラスメイトの大半がマスクを着用して登校していたが、清春は一度もしたことがない。耳や口のまわりがこそばゆくなるし、息苦しいのがなによりも嫌だ。

それでも、〈湾岸ベース〉のスタッフに腫れた唇を見られたくなくて、今日は一日中、マスクをしつづけた。営業が終了して誰もいなくなり、マスクをはずせた解放感は、悪夢から目覚めたときによく似ていた。

〈湾岸ベース〉のあるあたりは、深夜になると静まり返る。行き交うクルマも少ないから、路上に駐車しておくと目立つと考えたのだろう。そのＥＶが停（と）まっていたのは、隣の倉庫の敷地内だった。不法侵入だが、他にもクルマが停まっているので目立たない。EVはよくある車種で、地味なグレー、そしてきっちりと盗難車だ。

清春は助手席のシートに体をすべりこませた。運転席には黒須がいる。冬華のボディガードを馘(くび)になったのに細身のスーツを着込んでいるのは、検問対策か。あるいは、これから行なう仕事に対して、彼なりの敬意を払っているからか。

「とにかく、京極が帰ったら、清春さんもすぐに〈湾岸ベース〉を離れてください。街頭の防犯カメラに映っちゃえばアリバイになりますから。念のため、コンビニにも入ってください」

「そっちはどうする？」

「抜かりないです。自宅で深夜営業のデリ寿司(ずし)を受けとりますから」

「受けとるって……」

「背格好が似てる人間を置いてあります。分厚い眼鏡(めがね)をかけさせてね。玄関は薄暗くしてあるから、バレッこありません」

「なるほど」

お互いに、乾いた笑みをもらす。

「運ばれてくる寿司もフェイクなら、受けとる人間もフェイクという」

「あとこれ……」

黒須が身を乗りだし、グローブボックスを開けた。黒い鉄の塊――拳銃が入っていた。トカレフだ。中国製のコピーだろうが。

「いちおう持ってたほうが……」

「いや……」

清春が上着をめくって腰に差したものを見せると、黒須はうなずいてグローブボックスを閉めた。デリヘル時代にやくざと揉めていたとき、護身用に手に入れたベレッタだ。

「この気持ちの悪い服とも、もうすぐおさらばだな」

清春はめくった上着を直しながら言った。〈湾岸ベース〉のスタッフが強制的に着せられている、新興宗教じみた白い上下だ。

「あの手の輩って、どうしてこういうセンスになっちゃうんでしょうね」

「まったくたまらんぜ、ナチュラルに眼がイッてる連中は」

そろそろ深夜零時半になろうとしていた。京極がやってくる約束の時間まで、あと三十分と少し。拳を合わせて武運を祈り、清春が助手席のドアを開けようとしたときだった。

「……なんだ?」

年季の入った軽自動車がひどくゆっくりとしたスピードで、夜闇の向こうから姿を現した。〈湾岸ベース〉の敷地に入っていく。

「あれって……」

「純秋のクルマだ」

清春は呆れた声で言った。

「なんで、純秋さんが戻ってきたんです？　たしか早めに帰りましたよね？」

「ああ……」

純秋は今日、午後九時過ぎには〈湾岸ベース〉を出たはずだった。最近早仕舞いばかりで頭が痛いが、今日に限っては助かったと思っていた。

こちらの存在に気づいていない純秋は、軽自動車から降りてきてバックドアを開けた。オリーブ色をした寝袋状のものを取りだして、肩に担いだ。〈オンリー〉を運ぶ袋である。

「どういうことなんですか？」

不思議そうに訊ねてきた黒須は、純秋がナンバーイレブンを持ちだしていることを知らない。

「わからん……」

清春は首を振り、

「とにかく、すぐに帰らせる。段取りはそのままだ」

純秋を追って工場の裏口にまわった。

鼓動が乱れていた。純秋がここに来たのは、ナンバーイレブンの洗浄のために違いない。さすがに洗浄機までは家に持って帰れない。いままで手作業で手入れしていたのだろうが、行き届かなくなったのだろう。

裏口の前まで来た。

いま入っていけば、純秋にバツの悪い思いをさせることになる。ナンバーイレブンを持ちだしたことを、清春が知らないと思っているはずだからだ。

気まずくなるのを承知のうえで、帰らせるしかなかった。あと三十分で、京極がやってくる。予定より早めに姿を現すことだって、ないとは言えない。

ドアを開けた。

純秋は、袋から出したナンバーイレブンを椅子に座らせていたところだった。清春の顔を見てあわあわと口を動かした。両手をあげてナンバーイレブンの前に立ちふさがり、それを隠そうとした。下手(へた)くそなゴールキーパーに似た滑稽な動きだったが、もちろん笑うことなどできなかった。

清春は、ナンバーイレブンについてなにも言わないつもりだった。とにかくすぐにここから出ていってくれ——それだけを手短に伝え、実行してもらえばいい。

しかし、見えてしまった。

千夏がそこにいた。

二年前に失った恋人が、ちょこんと椅子に座っていた。清春と眼が合うと頬を緩め、大きな口を開けて笑った。大輪の花が咲くようなその笑い方まで、記憶に刻みこまれたものと一緒だった。

「見ないでっ！　見ないでくれよっ！」

純秋はパニックに陥りそうだった。眼球が飛びだしそうなくらい眼を見開き、ぶるぶる震えている。すぐに呼吸が荒くなって、口の両端に白い泡を浮かべだした。こういうとき、追いこんではいけなかった。わかっていても、訊ねずにいられなかった。

「どうして？　どうして千夏が……」

ファーン、と外でクラクションの音がし、清春は卒倒しそうになった。まだ時間までずいぶんある。三十分も前なのに、京極がやってきてしまったらしい。

最悪だった。顔面の痙攣が激しくなっていく一方の純秋を、裏口から逃がすか、どこかに隠すか……。

ファーン、ともう一度クラクションが鳴らされる。

「ちょっと来い」

清春はあわてて純秋の腕をつかみ、事務所に向かった。パニック寸前の純秋に、クルマの運転をさせたくなかった。かといって、工場に残しておいては、京極と鉢合わせになる。わざわざ〈湾岸ベース〉まで来たからには、〈オンリー〉を見せろと言うに決まっている。

事務所の納戸を開け、純秋を押しこんだ。

「二十分……いや、十五分だけここでじっとしててくれ。頼んだぞ。絶対に出てくるな。声を出してもダメだ」

クラクションがしつこく鳴らされている。

清春は納戸を閉めると、急いでガレージに向かい、シャッターを開けた。ホイールベースが長いレクサスが停まっていた。エグゼクティブ御用達の、黒塗りのセダンだ。

運転席から降りてきたスーツ姿のボディガードが、後部座席のドアを開ける。京極が降りてくる。スキンヘッドに銀縁眼鏡、スーツにネクタイがひどく窮屈そうな巨軀、それらはテレビで見るのと一緒だったが、ずっと精悍な印象がした。眼鏡の奥で光っている細い眼が、剃刀のように鋭く冷たい。

「深夜にご苦労さまです」

清春は頭をさげた。京極は立ちどまったが、言葉は発せず、値踏みするような視線を向けてきた。体が大きいだけではなく、威圧感が想像以上だった。

「どうしたんだい？」

京極は自分の唇を指差して言った。清春のそれが腫れているのが気になったらしい。

「……育ちが悪いもんで、歯の嚙み合わせに問題がありましてね」

清春は苦笑した。

京極はニコリともせず、しばらく値踏みを続けていたが、

「似合っとるよ」

やがて清春が着ている白い制服を指差して薄く笑い、赤く濡れ光る舌で分厚い唇を舐めた。

2

「素晴らしい……」

工場に並んだ〈オンリー〉と対面した京極は、仰々しく感嘆の声をもらした。かなり興奮しているらしく、五十過ぎのくせにやけに艶のある頰を、薔薇色に上気させた。老婆の陰部を見せつけられたような不快感を覚えた。ボディガードは外に残っていた。工場の中にいるのは、清春と彼のふたりだけだ。

「話には聞いていたんだよ。〈湾岸ベース〉のオンリーは、銀座の〈オンリー〉とは別物だとね。もちろん、銀座の〈オンリー〉も素晴らしい。僕自身もそう思ってるし、会員の皆様と会うたびに、恐縮してしまうほど絶賛の言葉を頂戴している……」

清春は、京極の話をまともに聞いていなかった。ガレージから工場に来るためには、事務所を通らなければならなかった。京極は気づかなかったようだが、清春は納戸の中で純秋がガタガタ震えているのを感じた。

あと何分もつだろうか。パニック寸前だった純秋を暗い納戸に閉じこめて、錯乱したりはしないだろうか。

「こっちの〈オンリー〉のほうが色気があるのは、やっぱりメンテナンスの違いかい？」

「……経験もあるんじゃないですか」

清春はボソリと言った。

「銀座の〈オンリー〉はユーザーひとりしか相手にしてませんが、こっちは一日に十人弱の男を相手にしてる」

薔薇色の頬が緩む。

「なるほど、あっちは貞淑な妻で、こっちは淫らな娼婦というわけか。いやいや、馬鹿にしているわけじゃないよ。そこが〈オンリー〉の素晴らしさのひとつだと認識しているくらいだ。だって本物の娼婦は、心を病むだろう？　性病のリスクもある。〈オンリー〉はそんなものとはまるで無縁だ。めくるめく快楽の経験だけが、AIの情報に蓄積されて……清らかなのに淫蕩、その矛盾がククッ……たまらないよな。世の女どもが嫉妬しているのは、本当はそこじゃないかって僕は睨んでいるくらいなんだ。連中は絶対に認めないだろうが、尻軽なのに穢れなき存在、そういうものに彼女たちはなりたいんだな。男とやりまくりたいが、清らかでもいたい。無理な相談だよ。あり得ない。だから目の敵にする。自分が決してなれない理想を体現している〈オンリー〉なんて、なくなればいいと……ところで、この中でいちばん色っぽいのは、断トツで彼女だよね？」

ナンバーイレブンを指差して言った。

「裸でいるからでしょう。電源も入ってるし」

清春はうつむいたまま、投げやりに言った。千夏そっくりの〈オンリー〉と、眼を合わせたくなかった。裸も見たくない。だがそれ以上に、京極の薄汚い視線にさらされていることが、我慢ならない。

「ハハッ、そんなことじゃ僕の審美眼は誤魔化せないよ。彼女が〈湾岸ベース〉のナンバーワンに間違いない。そうだろう？」

「ええ、まあ……」

面倒くさいので、清春は否定しなかった。

「やっぱりそうか。そうだと思った……」

もったいぶって言葉を切っては、ニヤニヤ笑って唇を舐める。容姿が容姿だけに、正視に耐えがたい不気味さである。

「実はね……」

「はあ……」

「秘策があるんだよ」

清春はもう相槌も打たなかった。

「聞きたいだろう？　ククッ、〈ヒーリングユー〉をね、いまよりワンランクもツーランクも飛躍させる秘策だよ」

いいからさっさと帰れ！　と胸底で叫んだ。そういうふうに導きたくても、湧きあがる苛立ちと不安を封じこめるだけで、精いっぱいだった。

「社長とそっくりの……ハッ、美貌の女社長・神里冬華と瓜二つの〈オンリー〉を大々的に売りだすんだ。どうだ？　素晴らしいアイデアだろう？」

呆れるしかなかった。

「僕は彼女を……神里冬華を本物のカリスマに育ててあげたいんだ。彼女には人を惹きつける天賦の才がある。美人なだけじゃなくて、たたずまいに清潔感があるし、表情の変化には華がある。弁だって立つしね。だから、もっと大胆に露出させるべきなんだ。テレビはもちろん、講演会でもイベントでも……もちろん、ああいうタイプの女に、アレルギー反応を起こす者はいるだろう。だが、恐れる必要はなにもない。アレルギー反応の正体は、ジェラシーだからだ。関心があるから嫉妬するわけだ……女の場合はね、単なるやっかみだよ。だが、男の嫉妬は複雑だ。やっかむと同時に、劣情をもよおす。彼女が提案する〈ヒーリングユー〉の商品ではなく、彼女自身に欲情してしまう男が少なからずいるはずなんだ……ククッ、そこで神里冬華モデルの登場なんだよ。容姿はもちろん、抱き心地までまったく同じと触れこめば、爆発的なヒットが見込める……そう思わんか？　技術的には可能だろう？」

清春は次第に具合が悪くなってきた。胸がむかつき、吐き気がする。立っているのもつらくなるような激しい眩暈が、断続的に襲いかかってくる。

なるほど、冬華そっくりの〈オンリー〉をつくることは可能だろう。動画をデータ化して打ちこめばいい。気の遠くなるような微調整が必要になるだろうけれど、時間さえかければ表情の変化までコピーできるはずだ。

しかし、抱き心地となると……。

おそらく、冬華のリアルな抱き心地を知っている人間が調整を重ねる必要がある。抱いた記憶を反転コピーさせるような要領で、〈オンリー〉に経験を積ませるのだ。京極はその役割を、自分で引き受けようというのだろうか……。

ハッとして、ナンバーイレブンを見た。

となると、これはいったいなんだろう。純秋は一時、ドローンに凝っていた時期があるから、千夏の動画くらいは撮っているかもしれない。だが、裸までは見ていないはずだ。千夏の乳房には、特徴があった。もぎたての果実のように、丸々としている。先端に咲いた乳首は、南国の花のように赤い。

見れば見るほど、千夏とそっくりだった。乳房だけではなく、背中も、腰つきも、太腿（ふともも）のボリュームも……。

見た目だけなのだろうか？

このナンバーイレブンが再現しているのは、千夏の……。

「ふふっ、あくまで触れこみだよ、触れこみ……」

京極が下卑た笑いを浮かべた。

「そう宣伝するだけでいいんだ。抱き比べられるわけじゃないからね。僕がそっくりだと証言し、微に入り細を穿（うが）ったいやらしい性癖でも開陳してやれば、世間のやつらは鼻血を出して身をよじる……」

笑いながら、赤い舌で何度も唇を舐める。この舌が、冬華の乳首を舐めていると思うと、全身の毛が逆立っていきそうだった。乳首だけではない。この男なら、冬華の全身を舐めまわしそうだった。首筋も腋窩も足指も、両脚の間に咲いている秘めやかな女の花まで、念入りに……。

京極が急に真顔に戻った。

「いや……実際それは……僕自身の願望と言ってもいいかもしれないな……」

言葉を切って考えこんだ。視線が〈オンリー〉に向かっていく。ナンバーイレブンを含み、全部で十一体あるそれを、一体一体まじまじと眺めながら、次第に表情を険しくしていく。

「抱きたいんだよ、僕はっ！　神里冬華を、どうしても抱きたいっ！」

清春は反応できなかった。いったいなにを言いだすのだろう。

「セックスしたいんだっ！　〈オンリー〉でもいいから、神里冬華とっ！」

急にキレはじめ、地団駄まで踏まんばかりだ。啞然としている清春を見て、眼つきをますます険しくしていく。瞳が鉛色だった。殺人に魅せられた人間の特徴だと、刑務所で耳にしたことがある。

「おいおい、なにとぼけた顔してるんだ？」

京極は鼻息を荒らげて近づいてくると、清春の胸ぐらをつかんだ。腕は丸太ん棒のように太く、力もある。清春は身構えたが、暴力を振るわれる気はしなかった。もっとナイーブな感情に、この男は突き動かされている。

「キミは彼女と付き合ってたんだろう？」

「まさか……」

清春は首を振った。冬華と関係があったとすれば、たった一度のキスだけだ。唇を食いちぎられそうになった。あれで付き合っていることになるなら、亀マンとも悪くない仲だったことになる。

「ふんっ、とぼけたいならとぼければいい。だが、知ってるんだろう？　知らないはずがないよな？」

間近に迫った京極の顔が、脂ぎってテラテラと輝く。吹きかけられる吐息がドブのような悪臭を放ち、息もできない。

「さっきから、いったいなにを言ってるか……」

「鎖陰（さいん）だよ」

京極は放り投げるように言った。

「サイン？」

清春が首をかしげると、京極は胸ぐらをつかんだ手に力をこめ、眼鏡の奥で限界まで眼を見開いた。剃刀のように細い眼が、そうすると異様に大きくなった。白眼がギラギラと血走っていた。爆発寸前の感情が、眼をそらすことを許してくれない。

だがやがて、京極の表情から怒りがすっと抜け、鉛色の瞳に猜疑心が浮かんできた。胸ぐらから手を離し、ひきつった声で言った。

「まさか……まさか本当に知らないのか？　鎖に女陰の陰と書く、鎖陰だよ。彼女は生まれつきセックスできない体だろう？」

清春は言葉を返せなかった。鎖陰？　セックスができない？　あの冬華が……。

「本当に知らないのか？　処女膜閉鎖、膣横隔膜、膣狭窄……三つ揃うのはきわめて珍しい症例らしいが、とにかく先天的に女性器が閉じていて、ペニスを入れられないらしい……」

京極が遠い眼になる。

「最初は嘘だと思ったよ。誰だってそう思うだろう？　抱かれたくない口実だと……だが、診断書を見せられた。偽物じゃなかった」

清春はまだ言葉を返せなかった。衝撃を受けつつも、妙に合点がいっていた。初対面のときから、冬華にはなにか特別な、清らかなものが秘められていると感じていた。その正体が鎖陰だというなら……。

不意に、千夏の言葉が脳裏をよぎっていった。

『もしわたしが、セックスできなくなったらどうする？　セックスできない女でも、男の人って愛せるの?』

まさかあれは、自分のことではなく、鎖陰の妹のことだったのか……。

続いて冬華の横顔が脳裏をよぎる。

『わたしを抱いたら、お姉ちゃんとわたしを比べることになるのよ。そんなこと、あなたに耐えられる?』

もし鎖陰の話が事実なら、彼女はいったいどんな気持ちで、あの台詞を口にしたのだろう。みじめでやりきれなくて屈辱的な……いや、そんな言葉ではとても表せないくらいの覚悟と、魂がちぎれるような哀しみに打ち震えながら、彼女はあんなことを言ったのではなかったのか。

熱いものがこみあげてきそうになる。それを言わせたのは、自分だった。イロカンじみた最低のやり方で、彼女を手懐けようとして……。

「まったく残酷な話だよねえ。あれだけのいい女が……鎖陰でさえなければ、情熱的な恋に身を焦がすこともできただろう。あらゆる種類の快楽を謳歌することだって……」

京極は眉間に皺を寄せ、もともと野太い声をさらに太くした。

「だがね、欠陥は時に特別なエネルギーを人に与えることがある。彼女は肉の悦びを知らない。一方、世間のやつらはセックスばかりだ。誰も彼もが淫らな汗をかくことだけを求めて、日本中が発情している。発情でもしなければやっていられないと、彼ら彼女らは言い訳するだろう。間違っているよ、救い難くね。選挙の投票に行く暇があるなら、ラブホテルに行く。娼婦を買う。乱交パーティに耽る。立候補してるやつらだって、隙あらば不倫にセクハラ。あっちもこっちも、仕事をサボり、子育てを放棄し、なにをしているのかと言えば、セックス、セックス、セックス……まともなやつはひとりもいない。あらかじめ性交ができない体に生まれた神里冬華には、さぞや馬鹿げた景色に見えていることだろう。彼女は怒ってるよ。怒らないはずがない。〈オンリー〉は神里冬華の分身だ。開発・製造したのは彼女ではないかもしれないが、彼女の魂が宿っている。そんなにセックスがしたいなら、腹上死するまですればいい。〈オンリー〉を買う金がないならば、強盗でもなんでもやればいい……血を吐くのにも似た、彼女のメッセージが込められているのが〈オンリー〉なんだ。そのメッセージに、僕は呼応した。呼応せずにはいられなかった。こんな馬鹿げた国、肉欲にまみれて破滅してしまえばいい……」

「申し訳ないですが……」

清春は京極を制して言った。

「気分が悪くなってきた。頭も混乱している。ご高説を賜っても、まともな判断ができそうにない。今日はここまでにしてもらえませんか」

心臓は胸を突き破りそうな勢いで跳ねつづけ、顔中から脂汗がしたたっていた。京極の話を聞いていると、毒薬でも注射されている気分になってくる。世間に怒り狂っているのは、冬華ではなくこの男だった。理由は知らないし、知りたくもないが、憎悪だけを生きる糧にしているサイコパスだ。

なるほど、誰も彼もがセックスにうつつを抜かしている世間は、馬鹿げているかもしれない。だが、世間などそもそも馬鹿げたものなのだ。京極が怒り狂おうが狂うまいが、この国はそう遠くない未来に、滅びていく……。

京極はさっさとここから出ていくべきだった。世間を呪い、世間をこき下ろし、世間を嗤(わら)いながら自宅でくつろぐその前に、黒須の放った銃弾があの世に送ってくれる。妄想まみれの薄汚い与太話を、二度と口にすることもできない。

そのとき――。

事務所から悲鳴が聞こえてきた。純秋の声だった。

続いて、事務所から続くドアが乱暴に蹴り開けられた。純秋が頭を抱えて駆けこんでくる。壁に向かってしゃがみこみ、すすり泣きはじめる。

ドアを蹴り開けたのは、純秋ではなかった。京極のボディガードが、重々しい足取りで工場に入ってきた。肩に男を担いでいた。ドサッ、と音をたてて床におろされた。

黒須だった。

眼を見開いて絶命していた。額に赤い銃創があった。

「動くなよ」

京極が言い、ボディガードが拳銃を構える。

「腰に差してるものを抜いて、地面に置きたまえ。ゆっくりだ」

清春は息を呑んだ。上着で隠していたのに、拳銃を携帯していることを見破られていたらしい。

「さっさとしろっ！」

ボディガードの声が飛んでくる。清春はいまにも感覚を失いそうな手で上着をめくり、ベレッタを抜いた。こちらも命を狙ったのだから、命を狙われてもしかたがない――そう自分に言い聞かせたところで、恐怖は呑みこめなかった。ベレッタを床に置いて立ちあがると、体が芯から震えだした。

「心配しなくても、キミたちを殺したりしないよ。〈ヒーリングユー〉に、キミたちは必要な人間だからね……」

京極は薄笑いを浮かべている。

「この男……」

ボディーガードが、黒須の亡骸を一瞥して言った。

「クルマにライフル銃を積んでました。狙撃するつもりだったんでしょう」

京極は芝居っ気たっぷりに両手をひろげ、呆れた仕草をする。

「話しあいに応じる気はない、ということか。イリーガルなデリヘル店を仕切っていたくらいだから、やんちゃな男だろうと予想してはいたが……まあいい。道場でじっくり性根を叩き直してやる。僕がみっちり鍛えてやれば、どんなやんちゃ坊主もひと月で従順な仔犬になる」

清春は体が冷たくなっていくのを、どうすることもできなかった。

「ちょ、ちょっと待ってくださいよ……」

泣き笑いのような顔で言った。

「誤解です、京極さん。ライフルを持っていたのは、彼がミリタリーオタクだからで、狙撃するつもりなんてこれっぽっちも……」

コンマ何秒かでボディガードが間合いを詰めてきて、拳銃のグリップエンドがしたたかに側頭部にめりこんだ。眼球が飛びだすかと思った。うずくまろうとすると、鳩尾に革靴の爪先が飛んできた。痛みを感じなくても、鳩尾を蹴られれば息がとまり、胃液が迫りあがってくる。ボディガードはあきらかに格闘技の訓練を受けていた。おまけに、容赦という言葉を知らないようだった。殴られれば筋肉が歪み、投げ飛ばされれば骨が軋んだ。痛みを感じにくい清春でも、限度というものがある。

体がバラバラになりそうになり、何度も意識が飛びそうになった。

京極は手を出してこなかったが、終始ニヤニヤと気持ちの悪い笑みを浮かべながら、こちらを眺めていた。銀縁眼鏡の奥で、剃刀じみた眼が異様に輝いていた。唇は唾液まみれだった。どう見ても興奮していた。発情した犬のようにハアハアと呼吸まで荒らげていた。

こんな男に監禁されたら、なにをされるかわからなかった。気絶したら手脚を拘束され、道場とやらに連れ去られる。なんとか意識だけは保とうと努力したが、無駄だった。

3

眼を覚ますと、ガムテープで上半身をぐるぐる巻きにされ、身動きがとれなくなっていた。

床に転がされていた清春は、視線だけをそっと動かした。そこがまだ工場だったので、少し安堵（あんど）した。すぐ側（そば）で、純秋が気絶していた。彼もまた、ひどい暴行を受けたようだった。

人影は見当たらなかった。

ザーザーと雨音のようなものが聞こえているのは、鼓膜が破れているからだろう。工場は静けさに包まれているようだが……。

おかしな気配がした。鼓膜が破れていないほうの耳をすますと、息づかいが聞こえてきた。人の息づかいだった。それも普通ではない……。

清春は、すぐには動けなかった。ガムテープの拘束のせいだけではなく、恐怖に身動きを封じられていた。黒須はあっさりと死体にされた。向こうの気分次第では、自分たちだっていつそうなるかわからない。

しかし、じっとしていても、状況は悪くなっていく一方だろう。敵に包囲されて手をこまねいていれば全滅だと、黒須は言っていた。小さくてもいい、反撃か逃亡の突破口を探すのだ。

身をよじって体のダメージを確認した。どこも骨折はしていないようだった。鼻と口以外には、血も流れていない。拘束されていない脚を折り曲げて、伸ばした。痛みはそれほどでもなかったが、あまり力が入らない。

息づかいはテーブルの向こう、ソファのあるあたりから聞こえてきた。床に転がっている清春からは、テーブルの上に置かれたものが邪魔をして、様子をうかがえなかった。まったく忌々しい。丸川たちが持ちこんだ、巨大な白磁の壺だった。

恐るおそる、体を起こしていった。眩暈に視界がまわりだしたが、歯を食いしばってこらえた。眼に飛びこんできたのは、裸の男と女だった。

京極が女に覆い被さって、腰を使っていた。でっぷりと太った腹が、象の皮膚のような醜い皺を見せながら波打つ光景は正視に耐えられず、気を抜くと胃の中のものを床にぶちまけてしまいそうだった。

しかし、下になっている女の顔を見た瞬間、そんなことを言っていられなくなった。胃液ではなく、心臓が口から飛びだしそうになった。

千夏だった。京極に抱かれて、恍惚とした表情を浮かべていた。せつなげに眉根を寄せて、淫らに息をはずませていた。ぎりぎりまで細めた蠱惑的な眼で、京極を見つめていた。淡褐色の瞳が、喜悦の涙でねっとりと潤んでいた。

ナンバーイレブンだ、とはすぐに思い至らなかった。

あえぎ声が聞こえないのは、純秋が音声オフに設定していたからだ。

にもかかわらず、京極と千夏が愛しあっている――そういう悪夢を見ていると考えたほうが、遥かにリアリティがあった。

それほど千夏の抱かれ方が、記憶と重なったからだった。この腕の中で、彼女はたしかに、あんなふうに喜悦を噛みしめ、快楽に打ち震えていた。

千夏が他の男に抱かれている光景を、想像したことがないわけではない。彼女は娼婦で、毎日のように他の男に抱かれていた。それが仕事だった。押しも押されもしないナンバーワンだった。千夏を他の男に抱かせることが、清春の仕事だった。だから、なにも感じなかった。感じないようにしていた。感じてしまっては仕事にならないと……。

間違っていた。

気がつけば、清春の双頰は涙に濡れまみれていた。

目の前の景色を、よく見てみればいい。吐き気を誘うほど醜悪な男に、千夏が犯されている。彼女の両脚の間で、不潔な尻が振られている。美しさの欠片もないやり方で丸い乳房を揉みしだかれ、南国の花のような赤い乳首をつまみあげられている。

こんなにも悔しいではないか。憤怒と不快感で、はらわたが煮えくりかえっているではないか。

これが嫉妬なのか、と思った。

ジェラシーとは、これほどまでに激しく、暴力的な感情なのか。

清春は涙を流しながら、ぎりぎりと歯嚙みした。視界が赤く染まって見えた。体中の血液という血液が、マグマのように沸騰していくようだった。暴れまわる五臓六腑がいまにも腹を食い破って、外に飛びだしていきそうだった。千夏が教えてくれた日々の生活を彩る喜びや安堵や幸福感——そういった人間らしい細やかな感情の一切合切が、ジェラシーの業火によって焼き払われていくようだった。

にもかかわらず、キレるという感覚からは程遠かった。キレることができれば、まだ楽だった。ガムテープで拘束されているからではない。叫び声をあげたところで、ボディガードがやってきて殴られるだけだと思ったからでもない。

千夏がセックスを謳歌していたからだ。京極に突きあげられて、いまにもオルガスムスに達してしまいそうだったからだ。その事実が、声もあげられないほど清春を打ちのめし、底が見えない暗黒の虚無へといざなっていく。頭も体も爆発しそうなくらい怒り狂っているのに、ただ呆然と涙を流しつづけることしかできない。

そんなにいやらしい顔をしないでくれ、と千夏に向かって叫びたかった。俺以外の男に抱かれて、そんなふうによがらないでくれ。瞳を濡らさないでくれ、息をはずませないでくれ、頬を赤く染めないでくれ……。

心の声は、いつだって相手には届かない――はずだった。なのに突然、千夏の表情が変わった。まるで清春の心の声が届いたようなタイミングで、眉根を寄せるのをやめ、ギロリと眼を剝(む)いた。唇の両端が裂けたような笑みを浮かべた。そんな邪悪な彼女の表情を、清春は見たことがなかった。おかげで夢から覚めた。いま京極に抱かれているのは千夏ではなく、〈オンリー〉だった。純秋の慰み者になっていた、ナンバーイレブンだ。

「ぐぐっ……」

不意に京極が苦しげにうめいた。腰の動きが中断した。皺の寄った太い首からスキンヘッドの後頭部にかけて、赤潮が押し寄せた海のように紅潮していった。ナンバーイレブンが、下から京極にしがみついていた。恍惚を分かちあうための抱擁とは、あきらかに違った。女らしい細い指が猛禽類の爪のように曲がり、京極の分厚い背中にめりこんでいく。まるで指ではなく、鋼のような力強さで皮膚を引き裂こうとしている。千夏の手の甲や腕にはくっきりと筋が浮かんで、尋常ではない力がこめられていることが伝わってくる。

「はっ、離せっ……」

京極はかすれた声を出して手脚をバタつかせた。しがみつかれる圧力で声も潰され、振りほどこうにも振りほどけないらしい。

肉がねじられ、骨が軋む音が聞こえてきそうだった。ナンバーイレブンの両手の指は、肉をえぐって背中にめりこみ、長い両脚は、象の腹のような腰にからみついて万力さながらに締めあげていた。

いったいなにが起こっているのか……。

千夏に似た顔は一秒ごとに邪悪な輝きを増し、手脚に力をこめていく。京極の首が、背中が、腰が、曲がってはいけない方向に曲がっていく。京極のうめき声を嘲笑うかのように、ボキボキと関節がはずれる音がたつ。指が背中を掻き毟り、肉が裂けた。血飛沫があがり、指と指の間から白い脂肪が出てくる。芋虫のようにもりもりと……。

ぎゃあっ、とついに京極が断末魔の悲鳴をあげた。

ボディガードが扉を開けて飛びこんでくる。訳のわからない状況に、一瞬呆然となり、清春を見た。

「暴走だっ！」

清春は叫んだ。

「〈オンリー〉が暴走しだした。とめるからガムテープを剝がせ」

「どうやってとめるんだ？」

「いいから俺の両手を自由にしろっ！　命に関わるぞ。このままじゃ教祖様が死んじまうぞっ！」

京極が再び断末魔の悲鳴をあげると、焦ったボディガードは清春の両手からガムテープを剝がした。体は動きそうだった。清春はあわてて京極に駆け寄る――ふりをして、ボディガードの顔面に拳を叩きこんだ。前歯が飛んだが、一撃では倒せなかった。白磁の壺を両手でつかんだ。うめき声をあげて前屈みになっているボディガードの後頭部に、渾身の力をこめて振り落とした。

ガシャンと壺が割れ、ボディガードがもんどり打って床に倒れこむ。手にしていた拳銃が床に転がる。清春はそれを拾いあげ、セイフティをはずした。構えている間に、ボディガードはあお向けに体を反転させ、苦悶(くもん)に顔を歪めながらすがるような眼を向けてきた。

「まっ、待てっ……」

黒須の仇(かたき)だった。待つわけにはいかない。躊躇(ためら)う必要など一ミリだってありはしない。防弾チョッキを着ているかもしれないので、顔を狙って引き金を絞る。ドンッ、と反動が肩にきた。ボディガードの顔は眼鼻がひしゃげて血飛沫が飛んだが、サイレンサー付きだったので音は出なかった。さらに連射する。ボディガードの顔は銃撃を受けているとは思えない静けさの中で何度も何度も爆発し、やがて首から上が血まみれのミンチ肉になった。

京極を見た。

もう悲鳴をあげていなかった。

事切れたことを伝えるように、腕が弛緩(しかん)していた。丸太ん棒のように太い腕がだらりとソファの下にぶらさがり、首が後ろに向かってのけぞって、九十度以上曲がっていた。天井を向いた顔からは、眼球がほとんど飛びだしていた。助けを乞うように限界までひろげられた口は、歯を剝いて赤い舌を伸ばしていた。

まったく、悪霊に取り憑かれて地獄に堕ちたとしか思えない、恐ろしい死に様だった。死痙攣なのか、飛びだした眼球の下にある頬がまだピクピクと動いているのが、むごたらしさに拍車をかける。

ナンバーイレブンは邪悪な表情のまま凍りついたように固まって、口から白い煙を吐いていた。いくら容姿がそっくりでも、それは千夏の死に様とはあまりにもかけ離れたものだった。死ではなく、クラッシュだ。水没したクルマの中から引き出された千夏の遺体——それよりも、壊れてぐちゃぐちゃの鉄屑になったクルマのほうを彷彿とさせる。

戦慄だけが、清春の体を痺れさせていた。

後ろですすり泣きが聞こえた。

純秋が眼を覚ましていた。

一部始終を見たようだった。

「……どういうことなんだ？」

清春は胴震いしながら訊ねた。

純秋は泣いている。

「泣いてちゃわかんないだろっ！」

「俺のせいだよっ！」

怒声に怒声が返ってきた。

「俺が……俺が頼んでたんだ……殺してくれって、チィちゃんに……怖かったんだ……人殺しなんかしちゃったから、怖くて怖くてしかたなかった……もう死にたかった……チィちゃんの側に行きたかった……でも……自分じゃ怖くて死ねなかったから、チィちゃんに殺してって……抱きしめながら殺してって……毎晩毎晩お願いして……」

純秋が泣き崩れる。その両手はまだ、背中にまわされガムテープで拘束されたままだった。清春はガムテープを剝がしてやった。

つまり……。

純秋はナンバーイレブンを、千夏として調整を重ね、経験を積ませていったということだろうか。そんな死者を蘇らせるようなことが、〈オンリー〉にはできるのか。

清春の混乱は激しくなっていく一方だった。できないことはないだろうが、そのためには必要なことがひとつある。

渦巻く想念とむせかえるような血の匂いが激しい眩暈を誘う中、首なし死体となったボディガードの腰を探り、自分のベレッタを取り返した。セイフティをはずし、構えた。

まさか血を分けた双子の兄弟に、銃口を向ける日が来るなんて夢にも思っていなかった。

4

むせび泣いていた純秋も、さすがに顔色を変えた。

自分に向けられた銃口と清春を交互に見て、唇を噛みしめた。理由を訊ねてこないのは、やましいことがあるからなのか。銃口を向けられる心当たりが、純秋にはあるのか。

「もう全部、正直に言え」

清春は絞りだすような声で言葉を継いだ。

「おまえ、千夏とできてたんだな？　千夏のことを抱いてたんだな？　じゃなきゃ、ナンバーイレブンがこんなにそっくりになるわけねえ」

千夏はよく訊ねてきた。

『もしわたしが、セックスできなくなったらどうする？　セックスできない女でも、男の人って愛せるの？』

あれが売春稼業に倦んでしまった自分のことではなく、生まれつきセックスができない妹のことだったとすれば……。

千夏が死んだ理由は、セックスがしたくなくなったからではない。心身を蝕む売春から逃れたくて自殺したのではなく、他に理由がいる。たとえば、双子の兄弟の両方と肉体関係を結んでいるというような……。

百舌が往生際に口にした言葉が、にわかに重みを増してくる。

『おまえは……千夏を……殺した……千夏が……おまえを……裏切っていたからだ……』

前半は妄想好きなエセ探偵の戯言ですませても、後半は捨て置けなかった。その台詞に反応して、心やさしい純秋が人を殺めてしまったと考えれば、辻褄が合ってしまうからだ。

純秋は、百舌にそれ以上言葉を吐かせるわけにはいかなかった。百舌が純秋と千夏の関係までつかんでいれば、清春にすべてがバレてしまう。つかんでいない可能性もあったが、そちらに賭けてみる勇気はなく、殺して口を封じるしかなかった……。

「そうだよ」

純秋の声は、やけに落ち着き払っていた。もう泣いてもいなかったし、震えてもいなかった。

「俺はチィちゃんを好きになった。チィちゃんも俺のことを好きだと言ってくれた。ああ、そうだよ、体だって許してくれたさ。清春には悪いけど……俺はどうしても……どうしてもチィちゃんだけは譲れなかった」

「なぜ黙ってた？」

「言えるわけないだろ。いつだって保護者気取りの清春に」

「保護者気取り？」

「そうじゃないか。チィちゃんに対してもそうさ。清春は弱い者を愛でるのが大好きなんだ。俺やチィちゃんみたいなポンコツが側にいれば、自分は大丈夫だって安心できる。こいつらに比べれば俺はまだマシだって……」

　清春は言葉を返せなかった。

　まさかそんなふうに思われていたなんて……。

「俺は……俺はいつだって清春と対等に付き合いたかったよ……ずっと昔、子供のころから……できなかったけど……チィちゃんをとっちゃったことだって、ずっと悪いと思ってて……借りを返したかった……だから百舌とかいう探偵をやっつけるときに、俺が手を汚そうって……」

　清春は自分の浅はかさを呪った。あのとき純秋が乱入してきたのは、幼少期にいじめから助けてやったからではなかったのだ。

「チィちゃんは言ってたよ。清春に抱かれるより、俺に抱かれるほうが気持ちいいって。ずっとずっと気持ちいいって……」

「おまえ……」

清春は眼を剝いて純秋を睨みつけた。体中の血液が逆流していくような感覚に陥った。純秋を睨みつけるほどに、顔が燃えるように熱くなっていく。

あの千夏が、自分より純秋を選んだのか……。

セックスを含めて……。

純秋のほうを……。

自分よりずっと気持ちがいいと……。

「おまえ、よく言ったな……」

引き金にかけた指に力をこめた。

「俺がキレるとなにをするかわからないって、知ってるよな?」

「よく知ってるよ。秘密を知ったら鮎でも殺す……」

純秋は遠い眼でうなずいた。

「知ってるから、言ってるんだ。さっき言ったじゃないか。俺の望みは、チィちゃんのところに行くことだって……チィちゃんは、清春が殺したんじゃないよ。俺が殺したんだ。デリの客にひどいことをされたくらいで死んじゃうほど、チィちゃんは弱い女じゃない。でも、俺のことは苦しかったんだ。清春に仕事の面倒見てもらいながら……清春の彼女ですって顔をしながら、俺を愛しているのが苦しくてしようがなかった……撃てよ……俺はおまえになにひとつ勝てなかったけど、チィちゃんだけは俺を選んでくれた。撃てっ、清春っ！　撃ってチィちゃんのところに行かせてくれっ！」

眼を見開いて絶叫している純秋は、見たこともないほど自信に満ち、堂々としていた。

覚悟が伝わってきた。

本気で死のうとしているようだった。

いまでもまだ、本気で千夏を愛しているから、だろう。

女を奪われていた事実より強く、清春はそのことにショックを受けた。

千夏が死んで、清春に残ったのは喪失感だけだった。

純秋は、千夏が死んでなお、愛の存在を疑っていない。いやむしろ、生きていたときより凄烈（せいれつ）に、愛の炎を燃やしつづけている。恋敵であった双子の兄に殺されることで、千夏への愛を成就させようとしている。

愛とはなにか？

純秋に教えてもらいたかった。おまえの全身を満たしている、死をも恐れぬその激しい感情の正体は、いったいなんなのだと……。

「撃てよ、清春っ！」

純秋が叫ぶ。まるで、天国の千夏に声を届かせようとするかのように。

清春は力なく首を振り、拳銃をおろした。

撃てるわけがなかった。深い敗北感だけが、背中に重くのしかかってきた。撃ったところで、この敗北感を拭い去ることはできないだろうと思った。

あたりを見渡した。死体が三つも転がっていた。とにかく、この状況をなんとかしなければならなかった。死体だけではない。京極の手下がいつやってくるかも知れないのだ。

「撃てよ、清春っ！　もう殺してくれよっ！」

叫び声をあげている純秋に背を向け、京極に奪われた自分のスマートフォンを探した。財布などと一緒に、事務所のデスクの上に置かれていた。

頼れるあてはひとつしかなかった。

「わかりました。あとはこちらで処理します」

事の顚末（てんまつ）を伝えても、ローザ・フィリップスに動揺はうかがえなかった。こうなることを予見していたのかもしれなかった。あるいは、こうなることを期待していたのかもしれないが……。

会話中に一度だけ、ローザの声が緊張した。電話越しにもかかわらず、表情が険しくなったのがはっきりとわかった。

「〈オンリー〉が、人を殺したというんですか?」

「もともとそういうスペックが?」

「まさか。人殺しなんてあり得ない……開発に関わった誰に聞いても同じことを言うでしょう。〈オンリー〉はセックスのために開発されたのです。人殺しなんてしてはまずいのです。正直わたしは、いまでもあなたの言葉を疑っています」

「こっちも詳しいことはわかりません。メンテナンスした人間しか……いや、彼にもよくわかってないかもしれませんが……」

工場に戻ると、純秋がうずくまって泣いていた。

なにか言葉をかけたかったが、無理だった。血の匂いはおろか、破壊された臓物が放つ悪臭まで充満しはじめたこの場所で、冷静に気持ちを整理することなんてできそうにない。

三十分と待たずに、ローザからの使者が訪れた。

二宮と和哉だった。

驚くと同時に納得もした。彼らはローザに送りこまれたスパイだったらしい。どうりで優秀だったわけだ。

「これは……ひどい……」

和哉は京極の死に様に絶句しつつも、マスクと手袋を装着し、手際よく死体を片付けはじめた。

二宮は清春に近づいてきて耳打ちした。

「ここは任せてください。清春さんは銀座のショールームに行ったほうがいい。ちょっとまずいことになってます」

「これよりまずいことに？」

清春は両手をひろげて自嘲の笑みをもらした。死体が三つも転がり、血の海と化した床には眼球や脳漿（のうしょう）がぶちまけられている。純秋の泣き声は切迫していくばかりで、錯乱状態の一歩手前だ。

にもかかわらず二宮は、

「そういうことです」

真顔できっぱりとうなずいた。

第八章　ふたりの果て

1

ホンダを駆って銀座に向かった。

駐車場が心配だったが、修羅場と化している〈湾岸ベース〉にタクシーを呼びたくなかった。カーラジオをつけ、ニュース番組にチューニングを合わせた。そうしろと二宮に言われたからだった。

「以前から捜索願いが出されているという百舌一生さんですが、ネットにアップされた映像が大変な反響を呼んでいます……」

「殺されたんでしょうかね？」

「まだわかりません」

「捜索願いなんか出したって、なにしろ年間三十万人がいなくなってるわけですからね、警察だって対応しきれませんよ」

「音声だけしかお届けできませんが、これが百舌さんの肉声です」

パーソナリティのやりとりに続き、聞き覚えのある声が耳に流れこんできた。

「えー、悲しいことに……本当に悲しいことに、この映像がネットにアップされているということは、私はもう、この世にはいないということになります。自殺ではありません。殺されました。犯人は〈ヒーリングユー〉です。私は〈ヒーリングユー〉について重要な情報をつかんでいる。〈ヒーリングユー〉にとって、決して公にはできない情報を……これからその一つひとつをつまびらかにしていきたいと思います。長い話になります。その前に……その前に、警察に言っておきたい。私の死体はもう発見されましたか？　発見されているなら、心から感謝いたします。まだなら必死で探していただきたい。私は殺されている。それは確実なんだ。なんとしても死体をあげてもらわなければ困ります。私は失踪なんかしていない。失踪じゃ保険金は出ないんだっ！」

なるほど……。

清春はようやく、百舌が最期の瞬間に見せた不可解な行動が腑に落ちた。挑発しつづければ命をとられるような場面で、百舌は口汚く挑発してくるのをやめなかった。いっそ殺されたがっているようにさえ見えた。

殺されたかったのだ。殺されて、子供たちに保険金を残したかった。

もはや溜息も出てこない。

要するに、疲れてしまったのだろう。

百舌は生活に疲れ果てた男特有の、見るに堪えない顔をしていた。

まともに働いて、五人の子供を育てていく未来に絶望した――かといって、法律の外で生きるには、あの男は正義感が強すぎた。たった一回、悪事を働く勇気しかなかった。たった一回で、子供たちに残す大金をせしめようとした。命を賭して、乾坤一擲の勝負に出た。悪くないアイデアだった。やっていることは強請りと変わらないのに、殺されてしまえば正義の殉教者として、元ジャーナリストの矜持も保てる。

だが……。

残念ながら、百舌の死体はあがらない。処分した場所を知っている黒須が、もうこの世にいないからだ。たとえ清春が警察にしょっぴかれ、ひどい拷問を受けたとしても、建設現場の基礎に埋めたということまでしか白状できない。いくら警察だって、東京中の建設現場の基礎を解体することなんてできるわけがない。

とはいえ、こちらのダメージも小さくなかった。

あの夜、百舌は死を覚悟して〈湾岸ベース〉に乗りこんできた。乗りこんでくる前に、〈ヒーリングユー〉についてあることないことぶちまけている動画を撮影した。ある程度の時間が経過したら、動画投稿サイトにアップされるようにセットしておいた。交渉の末、コンサルティング料をせしめられれば、それでよし。セットは解除。もし殺されても、時限爆弾が爆発する……。

やっかいなことになりそうだった。

死体があがらなくても、〈ヒーリングユー〉は疑惑の集団になってしまう。百舌の残した音声は、迫真の響きだった。この男は命懸けでなにかをしていると、聴く者を説得できる声であり、口ぶりだった。清春も徹底的に洗われるに違いない。警察だけではなく、マスコミからもだ。前科や前職はもちろん、千夏のことまで暴かれる……。

銀座の街が見えてきた。

二宮によれば、冬華はショールームにいるらしい——苛立ちが舌打ちをさせる。いったいなにを考えているのだろう。あのビルは、マスコミに囲まれたら逃げ場がない。脱出させるのに手こずりそうだ。

レッカー覚悟で目抜き通りにホンダを路駐し、裏通りに向かって走った。ショールームの入った雑居ビルの前まで来ると、想定外の光景に啞然としなければならなかった。

なんだこれは……。

三百人か五百人か、にわかに把握できないほどの大群衆が、ビルの前に集まっていた。黒々とした人々の頭が、さして広くない路地を埋め尽くし、いまにも氾濫するような勢いだった。

脱出どころか、これでは中に入ることさえままならない。

人々は手に手に「NO　ONLY!」のプラカードを持ち、シュプレヒコールをあげている。「〈オンリー〉やめろ!」と叫んでいる。デモのようだが、いまは深夜だ。許可など下りるはずがないので、暴徒と言ったほうがいいのか。カメラを持ったマスコミもいる。警官の姿も見えるが、人数が足りなくて応戦できていない。服を着替えてきてよかった。白い制服のままだったら、目立ってしょうがなかった。

「だからわたしは言ったんですっ!」

ハンドマイクから、金切り声が聞こえてきた。見覚えのある女が、台の上に立って叫んでいた。

「〈ヒーリングユー〉の人たちは、正気ではありません。こんな言葉は使いたくありませんが、頭がどうかしています」

尾上久子だった。騒ぎを扇動しているのは彼女のようだ。

「百舌さんという方の動画を見て、みなさんわかったでしょう?　〈ヒーリングユー〉の本性が、よーくわかったと思います。女性の代わりを務めるセックス・アンドロイド？　いったいなんなんでしょう？　女性を……いいえ、人類を冒瀆する所業じゃないですか。そんな倫理観が壊れた人たちなら、人殺しだってするに違いありません。ええ、百舌さんは〈ヒーリングユー〉に……あの神里冬華って女に殺されたんですっ！」

わっと大きな歓声があがり、「NO　ONLY！」のプラカードが頭上に掲げられる。扇動者が扇動者だけに、女の顔がやけに目立つ。大半がそうかもしれない。〈オンリー〉を抱くこともできない連中が、眼を血走らせて怒声をあげている。

どんだけ暇なんだ――清春は胸底で吐き捨てたが、もちろん彼女たちは暇つぶしに来ているわけではないだろう。耐えがたい現実から逃れるために、誰かを血祭りにあげたくてしようがないのだ。彼女たちが本当に怒り狂っているのは、〈オンリー〉や〈ヒーリングユー〉に対してではない。だから怒ってなお、こんなにも痛々しく、物悲しい。

「いい加減にしてくれっ、店が壊れるっ！」

マリファナカフェの店長が、必死に群衆を押し返そうとしていた。暴徒たちがシャッターを蹴っていることに文句を言っているが、ひとりではどうにもならない。

「この際だから、マリファナも禁止にすればいいんですっ！」

尾上久子が台の上から吠える。

「だいたいなんなんですか、このビルはっ！　セックス・アンドロイドだの、マリファナだの、人を堕落させるものばかりテナントにしてっ！」

「マリファナやめろ！」「マリファナやめろ！」と大合唱が始まる。コールに合わせて、暴徒たちがシャッターを蹴る。

清春は尾上久子から離れ、ショールームの入ったビルを見上げた。四階から灯りがもれていた。冬華はそこにいるようだった。群衆にまぎれこんで、周囲を偵察した。再開発の進んでいない界隈なので、ビルとビルの距離が近い。

隣のビルに非常階段があった。鉄製の外階段だ。ショールームのビルの反対側に位置していたので、人目を避けられそうだった。京極のボディガードに痛めつけられた体が不安だったが、かまわず塀によじのぼり、非常階段に飛び移った。息を切らしながら駆けあがっていった。

屋上に出ると、反対側の柵に走った。隣の屋上がすぐ下に見えた。こちらのビルは六階建てで、向こうは五階建て。ビルとビルの隙間は、一メートルくらい。行くしかなかった。

地面に落ちればただではすまないだろうが、清春は覚悟を決めてジャンプした。なんとか飛び移ることはできたものの、膝が着地の衝撃を受けとめきれなかった。

コンクリートの上にゴロゴロ転がり、体中が砂埃にまみれた。上着の袖が破れ、エアコンの室外機に頭をぶつけた。建物に入る扉には鍵がかかっていた。室外機の下からコンクリートブロックを抜き、ガラスに叩きつけた。

2

静かだった。

内階段を下りていくと、外の喧噪が嘘のような静謐に吸いこまれていった。屋上と五階を繋ぐだけの階段だった。下りていけばいくほど、外の光が届かなくなり、体が闇に沈んでいく。

非常灯もついていなかった。スマートフォンを懐中電灯代わりにして、なんとか五階の入口まで辿りついた。ドアを開けても真っ暗だった。

スマートフォンの脆弱な光で照らしだされた室内は、清春が知っているその場所とは違っていた。アンティークの長椅子やテーブルがあったはずなのに、なにもなくガランとしている。空疎な暗闇の中、赤いものが眼に入った。ヴァージンロードを彷彿とさせる、細長いレッドカーペットが床に敷かれていた。

それを辿るように光を照らしていくと、壁際に女が座っていた。〈オンリー〉だ。

苦笑がもれそうになったのは、純白のウエディングドレスに身を包んでいたからだ。大金を払った客に、疑似結婚式のサービスでもしているらしい。アメリカ帰りの才媛にしては、ずいぶんと安っぽい発想だった。近づいていくと、花嫁衣装の〈オンリー〉が、伏せていた顔をゆっくりとこちらに向けた。

清春は叫び声をあげそうになった。

冬華だった。

「なっ、なにやってんだ……」

清春が焦った声をあげても、言葉は返ってこなかった。やはり〈オンリー〉らしいが、不気味なほどよく似ている。言葉を返してこなくても、冬華本人ではないかという疑念を、完全には払拭できない。

「おい……冗談だったら勘弁しないぜ」

警戒しながら側まで近づいていき、顔をのぞきこんだ。驚いたように、長い睫毛をパチパチさせる。だがすぐに、眼を細めて見つめ返してきた。黒い瞳を潤ませ、口づけを求めるように唇を尖らせた。

……安心した。

男に媚びるそんな表情を、冬華がするわけがない。

それにしても……。

これが、京極の言っていた冬華モデルのプロトタイプということだろうか。

哀しくなってくる。

冬華によく似たこの〈オンリー〉は、ウエディングドレス姿で男の元に引きとられていく。なんなら疑似結婚式の祝福つきで。パーティが終われば、ベッドで裸にされ、セックスをする。客は本物の女のように愛情を注いでくれるかもしれない。本物の女以上に素晴らしいセックスができる相手なのだから、そうなったところで少しもおかしくない。人間が人形を愛してしまう話なんて、ギリシア神話の昔からある。

しかし、その一方で、冬華はひとりぼっちだ。

ウエディングドレスを着ることは、おそらく一生ないだろう。彼女はセックスをすることができない。心身ともに恋愛にのめりこむ至福も知らなければ、それに影のようについてまわる悲惨もまた、知る術がない。

鎖陰……。

人間としてこの世に生まれ落ちておきながら、セックスを禁じられている者の気持ちを、清春には想像してみることしかできなかった。いや、正直なところ、想像することすら難しかった。

京極によれば、冬華は怒っているらしい。

誰もが性を求め、性に渇き、性に満たされていない——そんなこの国の状況に呆れ果て、怒り狂っている……。

清春には、とてもそんなふうには思えなかった。

なるほど、冬華にとって〈オンリー〉は、ある意味、自分の分身なのかもしれない。ビジネスを超えて、魂を宿らせたい存在であってもおかしくない。

しかし、セックス・アンドロイドを普及させたいと願うエネルギーは、決して破滅願望から来るものではなく、もっと前向きな、未来を明るく照らすものではなかったのか。ヘルシーでクリーンでイマジネイティブな、もうひとつの選択肢——。

少なくとも、冬華が京極を重用しはじめるまでは、そうだったはずだ。

「〈オンリー〉は人類救済の女神」とローザ・フィリップスは言った。

救済とは、男の性欲から女を解放するという意味だろうか。それとも、新興国における人口爆発や感染症の蔓延が、その言葉の背景にはあるのだろうか。あるいは、〈オンリー〉そのものというより、〈オンリー〉が牽引するハイテクノロジーの発展に、輝く未来を見据えているのか。

いずれにしろ、超音速飛行機で世界中を飛びまわっているパワーエリートの口から放たれると、大言壮語には聞こえない凄みがあった。

国家以上の権力と化した超巨大企業はシビアでリアルで時に残酷な顔を剝きだし

にするが、それだけではやっていけないのだろう。馬鹿げて聞こえるほどの大それた夢や希望を大真面目に追求しているからこそ、求心力を保って世界に君臨できる。

冬華もまた、そういうポジティブな感性に影響を受けて、〈オンリー〉に関わろうとしたのではなかったのか。

「ちなみに、〈ヒーリングユー〉って名前にはどんな由来が？」

冬華とふたりきりで倉庫にいたころ、訊ねてみたことがある。〝あなたを癒やす〟なんてずいぶんお上品な命名だな、エステサロンじゃないんだぜ、という意地悪なニュアンスを若干込めて。

「べつに深い意味なんてありません。単なる思いつきです」

彼女は澄ました顔でそう答えたが、男たちを癒やすことで、彼女自身が癒やされたかったのだと、いまならよくわかる。

冬華はセックスで癒やし、癒やされる関係を夢見ていた。

現実のセックスを知っている人間なら、それだけがセックスではないことも知っている。思い通りにならなくて屈辱やみじめさや自己嫌悪を嚙みしめるのはよくあることだが、冬華はセックスができない。〈オンリー〉は、セックスができない彼女の夢そのものだった。

それにしても、ここまでやるのか……。

冬華そっくりの〈オンリー〉と対峙していると、悲愴感ばかりが胸に迫ってきて、正視するのが耐えがたいほどだった。

冬華が望むように、あるいは清春自身もそう期待していたように、〈オンリー〉が日本中を席巻する日は、いつか訪れるかもしれない。

それでも、冬華が救われることはないだろう。

目の前の〈オンリー〉を見ているとよくわかる。

視線が合えば、瞳を濡らしてキスをねだる……。

抱けば、手練手管を駆使して性の悦びを謳歌させてくれる……。

こんなものに、冬華の魂が宿っているわけがない。

むしろ逆に、彼女そっくりの〈オンリー〉が支持されればされるほど、彼女は深く傷つくのではないか。冬華モデルの〈オンリー〉の抱き心地を賞賛されて、彼女はいったい、どんな顔をして受け答えをするのか。

決して逃れられない宿命が、いずれにせよ彼女を苦しめる。ウエディングドレスを着られない悲嘆に暮れ、セックスができない欠乏感にのたうちまわり、我を失うときがかならずやってくる。

理由は姉と正反対でも、結果は一緒だ。

売春に適合しすぎた千夏が自分を呪ったように、冬華も自分を呪うようになる。

支えてやりたかった。

いまほど強くそう思ったことはない。

いびつで危なっかしくて、生きているだけで傷だらけの彼女の力になってやりたい。

これが愛というやつなのだろうか？

純秋に言わせれば保護者気取りということになるのかもしれないが、それだって愛ではないか。

だが、たとえこれが愛であったとしても、清春には愛し方がわからない。

千夏のことを愛していると思っていた。だが、愛し方が決定的に間違っていた。

嫉妬さえまともにできなかった男が、愛していたと胸を張っても滑稽なだけだ。

いったいどうすればいいのだろう？

愛しているといくら口先でささやいてみたところで、言葉は虚しく宙に舞って冬華の心には刺さらない。

おまけに冬華はあらかじめ愛の行為が禁じられている。

千夏とそうしていたように、体を重ね、刹那の恍惚を分かちあうことすらできない。

愛しあうことの不可能性に、天を仰ぎたくなってくる。

「んっ？」

気配を感じて振り返った。スマートフォンの光をかざして眼を凝らした。

もう一体、いた。眼に入った瞬間、怖気立った。

冬華にそっくりな顔をしているのは、一緒だった。ただし、ウエディングドレスの色が違う。清春はいままで、黒いウエディングドレスなんて見たことがなかった。黒薔薇に似たまがまがしさが、クールな美貌を怖いくらいに際立たせていた。〈オンリー〉なので、その表情は本人以上に妖艶だった。にもかかわらず、まるで正面にいる純白の花嫁に憎悪を燃やしているように見える。白いウエディングドレスが幸福の象徴であるとすれば、幸福を憎んでいるように……いや、それだけではない。世界に対して怒り狂っているようにさえ見える。自分を爪弾きにする世界など、滅びてしまえと言わんばかりに……。

「なぜだ……」

清春は力なく首を振りながら、黒い冬華に近づいていった。

「おまえの本音は、やっぱり京極の言う通りなのか……愉快犯のサイコパスと一緒に、この世を滅ぼしたいのか……」

黒い冬華は、少し怒ったような顔をして見つめてきた。四の五の言ってないで、わたしを押し倒してみなさい――言葉はなくても、そんなメッセージが伝わってきた。それが彼女の挑発の仕方のようだった。

一瞬、本当にそうしてやろうかと思った。黒い冬華には、男を猛々しくするなにかがあった。

清春はまたひとつ、愛がわからなくなった。

冬華が望んでいるのは、保護者気取りの慈愛によって支えられることなどではなく、慈愛よりも強いパッションで、荒々しく抱きしめられることなのだろうか。欲望のままにおまえが欲しいと叫び、なりふりかまわずすべてを求める――そういう男にこそ愛されたいのか。愛という感情は、そこまで激しく暴力的なものなのか。先ほど知ったばかりの、ジェラシーのように。

……なるほど。

清春は憎悪にも似た狂おしさで、女を求めたことがなかった。過剰な執着心や自分勝手な独占欲を、子供じみていると見下してさえいた。千夏に対してもそうだし、冬華に対してもそうだった。冬華が他の男に奪われるという重大な局面に、本気で向きあおうとしなかった。向きあうことを自分に禁じていた、と言ってもいい。

だから京極のような男に出し抜かれたのである。

認めなければならない。人間性はともかく、欲望の熱量で自分は京極に負けていた。

あるいは純秋にも……。

「んっ……」

また、気配を感じた。

スマートフォンであたりを照らしだした瞬間、今度こそ本当に、清春は叫び声をあげてしまった。

赤、青、緑、紫、金、銀……色とりどりのウエディングドレスに身を包んだ冬華そっくりの〈オンリー〉が、そこここにびっしりと立ち並んでいた。ゆうに二十体はあった。暗闇に浮かんだ極彩色が、冥府魔道を彷彿とさせた。赤い絨毯は、血に染まった三途の川だった。ドレスの色は違っても、〈オンリー〉たちの顔色は一様に蒼白で、エロスではなく死の匂いしか感じさせなかった。

「うおおおーっ！　うおおおおおーっ！」

清春は叫び声をあげながら扉を探した。階下に続く扉の位置は記憶にあるはずなのに、壁をまさぐってもまさぐっても見つけることができず、何度も転んで体中を打った。永遠にその場所に閉じこめられるような恐怖に襲われ、叫び声をあげるのをやめることができなかった。

逃げるように螺旋階段を下りていった。

3

階上と雰囲気がガラリと変わり、見慣れた白い壁にガラスの間仕切りの空間が現れると、清春の口からは安堵の溜息がもれた。

冬華は部屋の中央で腕を組んで仁王立ちになり、テレビを観ていた。濃紺のタイトスーツにハイヒールという装いは見慣れたものだったが、表情だけがいつもと違った。

画面の中で、百舌が叫んでいる。

「私は殺されているっ！　警察はもっと真剣になれっ！　必死になって、私の死体を探してくれっ！」

音声だけでも迫真の響きだったが、動画になるとまさに鬼気迫る迫力だった。眼を見開き、唾を飛ばし、土気色の顔を脂汗でテラテラと光らせてみずからの死を語るこの男に、視聴者は釘づけになっていることだろう。実際、百舌はもうこの世にいない。清春の眼には、百舌が三途の川の前で吠えているようにしか見えなかった。

「この男、殺したの？」

冬華が訊ねてきた。ずいぶんと疲れた顔をしていた。それが逆に、階上の〈オンリー〉たちとは違う、人間らしさを感じさせた。

「そうだな」

清春はうなずいた。いまさらとぼける気にもなれなかった。

「うちを嗅ぎまわって強請りをかけてきたクズだ。行きがかり上、しかたなかった」

沈黙があった。

「二宮くんによれば……」

冬華は胸に溜めていた息を吐きだすように言った。

「この百舌って男、あなたに私怨があったみたいよ」

「なに？　どうして二宮が……」

「わたしのまわりも嗅ぎまわっていたのよ。それに彼が気づいたから、調査してもらったの。なかなかの名探偵ぶりだった」

二宮が〈オンリー〉の製造元と繋がっていることを、冬華が知っているのかどうか判然としなかったが、ひとまずそれはいい。

「なんなんだよ、私怨って……」

心当たりはなかった。私怨を生むには人間関係が必要なはずだ。清春は百舌が向こうから近づいてくるまで、あの男のことなど知らなかった。

「彼の奥さんは、デリヘルで働いてたの。あなたのお店で」

「なんだと？」

「子だくさんで家計が苦しいから、ご主人に内緒で働いてたみたいでね。バレたときは修羅場。ドメスティックバイオレンス。でも、彼はそれ以上奥さんを責めることはできなかった。奥さんが悪い病気にかかってて、実家に帰るしかなくなったから……去年、亡くなったみたい」

清春は絶句した。足元から血の気が引いていくのを感じた。

心当たりは、あった。アカネという名の売春婦だ。普通なら、四十近い女なんて雇わない。まさか五人も産んでいるとは思わなかったが、子持ちであることも知っていた。アカネは小柄で可愛い顔をしていたから、そういうふうには見えなかった。トランジスタグラマーで客受けがよく、本人にもやる気があったので人気の嬢だった。

性病が原因で肝炎を患い、実家のある九州に帰ったのは、千夏が亡くなった直後だった。夫にバレて修羅場になったことや、ＤＶ被害に遭っていたことは知らなかった。清春は当時、心神喪失状態に近く、その後一年仕事をしていなかった。おかげでなにもしてやることができなかったが、〈ヒーリングユー〉から金が入ってくるようになると、真っ先に入院先を調べた。

　アカネはすでに亡くなっていた。

『これは報いだぞ、若いの……』

　百舌の台詞が、耳底に蘇ってくる。顔中血まみれになりながら、それでもしつこく挑発を繰り返した。

『報いだ、若いの……報いを受けろ……』

　あの「報い」という言葉は、清春にだけ向けられたものではなかったのだ。百舌自身にも向けられていた。妻に売春をさせてしまった自分を断罪していた。子供たちに保険金を残すだけではなく、あの男は妻への愛に殉じたかったのだ。

　また愛だ。

　ここにもまた、燃え盛る愛の炎があった。

　先ほどの純秋と一緒だ。百舌も純秋も、愛する対象を失っても、愛することをやめようとしない。むしろ、自分を破壊するほどの激しさで、愛を謳いあげようとする。

「たしかに……」

　清春は震える声を絞りだした。

「うちのデリで働いていて心身を病んじまった女はいた。亡くなった女も……性病検査を義務づけていたが、当たり前だが完璧じゃない。病気をもらっちまうのは、娼婦(しょうふ)にとって逃れられないリスクなんだ。リスクをとって、少なくない金を稼ぐわけで……」

虚(むな)しい言い訳に、口の中が粘ついてくる。リスクもへったくれもない。死んでしまったらおしまいなのだ。

「他にも誰か殺したの？」

「ああ……」

清春は口の中に唾を溜め、呑(の)んだ。やはり、言わなければならないらしい。冬華の反応が少し怖い。それでも、言わないわけにはいかない。

「京極のボディガードを殺した。こっちは黒須が殺(や)られた。京極も死んだが、それは俺が殺ったわけじゃない。事故だ」

「京極が、死んだ……」

冬華の顔色が変わる。

「こっちも殺されそうになったんだ。俺と純秋は、ボディガードにリンチを受けた。事故で死ななきゃ、俺が殺してた」

冬華は唇を引き結び、宙の一点を見つめている。

「知ってたんじゃないのか？　京極が俺の命を狙っていたことを」

「まさか」

冬華は怒ったように睨んできた。嘘を言っているようには見えなかった。反応を確認するまでもなく、彼女が知っていたとは思っていなかったが。

「京極はなんか言ってなかったか？　俺について……今夜会う前……」

「説得する気満々に見えたけど……あなたを右腕にしたがってた」

「……残念だったな」

右腕にするために、監禁・洗脳されてはたまらない。そう言ってやりたかったが、やめておいた。冬華はやはり、なにも知らなかったのだ。今夜のことだけではなく、京極の正体をまるでわかっていない――そんな顔をしていた。

「〈ヒーリングユー〉は、もうおしまいね」

冬華は力なく首を振った。

「あなたは警察に捕まって死刑？　わたしの罪は……」

「心配しなくても、百舌の死体は出てこない。たとえ警察に引っ張られたところで、不起訴で帰される。京極に至っては、死そのものが闇から闇に葬り去られる」

残念ながら、黒須もだ。ローザ・フィリップスに後始末を頼んだということは、つまりそういうことなのだろう。

とはいえ、清春自身も、終わりの時を迎えたと感じていた。少なくとも、いまの形で〈ヒーリングユー〉を継続していくのは無理だ。さすがに世間を敵にまわしすぎた。不起訴になっても、疑惑は残る。意地になって活動を続けたところで、メディアは自分たちを追いまわし、世間からの非難は続くだろう。〈オンリー〉にダーティなイメージがつく前に、ローザ・フィリップスが手を引くというシナリオも考えられる。

「それより……」

清春は話題を変えた。

「上の〈オンリー〉は、いったいなんなんだ？」

冬華は答えない。

「京極の命令で、自分そっくりに調整したのか？　やつは神里冬華モデルを大々的に売りだしたがっていたが……」

「それは京極のアイデアじゃない」

冬華は首を横に振った。

「もともと、そういうリクエストが多かったのよ。わたしそっくりにしてくれないかって……」

知らなかった。

「京極は上の〈オンリー〉を見たことがなかった。クルマに積んでるデフォルトしか見てない。忙しい人だったしね、マスコミに追いまわされていたこともあって、一度もここには来てないのよ。彼が紹介してくれるお客さまとの商談は、全部外だった。上はわたし以外入れなくしてあったから、彼のスタッフだって見てないはず。そのうち驚かせてやろうと思って黙ってたんだけど……」

京極が地獄で地団駄を踏んでいる姿が眼に浮かんだ。あの男は冬華を抱くことを求めていた。〈オンリー〉でもいいから抱きたいと、身をよじりながら叫んでいた。さぞや無念を嚙(か)みしめていることだろう。

「わたしそっくりにしてほしいっていうお客さんは、お年を召した方が多かった。腹上死した五人のうち、三人はわたしそっくりの〈オンリー〉を抱いて亡くなったのよ……」

突然、テレビから怒声があがった。

百舌の独白から、街頭の中継にカメラが切り替わっていた。映っているのは、〈ヒーリングユー〉が入っているこのビルだ。路地を埋める群衆が先ほどより増えているようだった。警官も増えていたが、とても間に合わない。

カメラの前に、若い女が立つ。ひっつめ髪に眼鏡(めがね)をかけた地味な女だったが、体を震わせ、憤怒の涙を流している。

「わたしの祖父は〈オンリー〉に殺されたんですっ！　こんなものさえなければ、

おじいちゃんは百歳まで生きられたんです。少し血圧が高いだけで、すこぶる健康だったんだからっ！」

　母親だろうか、彼女の後ろに白髪の女がいて、〈オンリー〉を抱えていた。冬華そっくりの顔をしていた。どうやら、腹上死をした遺族ということらしい。

「回収してなかったのか？」

「都合がつかなかったのよ。けっこう名のある学者さんだったから、お葬式だの偲ぶ会だの、向こうもバタバタしていて……」

　テレビ画面に映った〈オンリー〉は、ココア色のニットワンピースを着ていた。きっと顔だけではなく、スタイルも冬華とそっくり同じなのだろう。本人が調整しているのだから、細部まで採寸できる。その気になれば、性器の色艶まできっちりコピーできるはずだ。

「見た目はそっくりでも……」

　清春は息を吸い、吐いた。

「中身は違うんだろう？」

　冬華は答えなかった。

「中身というか、抱き心地は……」

　黙っている。

「……鎖陰」

清春は言った。言わずにいられなかった。

「京極に聞いた」

冬華の顔から血の気が引いていき、ルージュによってそこだけ不自然に赤い唇が、わなわなと震えだした。夜叉のような形相で睨まれた。清春は眼をそらさなかった。受けとめなければならなかった。

「ひょっとして、〈オンリー〉に関わったのは、鎖陰を治すためだったのか？　製造元のコネクションを使って最先端の人工ヴァギナを……」

「全然違う」

冬華はきっぱりと首を振った。

「アメリカじゃ、その手の手術はすごく進んでいる。性転換とかね。だから、〈オンリー〉の製造元になんて頼らなくても、治そうと思えば治せたはず。もちろんたくさんお金がかかるでしょうけど、姉が残してくれたお金の額を知っても、そんなこと全然頭をかすめなかった」

「なぜ……」

「わたしはわたしのまま、ありのままを愛してほしい。じゃなきゃ、愛なんていらない」

清春は言葉を返せなかった。

「たしかにわたしは……生まれつきセックスができない。残念ながら、完全な体で生まれてこられなかった。でも、先天性のハンディキャップがある人なんて、いくらだっているわけでしょう？　それに負けないで生きている人だってたくさん……幸い、わたしは頭が悪くなかったし、自分の容姿が他人の眼にどう映るかもよくわかっていた。五体満足で生まれてきただけの人より、充実した人生を送れる自信があった。不完全な体に生まれてきたことでむしろ、心の強さや、努力の大切さを学べたつもり……」

「だったらなぜ、〈オンリー〉なんかに手を出した？　〈オンリー〉と関わっていれば、どうしたってセックスのことを考えてしまうだろう？　〈オンリー〉なんかに関わらなくても、生きていく道なんていくらだってあったはずだ」

「理由は……ふたつあります」

冬華は嚙みしめるように言った。

「ひとつは、やっぱりビジネス的に大きなチャンスだった。〈オンリー〉の製造元と接触したのはほんの偶然……大学院の恩師の知人の知人みたいな感じで、ＡＩ関連の企業が主催するパーティで知りあった。もしかしたら、向こうはわたしのこと調べてから近づいてきたのかもしれないけど……日本で〈オンリー〉の実験販売するのに、わたし以上にうってつけの人材はいなかったでしょうからね。馬鹿じゃないし、野心があるし、日本のことはもちろんよく知っているし、なにより風俗店のノウハウをもっている人にパイプがあった……わたしはセックスができないけど、〈オンリー〉を初めて見たとき、これはいずれ世界中で大流行するって確信した。尋常じゃない開発費がかかっているのは一目瞭然だったし、ということは、製造元はどんな手を使ってでも、世界中に広めようとするに違いないもの。その先兵になるのは、ウォールストリートで数字合わせしているよりスリリングに思えたのはたしか……」

言葉を切った冬華は、にわかに顔色を曇らせた。話をしているうちに高揚していった気分が、急速に冷えていく感じだった。

「でも……でもそれだけだったらきっと、〈ヒーリングユー〉なんて立ちあげなかったと思う……たぶん、金融の本場である向こうに残っていた。やっぱり、向こうのエリートっていろんな意味ですごいから、その一員になれるように遮二無二(しゃにむに)頑張ってたんじゃないかな……」

冬華が唇を嚙みしめる。顔色がますます悪くなっていく。

「わたしが〈ヒーリングユー〉をつくったのは……お姉ちゃんが……お姉ちゃんが許せなかったから……」

眼を吊りあげてこちらを見る。清春は眼をそむけない。

「だから、お姉ちゃんの残したお金を全部、〈ヒーリングユー〉に注ぎこんでやった……お姉ちゃんが売春で稼いだ何百倍、何千倍のお金を、〈オンリー〉で稼いでやろうと思った。セックスで稼ぎたかった……」

冬華は魂までも吐きだすような溜息をついてから、長い話を始めた。

4

なにも子供のころから確執があったとか、そんなんじゃないの。

ずっと仲のいい姉妹だった。

年が四つも離れているし、お姉ちゃんは面倒見のいい人だったからね。わたしが生まれたとき、すごく嬉しかったって、よく言ってた。両親より千夏のほうが喜んでたって、親戚が集まるといつも冷やかされて……わたしが生まれ育ったのは沖縄の離島で、両親が共働きでも、親戚中……ううん、近所の人たちが一丸となって子育てをするような環境だったんだけど、きっとお姉ちゃんはとっても張りきって、わたしのおしめとか替えてたんでしょうね。

ただ、わたしはもともと甘えるのが下手というか、お姉ちゃんに構われてばかりいたせいでよけいにそうなったと思うんだけど、自分から懐いてお姉ちゃんを気持ちよくさせてあげることができなかった。子供心に悪いなあって思ってたのを、いまでもよく覚えている。

でも姉はそんなことは全然気にしてなくて、わたしが鎖陰ってわかってからも、そういう関係は変わらなかった。あとから考えたら、ずいぶん気を遣われてたみたいだけど。

恋愛の話とか絶対しなかったし。ませた男の子がちょっと下ネタを口にしただけで、烈火のごとく怒り狂ってたもの。

でも、思春期の女の子って潔癖症というか、そういうところあるでしょう？　異性を遠ざけるというか、蛇蝎（だかつ）のごとく嫌ってしまうところが。実は遠ざけながらも興味津々で、他の姉妹なんかだとこっそりエッチな話とかしてたって大人になってから知って、けっこうショックだったけど。お姉ちゃんも本当は、そういう話がしたかったのかなあって……。

だからわたしは、お姉ちゃんが男の人の前でどういう顔をしてたのかとか、全然知らない。彼氏がいたかどうかさえ……少なくともわたしが日本にいる間は、本当にまったくわからなかった。

そんなに気を遣わなくていいのにって、わたしはお姉ちゃんに言ったかな？　覚えてないけど、十八歳で東京に出てきてから、そういう気持ちでいたのは事実。中高生のころはもっと複雑で、お姉ちゃんの態度に救われると同時に、すごく傷ついていた。だってそうでしょ？　完全な状態で生まれてきた女が、不完全な女に憐(あわ)れみをかけるなんて、なんだかもう……嫉妬だったのかな？　嫉妬だったんでしょうね。でも、それも大学に入るまで。難関校に合格したことで、プライドを保てるようになったわけです。

間違ってましたけど。

本当のところ、わたしはわたしをまったくわかっていなかった。

アメリカに留学して三年目だったかな、突然、姉から頻繁にメールが来るようになったの。それまでは、帰国したらどこでいつ会おうとか、事務的な用事があるときしかメールなんて来なかったのに、誰にも言えない話だから、ちょっと相談に乗ってほしいって……。

わたしはもちろん、快諾しました。

アメリカでの学生生活は、本当に毎日が充実してて、お金を出してくれている姉に、いくら感謝してもし足りないって思ってたから。相談くらいなんでもないって、本心から思った。

ううん、本当は、姉に相談をもちかけられたのが、とっても嬉しかったのね。子供のころは、こっちは面倒見てもらうだけの存在だったわけでしょ？　ミドルティーンになったら、救われたり傷つけられたり、複雑だったでしょ？

　その姉が、わたしに相談？　って実のところはかなり舞いあがってた。正直に言えば、大学を卒業するころから、四つの年齢差を飛び越えて、姉のことを追い抜かしたみたいな気になってたしね。こっちは大学生で、高卒で事務職をしてた姉よりも、いろんなこと経験できてたわけで……。

　まあ、思いあがりでしたけども。

　好きな人ができた、って姉のメールには書いてありました。結婚するっていう、おめでたい話かと思った。それならそれで、わたしはたぶん、心から祝福できたと思う。

　でも、付き合ってる人がふたりいる、って姉のメールは続いてた。双子の兄弟と、一緒に暮らしてるって。どっちも好きなんだって……。

　あんまり驚かないんですね？　もしかして知ってました？　まあ、いいです。まだまだ話は続きますから。

　姉は切々とメールを綴（つづ）ってきました。最初に付き合ったのがお兄ちゃんのほうで、とっても頼りになるって。でも彼には、一緒に住まなければならない事情のある双子の弟がいて、しかたなく自分もそこに転がりこんだら、弟のほうも好きになってしまった……。

弟はちょっと心の弱いタイプで、でもすごくやさしくて、それも見てくれのやさしさじゃなくて、心の芯にあるところがとっても温かいから、一緒にいるとすごく癒やされるって。

自分と少し似たところがある、とも書いてあったかな。

でも、お兄ちゃんは弟とも付き合ってることを知らないから、自己嫌悪でつらくてしかたがないって言うわけです。姉から見たら、自分以上に弟さんのほうが傷ついているようにも見えたみたいで……。

とにかくどっちかに決めて、その家を出たほうがいいって、わたしはメールを返しました。そうとしか言いようがないでしょう?

でも、どっちとも別れられないって、姉は全然煮えきらない。

それは全員が傷つく道なんじゃない？ って、けっこう強い調子のメールを送ったら、姉から電話がかかってきた。時差もあるし、電話なんかかかってきたのは初めてだったから、もうびっくり。こっちは朝方だったんで、わたしはかなり不機嫌に出たはず。なのにお姉ちゃんはおかまいなしで、どうしたらいい？ どうしたらいい？ どうしたらいい？ って泣くわけ……。

「ねえ、ちょっと落ち着いて」

「落ち着けないから電話してるんじゃない」

「とにかく、すぐにどっちかと別れたほうがいいよ」

「別れられない」

「ふたりとも付き合い続けたいわけ？」

「そう」

　姉は悪びれもせずに言いました。

「どっちか片方じゃダメなの。両方必要なの。だから悩んでいるの……」

「でもそれは……」

「ふたりはね、顔はそっくりなのに、性格は正反対なんだ。お兄ちゃんは、とってもいい人。一見ワルそうな感じなのに、誠実で嘘つかない」

　姉の声はとっても自慢げでした。

「でねでね、毎日、添い寝してくれるんだけど、男の人だから、ひとつのベッドで寝てればエッチな気持ちになりそうなものじゃない？　なのに、そういうことはあんまりしないいんだな。淡泊な人なのかなって思ってたら、そうじゃないの。添い寝しながら、あそこが硬くなってるの。わたしが仕事で疲れてるから、気を遣ってぐっと痩せ我慢してるわけよ。それに気づいたとき、わたし、泣きそうになっちゃった。そんな男の人、他に知らないもん……」

わたしは言葉を返せなかった。姉がそこまであからさまに、わたしにセックスの話をしたのはそのときが初めてだったから。

「でも弟は、気なんか遣わないで隙あらばわたしに甘えてくるのね。お兄ちゃんは頼れる感じなのに、弟は子供っぽくって、年上なんだけど可愛いんだ。純粋っていうのかな……それに、弟はわたしとぴったりなの」

「ぴったり？」

「体の相性がぴったり。本当に不思議なんだけど、双子なのにどういうわけかエッチが全然違うわけ。弟とエッチしてると、もう死んでもいいって思っちゃうの。それくらい気持ちいいの。そんな人初めてなの。エッチの相性さえよくなければ、こんなに悩まなくてすんだのに……エッチがいいと、他のところまでどんどんよく見えてくるっていうか……」

その時点でもう、わたしは呆れ果てました。そんなことわたしに言われても、どう答えていいかわからないでしょう？　わかるように説明してって言ったら、姉は何時間でも話しつづける勢いでしたけど、たぶん、三日三晩話を聞かされたって、わたしに理解できるわけがない。

内心で怒り狂いました。姉に対して、生まれて初めて憎悪の感情を抱いた。それがジェラシーだったとわかるのは、もうちょっと後のことですけど……。

「弟さんとは相性がぴったりなのね？」

「うん」

「だったら、お兄ちゃんと別れれば……」

精いっぱい自分を落ち着けて、そう言いました。もしかして、そう言って欲しかったのかなって、思ったから。恋愛じゃなくたって、誰かに背中を押してほしいことってあるじゃないですか。

「でも、弟だけだと、やっぱり不安なの……心の支えがなくなりそうで怖い……だいたい、当の彼だってお兄ちゃんをすっごく頼りにしてるし……それに……」

姉はいったん言葉を切ってから、喉の奥で意味ありげにちょっと笑って、茶化すような感じで言ったんです。

「お兄ちゃんには仕事でお世話になってるから、別れたら冬華に仕送りできなくなるかもよ」

わたしはもう、自分を落ち着けることなんてできなかった。そんなこと言われてまで、留学を続けるつもりもなくなった。

「わかった、お姉ちゃん。仕送りはもういい。弟さんと楽しくやって」

「ひどい、冬華。どうしてそんなこと言うの？　わたしがいままでどんな思いであなたに仕送りしてきたか……」

「ひどいのはお姉ちゃんでしょっ！　もう二度と電話してこないで。メールもいらないっ！」

　わたしは電話を切って、布団を被りました。半狂乱で泣きじゃくった。姉の無神経さもやりきれなかったけど、それ以上に、あのやさしかった姉を狂わせたセックスが憎かった。

　お姉ちゃんはそれまで、本当にやさしかった。喧嘩なんかしたのも、そのときが初めて。わたしはいまでもこんな感じですけど、小さいころはもっと偏屈で、気まぐれだし、すぐむくれるし、ちょっと手がつけられない嫌な子供だったの。でも、両親や先生には怒られても、姉に怒られたことは一回もない。

　だから、ちょっと真剣に考えてみた。

　どうしてこんなことになっちゃったんだろうって……。

　体じゃなくて性格でも、相性がいいってよく言うでしょう？　わたしにはいまだに、その意味がよくわからない。相性なんて曖昧なものより、物事の筋をきちんと通してほしいと思う。でもだんだん……そんな自分が……淋しい感じに思えてきて……セックスができないせいなのって、ちょっと思って……相性がいいって、要するに理屈じゃないってことですものね。セックスさえできれば、理屈に合わないけどストンと腑に落ちて、あっさり受け入れられることもあるのかなあって……考えれば考えるほど落ちこんで、結局、一週間くらいベッドから起きあがることができなかった。

姉からは、その後もしつこく電話やメールが来ましたけど、わたしはいっさい出なかった。

謝りたかった……それはもう、嘘偽りじゃなしに。仕送りがつらいなら、留学やめてもいいって伝えたかった。

でも、言えなかった。お姉ちゃんに謝ったこと、一回もなかったから。わたしは謝り方を学べなかった。わたしが謝る前に、お姉ちゃんはいつだってわたしを許してくれたから……。

そのうちに、姉の訃報が届きました。わたしは……些末な用事を言い訳にして、すぐには帰国しなかった。わたしは悪くない、わたしがお姉ちゃんを殺したんじゃない……そう思っていないと、まっすぐ立っていることもできなかった。

でも、なんとか自分を奮い立たせて帰国すればしたで、耳を疑うような事実を突きつけられました。

姉が娼婦だったと……売春で稼いでいたと……そのお金をわたしに送金してくれていたと……調べれば調べるほど娼婦としての姉の評判はよくて、売れっ子で、ナンバーワンで、死んで伝説になったなんていう……。

わたしは眠れなくなりました。いろんな本を読んだし、ポルノみたいなものもたくさん観た。セックスってなんだろうって、寝ないで考えました。

わからなかった。

いまだにわからない。死ぬかもしれないのに息をとめて動きつづけ、本当に死んでしまった人間の気持ちがわからない。たった一度か二度の射精のために、強盗をする人間の気持ちがわからない……。

こんなわたしでも、裸で抱きあうくらいのことはできるんです。オーラルセックスで、男の人を満足させることだってできるかもしれない。でも、どうせ最後までできないと思うと、馬鹿馬鹿しくってする気にはなれなかった。セックスに興味をもたないほうがずっと楽しく生きられるはずだし、実際にそうだった。お姉ちゃんが……お姉ちゃんがあんなふうにさえならなければ……。

5

時間が経つにつれ、外の喧噪は大きくなっていくばかりだった。

もう明け方近いのに、シュプレヒコールがやまない。パトカーがサイレンを鳴らしてやってくる。「解散しなさい」とマイクで連呼している。

どうだってよかった。

冬華は号泣していた。

これほど哀しみに打ちひしがれている女の姿を、清春は見たことがなかった。強がりを言っていても、千夏を死なせてしまったのは自分だと悔いていた。自己嫌悪にのたうちまわっていた。清春と一緒だった。彼女には、生まれつきセックスができないよりも重大な、心の欠陥があるのかもしれなかった。冬華は頭のいい女だから、そんなことはとっくに気づいているに違いない。気づいているがゆえに、よけいに傷つく。

愛がわからないのだ。

それも清春と一緒だった。しかし、清春には純秋がいた。自分を無条件に肯定してくれる存在があった。冬華にはもう、千夏はいない。千夏が冬華に与えていたのは、血が繋がっているがゆえの、無償の愛だ。冬華はそれを、反故にしてしまった。永遠に与えられると思っていた愛が、セックスによって狂い、セックスによって翻弄され、セックスによって自分を脅かす存在になってしまった――そう感じたからだ。

気持ちはわからないでもない。

売春稼業に疲れ果てていたはずの千夏が、心身を癒やしていたのもまたセックスだったという事実に、清春だって絶句した。彼女が求めていたのはやさしさを押しつける添い寝などではなく、仕事で溜めこんだストレスを吹き飛ばしてくれる肉体的な快楽だった。それほど純秋とは相性がよかったのかと、歯噛みせずにはいられない。

だが、セックスを憎むのは間違っている。

いみじくも、彼女はテレビに出たとき言っていた。自慰はイマジネーション、セックスはコミュニケーション。ならば、性器を繋げることだけがセックスではないのではないか。セックスとはつまり、愛の別称ではないか。

「ごめんなさい……」

冬華は指で涙を拭った。とても拭いきれず、赤く染まった頬や小鼻が光っている。

「どうでもいい話を長々と……疲れちゃったでしょう?」

「いや……」

「わたしは疲れた……」

長い溜息をつくようにつぶやいた冬華は、十歳も老けこんでしまったようだった。

「疲れたから、もう終わりにしたい……さっきね、お姉ちゃんのことが全然わからないって言ったけど、〈ヒーリングユー〉を始めて……ううん、あなたと出会って、わかったことがひとつだけある。人を好きになると、人って本当に頭がおかしくなるのね……姉も困ったものだったけど、わたしもみっともないことといっぱいしたでしょう？」

涙に濡れた長い睫毛が震える。

「わたし、どんなときでも冷静でいられることだけは、自信があったの。でも、あなたといると……本当にみっともない真似ばかり……」

清春は苦りきった顔になる。みっともないことなら、こちらのほうがたくさんした。全身に傷を負ってなお、冬華に嚙まれた唇だけがひどく痛む。どうしてあんなふうにしか口説けなかったのだろう。もっとマシなやり方がいくらだってあったはずなのに……。

「どうして俺なんだ？」

よけいなことを口にしてしまいそうだった。

「俺じゃなくて純秋のほうが……ああいうやつのほうが、一緒にいて癒やされるんじゃないか？」

自虐と自己嫌悪と意地悪な気分が胸の中で暴れまわる。

「そんなの自分じゃわからない……」

冬華はか細い声で言い、そむけた顔をこわばらせた。しばらくそうしていたが、突然なにかを思いだしたように、ふっと笑った。

「でも、まわりからはお似合いに見えるらしいわよ」

遠い眼をして続ける。

「わたしね、純秋さんとまともに話をしたことが、一回だけあるの。メンテナンスや事務的な話じゃなくて、プライヴェートな話……」

驚いた。そんなことは一回もないと思っていた。

「まだ晴海の工場であなたとわたしと彼と、三人で働いていたころ。あなたは配達に行ってしまって、彼は黙々とメンテナンスをしててね。仕切りがなくてガランとしてた工場の端っこに彼はいて、わたしは反対側の端っこ。会話はいっさいなし。いつものことだから気にもとめてなかったんだけど、あるときトコトコと歩いてきて言ったの。『チィちゃんからの遺言があります』……」

「なんだって?」

そんな話は初耳だった。

「彼によれば、姉がよく言ってたみたいなの。あなたとわたしが付き合えばいいって。清春さんは絶対自分より妹のことを好きになるし、妹もきっとそうだって……妹は頑固な変わり者だけど、清春さんならきっと受けとめてくれるって……真っ赤な顔してしどろもどろになりながら、一生懸命言うのよ。『僕もそう思います』って。あまりにも真剣だから、わたしは笑い飛ばすことができなかった。真に受けることもできなかったけど……」

「俺はいま、笑いそうになったけどな……」

もはや泣き笑いだ。千夏は本当に、純秋に心を許していたのだ。でなければ、そんな話をするわけがない。

「それで、どう答えたんだ？　純秋に……」

「べつに……なにも……」

冬華は力なく首を振った。

「わかりましたありがとうって言って、その話はそれっきり……でも、お姉ちゃんってやっぱり、わたしよりわたしのことがわかってるのかもしれないって、あとから感心しましたけどね。お姉ちゃんの言ってたことは、間違ってなかった。少なくとも、わたしに関しては……」

視線が合った。冬華は悪戯を見つかった少女のような感じで、気まずげに肩をすくめる。涙を拭うためにティッシュを取り、それで眼から下の顔を隠しながら、チラチラと上目遣いを向けてくる。

この天然女め……。

清春はまぶしげに眼を細めた。出会ったころの彼女に、ようやく戻ってくれた。

カリスマを目指す彼女も悪くないけれど、そんなふうに、とぼけたところがあったほうがずっといい。

千夏も不器用な女だったが、冬華の不器用さは種類が違う。恋を知らない、無垢ゆえの不器用さなのだ。告白をして眼が合って、次にどうすればいいのかわからないのだ。

耐えがたい衝動が清春の体を突き動かし、冬華を抱きしめようとした。その細い腰が軋むほど、きつく抱きしめてやりたかった。

できなかったのは、距離を縮めたふたりを引き裂くように、外から大きな歓声が聞こえてきたからだ。いままで聞こえていた憎しみをたたえた怒号ではなく、勝ち鬨のようなものだった。

カメラが切り替わり、外の様子がテレビに映った。テレビを見た清春は、咄嗟に言葉が出ないほどの衝撃を受けた。

冬華そっくりの〈オンリー〉が、服を奪われて丸裸にされようとしていた。取り囲んでいる人々が、毟り取るような強引さでブラジャーを引っ張っている。クールな美貌に似合わないほど豊かに張りつめた乳房と、その先端で尖った薄紅色の乳首が露わになる。ショーツもずりさげられると、小判形の黒い草むらまでテレビに映った。いや、恥毛どころか寄ってたかって手脚をつかまれ、両脚が大きくひろげられて……。

モザイクもなしに、女の花が映しだされた。

見てはいけないものを見てしまったような衝撃に、清春は眼をそむけた。しかしそこにもまた、見てはならないものがあった。

冬華の顔だ。血の気をすっかり失って紙のように白くなり、けれども次の瞬間、頬のいちばん高いところが赤く染まった。紙に落としたインクがひろがっていくように、耳まで紅潮するのに時間はかからなかった。

救いがないのは、〈オンリー〉に電源が入っていたことだ。リンチに遭っているのに、無防備な表情でキョロキョロし、時折眼を細めてまわりに媚びを売る。瞳を潤ませ、唇を尖らせて、エロティックな表情をつくる。

清春はテレビを切ろうとした。しかし、リモコンを探しているうちに、ひどく耳障りな金属音が聞こえてきた。〈オンリー〉は椅子に座らされ、その後ろでチェーンソーが唸(うな)りをあげていた。

チェーンソーを持っていたのは、尾上久子だった。眼つきに狂気を宿していた。一方で、その前に座っている冬華そっくりの〈オンリー〉は、媚態(びたい)をつくるのをやめない。キョロキョロしては眼を細め、眉根を寄せてキスをねだる。

高速回転するチェーンソーの刃を見てますます眼を血走らせた尾上久子は、〈オンリー〉に襲いかかった。チェーンソーの金属音と競りあうように甲高い叫び声をあげながら、〈オンリー〉の首を斬りつけていった。

「まっ、待てっ！」

清春はテレビに向かって怒声を放った。チェーンソーの刃が首に食いこんでも、〈オンリー〉からは血が出ない。そのことに、尾上久子は勝ち誇った顔になる。彼女の狂気が伝播(でんぱ)したような歓声が、まわりからいっせいに起こった。チェーンソーが唸る。冬華そっくりの〈オンリー〉の首に、容赦なく食いこんでいく。

やがて、首が地面に転げ落ちていった。追いかけるように、首なしになった肢体も倒れ落ちた。そちらはまだ動いていた。手脚を痙攣(けいれん)させながら、背中を弓なりに反り返した。両脚をひろげて、陰部をいじりはじめた。腰をくねらせ、ガクンガクンと跳ねあげた。首なしになってもまだ、肉の悦びを求めている……。

首を拾った者が、奇声をあげながら切断面に尖った棒を突き刺した。旗のように高く掲げられると、勝ち鬨がひときわ大きくなった。拍手と歓声が嵐のように吹き荒れる中、冬華の生首が宙に舞う。

「……なんてことをしやがる」

これ以上ゾッとする光景を、見たことがなかった。騒いでいる連中が、全員笑顔なのが気持ち悪い。いったいなにが可笑(おか)しいのか。日本人は、ひと皮剝(む)けばここまで野蛮に振る舞える人種なのか。

千夏によく似た〈オンリー〉は、みずから暴走して壊れ、口から白い煙を吐きだした。あの光景より、いま眼に映っている冬華によく似た生首のほうが、どういうわけか人間らしい。殺人現場を目の当たりにしたような、生々しい恐怖を感じる。まさか……〈オンリー〉にはやはり、冬華の魂が宿っているのか。

「みんな、よっぽどわたしに死んでほしいみたいね……」

暗い声にハッとして、清春は冬華を見た。

すっかり表情が変わっていた。紅潮が引いて、紙のような白さに戻っていた。見るからに、眼つきがおかしかった。顔はテレビに向いていたが、彼女はそこに映った映像を見ていなかった。深淵から闇をのぞきこんでいるようだった。

「冗談じゃない。こんなことが許されるわけがない。テレビの連中も、嬉々として映しやがって……」

清春は歯噛みをしすぎて、顎が砕けそうだった。

「だいたい、〈オンリー〉は売りもんじゃないんだぞ。貸与してるだけだ。あんなことをされたら……」

「億のお金を請求できるでしょうね。腹上死の慰謝料より、〈オンリー〉の弁済費用のほうがよっぽど高い。請求しなくちゃね」

冬華は机の引き出しを開け、なにかを取りだした。茶色い薬瓶だった。

「でも、それはもう、わたしの仕事じゃない……イッツ・ノット・マイ・ビジネス」

「おい……」

清春は慄然とした。茶色い薬瓶のラベルには、sulfuric acid と記されていた。硫酸だ。アシッド・アタックに用いる凶器だ。

「京極がね、言ってました。いつかおまえの顔をドロドロに焼けただれさせてやりたいって。日本中にわたしそっくりの〈オンリー〉が行き渡ったら、オリジナルのおまえは死んで殉教者になれって……わたしは小躍りしたくなった。わたしの顔をもつ〈オンリー〉たちは、きっとお姉ちゃんにも負けない伝説の娼婦になる。アンドロイドだもん。負けるわけがない」

冬華は唇を震わせながら、まっすぐに見つめてきた。まっすぐに見つめているのに、眼の焦点が合っていなかった。

「あなたにも、抱いてほしい……わたしの分身の〈オンリー〉を抱いて、お姉ちゃんと比べてほしい……お姉ちゃんよりいいって……死んでもいいくらい気持ちいいって……言ってほしい……」

「狂ってる」

思わず言ってしまう。いまの彼女は本来の自分を見失い、まるで京極に操られているようだった。サイコパスの愉快犯に。

「狂ってる？　それって、恋する人には最高の讃辞なんでしょう？」

冬華は虚ろな眼つきのままクスクスと笑い、硫酸の瓶に手をかけた。

「狂ってないあなたは、わたしを生きるようにはしないでね。泣いてもわめいても放っといてくれれば、窒息死できるらしいから」

「やめろ……」

「もっとも、顔が焼けただれたわたしを愛してくれるっていうなら、助けてくれてもいいけどね。責任はきちんととってよ」

そのとき、階上で物音がした。螺旋階段の上から、二宮が身を乗りだした。

「大丈夫ですか？　脱出ルートを確保しました。上から隣のビルに移って逃げましょう」

大丈夫ではなかった。冬華はあわてて薬瓶の蓋を開けようとしている。迷っている暇はなかった。清春はベレッタを抜き、テレビに向かって撃った。サイレンサーはついていなかった。人を殺せる激しい衝撃音が高い天井にこだまし、冬華が身をすくめた。その瞬間を、清春は逃さなかった。

「やめてっ！　離してっ！」

暴れる冬華の右手に握られた薬瓶は、蓋が開いていた。清春はその手首をつかんでいた。瓶の中で液体が揺れ、一滴、二滴、雫が飛んだ。そのたびに清春の胆は冷えた。それがもたらす痛みを、体で知っていた。ボディガードのリンチなどものの数ではない、たった二ミリ径の水ぶくれで、嘔吐をこらえきれなくなるほどの激痛……。

事情を察した二宮が、螺旋階段から飛び降りてくる。ふたりがかりで、冬華を押さえた。その右手から、清春はようやく、硫酸の瓶を奪いとった。

「いやあああーっ！」

泣きじゃくる冬華の顔を見て、ああ、そうか、と唐突に合点がいった。書店のトークイベントでトチ狂った女にアシッドをかけられたとき、普段は痛みを感じない体が、激痛に見舞われた理由がわかった。

それが冬華の顔にかかったところを想像したからである。

想像力が、この欠陥だらけの心身に人間らしい感覚を取り戻してくれたのだ。

もういい加減、認めてもいいのではないか。

これが愛だと。

いま胸の中で暴れまわっているこの感情が、愛と名付けられるべきものだと。

「死なせてっ！　死なせてっ！」

半狂乱で泣きじゃくっている冬華は、二宮に後ろから羽交い締めにされている。

「拳銃があるなら、それでもいいっ！　撃ってっ！　頭でも心臓でも、好きなところをっ……みんなわたしに死んでほしいのよ。死んであげるわよ。わたしが死ねば、それがいちばん綺麗な幕引きでしょうっ！」

「二宮っ！」

清春は叫ぶように言ってから、声を低く絞った。

「ローザ・フィリップスに伝言を頼む」

二宮が呆気にとられた顔をする。こんなときになにを言いだすのかと……。

「〈オンリー〉じゃ人類を救えない……〈オンリー〉は完璧で、俺たちはそうじゃないからだ。完璧じゃない自分を、そのまま肯定したいからだ」

清春の左手には、茶色い薬瓶が握られていた。右手でベルトをはずした。ズボンとブリーフを一気にさげ、ペニスをさらけだした。

「なっ、なにを考えてるんですかっ……」

二宮が焦った声をあげる。冬華は息を呑んで眼を見開いた。彼女は頭がいい女だった。清春がなにをしようとしているのか、おそらくわかっている。

「やめて……」

滂沱の涙を流しながら、急に弱々しい声をもらした。見たこともないほど色っぽく眉根を寄せ、すがるようにこちらを見てきた。

その澄んだ黒い瞳が、好きだった。ねじ曲がった性格には、もっと惹かれた。曲がった部分が、フィットするからだろうか。

俺たちはきっと、相性がいい——そう言ってやりたかったが、こみあげてくる衝動の前に、言葉はもう、もどかしいばかりだ。

「ようやく気づいた……冬華、おまえみたいなややこしい女を愛するには、俺はいささか、狂い方が足りなかった」

蓋が開いたままの薬瓶を、左手から右手に持ち替えた。強烈な刺激臭が鼻腔を刺した。覚悟は決まっていても、恐怖に手が震えだす。瓶の中で液体が跳ねて、飛んだ一滴が手の甲をジッと焼いた。脂汗を流しながら瓶を握りしめた。

吐き気がこみあげてきても、覚悟は揺るがなかった。揺らいでたまるものか。性器の結合だけがセックスではないことを証明するために、清春は薬瓶を逆さにした。ありったけの硫酸を、剝きだしのペニスにかけた。

体の中でいちばん敏感な皮膚がベロリと剝ける感覚があり、続いて火を放たれたように燃えあがった。愛が燃えていた。それだけは間違いなかった。轟々と燃え狂う紅蓮の炎が下半身を包みこみ、自分のものとは思えない雷鳴にも似た絶叫がしたたかに耳をつんざいた。

エピローグ

俺が生まれ育った家の裏庭には、もう二輪草は茂っていない。

家を出るとき、除草剤をまいて枯らしてきた。俺がいなくなったら、三輪草や四輪草が幅をきかせるに違いなく、それだけはどうしても我慢できなかった。

種は大事にとってあるので、そのうちどこかに蒔こうと思っていた。いまこそそのタイミングのような気がした。この家には郷愁を誘うものがなにひとつなかった。

窓を開ければ紺碧の海——日本ではない異国のリゾート地だ。まだ二月なのに庭には原色の花が咲き乱れ、潮風が心地よく吹いてくる。日本で見る太陽とはまるで違う、踊りだしたくなるような陽気な光線が燦々と降り注いでくる。

悪くはないが、落ち着かなかった。粗品で貰えるカレンダーに印刷された風景画のように、素敵すぎてよそよそしい。俺は自分の部屋の窓を、段ボールとガムテープで塞いだ。リビングの窓までそうしようとすると、清春がひどく悲しそうな顔をしたのでやめてあげた。いまの家長は俺だから、内装を好きにする権利くらいあると思うが、わがままを通すのは柄じゃない。

だからせめて、庭には二輪草の種を蒔きたい。雑草のように逞しい二輪草は原色の花々をみるみる呑みこんで、大群落をつくりあげるだろう。その光景を想像するとニヤニヤしてしまうが、結局、俺は種を蒔かない。庭に二輪草がなくても、家の中に二輪草そっくりなものが存在しているからだ。

清春と冬華ちゃんはいつもふたりでくっついている。体の一部が溶けあいそうなほどくっついて、けれどもあまり会話はなく、穏やかに見つめあっているだけだから、まるで植物のようなのだ。

とはいえ、隙あらばチュッとキスをする。俺の眼を盗んでやっているつもりらしいが、見て見ぬふりをしているだけだ。移動のときはしっかりと手を握りあって、浜にあがった海亀のようにゆっくり歩く。食事中でも手を繋いだままでいられるように、清春は右利きから左利きに矯正中だ。

ふたりが仲良くなってくれてよかった。清春からチィちゃんを奪った罪滅ぼしに、冬華ちゃんに小さな嘘をひとつついてみたのだが、あれが功を奏したのだろうか。もうずいぶん前の話だから、違うかもしれないけれど。

「ふたりはセックスしてるの？」

あるとき、俺は訊ねたことがある。いささか無神経な質問だったような気もするが、どうしても気になった。新婚さんにもかかわらず、ふたりの寝室からそういう声が聞こえてきたことが一度もなかったからだ。

もし俺に気を遣っているなら遠慮しないでほしいと伝えたかったのだけれど、

「してるに決まってるじゃないか」

清春は自信満々に言い放ち、

「ってゆーか、いまもしてる」

と意味ありげな笑みを浮かべた。

唖然とする俺を尻目に、冬華ちゃんまでクスクス笑いながらうなずいた。まったく訳のわからない不思議ちゃんコンビだが、清春は冬華ちゃんと結婚してから、貧乏揺すりをしなくなったし、怖い眼つきをすることもなくなった。ありがたい、ありがたい。どうぞ末永くお幸せに……。

俺たちが日本を脱出してから三カ月ほどが経過していた。

〈オンリー〉や〈ヒーリングユー〉が、人々の話題にのぼることはもうなくなったらしい。

あの夜――銀座のショールームの前の暴動じみた騒ぎを鎮圧したのは、軍隊だった。自動小銃を構えた迷彩服姿の兵士に囲まれては、熱狂状態にあった群衆も、交尾中に水をかけられた犬猫のようにおとなしくなるしかなかった。

　チェーンソーで〈オンリー〉の首をかっ斬った尾上久子は、冬華ちゃんに替わって〈ヒーリングユー〉の代表になったアメリカ人によって訴えられた。三十数名の大弁護士チームが結成され、彼女の所属する大学、彼女の意見をとりあげていたメディアを含めて、総額百億円を超える訴訟を起こした。もはや訴訟ではなく恫喝だと、尾上久子が大嫌いな俺でも思った。

〈オンリー〉の首に棒を刺してはしゃいでいた連中にも、次々と禍が降りかかったらしい。人々はそれを「〈オンリー〉の呪い」と呼び、〈オンリー〉はあっという間にアンタッチャブルな存在になった。ネット上で〈オンリー〉に関する記述はすさまじいスピードで削除されていき、新しくなにかを書きこむ者はなかった。世間話の種にすることさえ忌み嫌われるようになったというから、人々の記憶から消え去ってしまう日も近いだろう。

　記憶や情報だけではなく、実体もなくなった。騒ぎの翌日には銀座のショールームも〈湾岸ベース〉もからっぽになり、貸与していた〈オンリー〉は四十八時間以内にすべてが回収され、俺が手塩にかけた小百合ちゃんやルリ子ちゃんたちともども、三日後には国外に搬出されてしまったというから驚きだった。

　百舌を殺した俺のところに警察がやってこなかったのも、圧力がかかったからだろう。かわりにやってきたのが、無表情を競いあうゲームでもしているかのような黒人と白人だった。有無を言わさず高級ホテルのスイートルームに連れていかれ、ローザ・フィリップスという金髪女の前に座らされた。

仕事をお願いしたい、と彼女は言った。この世で俺に仕事を頼む人間がいたことにまず驚いたし、仕事の内容が身の毛もよだつほど恐ろしいものだったので尻込みしたが、無下には断れない事情もあった。清春が入院中だった。なにがあったのかわからないが、再起までしばらくかかるらしい。いつ見舞いに行っても、冬華ちゃんが清春の手を握りしめて子供のように泣きじゃくっていた。薬で眠っている清春より、夜も寝ないで泣いているという冬華ちゃんのほうが心配になるほどだった。

こんな俺でも、ふたりを助けなければならないと、責任感を発揮しようとしていた。清春はもちろん、冬華ちゃんだってチィちゃんの妹なのだ。彼女が心神喪失状態に陥ってしまったのなら、俺には手を差しのべる義務があった。

ローザ・フィリップスは、三人まとめて外国で暮らしてみてはどうか、と提案してきた。渡航費用も向こうでの生活費もすべて面倒見てくれるというから、渡りに船というか、断ることは難しかった。

「ひとつだけ……条件……いいですか？」

俺は壊れてしまったナンバーイレブンを返してほしいと頼んだが、凍えるような冷たい声でNOと言われた。ローザ・フィリップスの会社で、暴走してしまった原因を分析しているらしい。チィちゃんそっくりの容姿をしたナンバーイレブンが、そのかわり寄ってたかって分解されているところを想像すると泣きたくなったが、そのかわり新しい〈オンリー〉を一体貸してくれるとローザ・フィリップスが約束してくれたので、俺の機嫌は一瞬にしてよくなった。

ナンバーイレブンはチィちゃんそっくりだけれど、チィちゃんではない。新しい〈オンリー〉だって、俺はチィちゃんそっくりにするつもりだけれど、それは本物のチィちゃんじゃない。

チィちゃんは俺の中にいる。

俺が生きている限り、チィちゃんは何度でも蘇る。

俺はいま、世界中に散らばっている〈オンリー〉の開発者、研究者とネットを通じてやりとりしている。

AIの未来は無限にひろがっている、と彼らは口を揃えて言う。いまは言語能力のない〈オンリー〉も、数年以内にはしゃべれるようになるらしい。

つまり、またチィちゃんと話すことができるようになるわけだ。彼女が淡褐色の瞳をくるくるまわして、大好きだよ、とささやいてくれる日は遠くない。

この仕事を受けて、本当によかった。日進月歩のハイテクの世界に触れていると、胸の高鳴りが抑えきれない。

たとえ危ない橋を渡ることになったとしても……。

「イミテーション・レイディ・ジャスト・フォー・マーダー」

それが、ローザ・フィリップスが俺に依頼してきた仕事のコードネームだ。

「ナンバーイレブンが暴走してやってしまったことを、人為的にやらせることはできないかしら。たとえば、事故を装って人を殺すみたいなことだけど」

要人暗殺……。

できるかどうかわからないけれど、やらなければならなかった。俺には他の仕事ができそうにないし、仕事がなければ清春と冬華ちゃんを守れない。でも、たぶん大丈夫だ。大丈夫だと思わなければ、怖くて夜眠れなくなる。

ただひとつ、心配なことがあった。

この世にチィちゃんが蘇ったときのことだ。

二輪草のようになっている清春と冬華ちゃんを見て、ジェラシーに駆られないだろうか。正直、駆られそうで怖い。あれほど嫉妬深い人を、俺は他に知らない。だってチィちゃんは、俺と清春の仲がよすぎることに嫉妬して、俺にモーションをかけてきたのだから……。


（了）

解説

末國善己
（文芸評論家）

男性が疑似的なセックスを楽しむための人形、ラブドールの歴史は古い。

一五世紀半ばから始まる大航海時代には、長い航海に出る船員のために布製、もしくは革製の人形が作られたという。ドイツの医師イヴァン・ブロッホは論文『私たちの時代の性生活』（一九〇八年）の中で、パリで製作されたゴムやプラスチックで作られた男性型、女性型のラブドールに言及。一九五〇年代になると世界的にラブドールの商業的な販売が本格化し、日本の南極観測基地第一次越冬隊（一九五六年）が精密なラブドール（通称・南極1号）を持っていったとの伝説も生まれた（この真偽は、高月靖『南極1号伝説　ダッチワイフからラブドールまで―特殊用途愛玩人形の戦後史』に詳しい）。かつては空気を入れて脹らませる簡易なラブドールが多かったが、一九七〇年代に入ると金属製の骨格にシリコンやソフトビニールで肉付けし人間の皮膚と変わらない質感と写実的な容姿を持った高級ラブドールが開発され、より人間に近付ける改良を加えられながら現在に至っている。

淫靡な好奇心を刺激し、セックスの本質を突き付けるラブドールは、小説の題材として取り上げられることも多い。江戸時代に書かれた北条団水『色道大鼓』（一六八七年）には、江戸に単身赴任した男が、魂が宿った妻と瓜二つのラブドールに生気を吸い取られる「我朝の男美人」というエピソードがあり、映画のフィルムをベースに恋い焦がれた映画女優の精巧なゴム人形を作る男が出てくる谷崎潤一郎の短篇「青塚氏の話」（一九二六年）も、ラブドールものといえる。

ラブドールものが最も華やかなジャンルがSFで、自律して動き、会話や感情表現をする個体もあるセックス機能付きのアンドロイドは、松本零士の漫画『セクサロイド』（一九六八年～一九七〇年）、眉村卓『わがセクソイド』（一九六九年）、平井和正『アンドロイドお雪』（一九六九年）など一九六〇年代後半に相次いで登場し、その後も、主人公イルの相棒を「両性具有セクサロイド」のクラムジーとした大原まり子〈イル&クラムジー〉シリーズ（一九八四年～一九九一年）、愛玩用少女型ガイノイドが暴走し持ち主を殺す事件が発端となる押井守監督・脚本のアニメ映画『イノセンス』（二〇〇四年）など名作が発表され続けている。最新AI（人工知能）を搭載したセックス専用の高性能アンドロイド〈オンリー〉を、日本で展開するビジネスパートナーに抜擢された男を主人公にした本書『冬華と千夏』（単行本時のタイトル『ジェラシー』を改題）も、この系譜の作品である。

物語の舞台は、少子高齢化、政治の無策、企業の競争力低下などで国民総所得が世界五十位に転落し、少数の富裕層と大多数の貧困層に二分された近未来の日本。これは悲観的に思えるかもしれないが、マクドナルドが世界中で発売しているビッグマックの価格を国際比較し、その国の物価や購買力を探る二〇二〇年のビッグマック指数を見てみると日本は二五位（ドル換算3・64）で、これは一五位のタイ（ドル換算4・08）、二〇位の韓国（ドル換算3・75）より低い。一九九〇年代のバブル崩壊以降、デフレ傾向が続き、新たな成長産業を育てることができず、新興国に追われている日本の現状を踏まえれば、本書の未来予測はリアルといえる。

廃虚のような東京郊外のニュータウンのマンションの一室を不法占拠して暮らしている波崎清春は、アメリカ東海岸の大学院で学び、〈オンリー〉の製造元と交渉して世界初の代理店を日本に設立することになった二七歳の美女・神里冬華に、ビジネスパートナーになって欲しいと頼まれていた。最初に〈オンリー〉を時間貸しにして評判を上げることを考えていた冬華は、かつてデリヘル・グループの一店舗を任され売り上げをトップにした清春の手腕を欲しがったらしい。その条件として〈オンリー〉を抱くことになった清春は、ナンバー一のデリヘル嬢を凌駕する「キスから愛撫、愛撫から愛撫、愛撫から挿入、体位の変更」を繋ぐ巧みさ、相手とセックスの「リズム」を合わせる驚異のテクニックに衝撃を受ける。

清春たちが立ち上げた〈オンリー〉を派遣するデリヘル〈ヒーリングユー〉は、

すぐに評判になる。商売を大きくするため清春は有能な若手を集め、清春とは対照的に内省的で長く引きこもっていた双子の弟・純秋を呼び寄せ〈オンリー〉の調整を任せた。〈オンリー〉は同じ顔、同じ性能だが、開発元さえ正確に把握していないＡＩをカスタマイズすれば、それぞれに個性が与えられると気付いた純秋は、「清純派」「大人っぽい」「お嬢さまふう」といった様々なタイプの〈オンリー〉を生み出し、これが〈ヒーリングユー〉の人気に拍車をかけていく。一方、デリヘル部門から離れた冬華は、銀座にショールームを開き、富裕層向けに〈オンリー〉を長期にわたって貸し出すビジネスを始めるが、なかなか軌道に乗らなかった。

太平洋戦争の敗戦後、家族と財産を失って困窮し主にアメリカ兵に体を売る日本人の女性が現れた。彼女たちは（語源には諸説あるが）「パンパン」と呼ばれ、その中でも特定の将校一人と愛人的な関係になった女性は「オンリー」と区別されていたようだ。セックス専用アンドロイドの〈オンリー〉は、「アメリカの企業」か「アメリカに本拠地を置く多国籍企業」が開発したとされており、不特定多数を相手にする清春が管理する〈オンリー〉は「パンパン」を、特定の個人に貸す冬華が管理する〈オンリー〉はそのまま「オンリー」を想起させる。この図式は、政治も、経済も、文化も、憧れのスターなどを通してセクシャリティもアメリカの強い影響下にある戦後日本の戯画のように思えた。本書はセックスを軸に対米追従を続ける日本を描く一面もあるだけに、米兵とドラッグや乱交パーティーに明け暮れる日本の若者を活写した村上龍『限りなく透明に近いブルー』(一九七六年)、在日米軍基地を脱走したアフリカ系の兵士と暮らす女を主人公にした山田詠美『ベッドタイムアイズ』(一九八五年)などと読み比べてみるのも面白いのではないか。

冬華は自分の美貌を〈オンリー〉の宣伝に利用することも兼ね、「セックス・アンドロイド」の是非を問うテレビの討論番組に出る。教育評論家の京極恵三が〈オンリー〉に好意的だったのに対し、女子大の教授をしている尾上久子は、「人形が相手ならなにもかも許されていたからと、生身の女にも同じこと」をするような「危険な存在」を生み出す、男性の欲望を肯定するだけの〈オンリー〉はセックスの「厳しさ」を忘れさせるなど反対の論陣を張る。

AIを搭載したラブドールが存在するのはフィクションの中だけと思われがちだが、くしくも本書の単行本が刊行されたのと同じ二〇一八年、ラブドールを製造販売するアメリカのアビスクリエーション(Abyss Creations LLC)が、「リアルドール(RealDoll)」シリーズの新モデルとして、AIを搭載しプログラム制御で駆動する頭部を持つ「ハーモニー(Harmony)」を発売したのだ。「ハーモニー」は、声やタッチに反応して表情を変え、会話をし、長く使うと持ち主の好みに性格を調整できるとされている。頭部だけの「ハーモニー」は約六千ドル(日本円で約六六万円）、これに約四千ドル（日本円で約四四万円）ほどの普通のラブドールのボディをプラスすると日本円で百万円を超えるので、かなりの高額といえる。

通信技術やＡＩの研究では世界をリードし、長く一人っ子政策を続けたため結婚相手がいない男性が多く市場規模が大きい中国もラブドールの製作に力をいれており、「ハーモニー」と同様にＡＩを搭載した頭部を持つモデルは既に販売され、ボディも自律的に動く製品も開発されているようだ。そのため〈オンリー〉に匹敵する性能を持つラブドールが生み出されるのも遠い未来ではなくなっている。

こうしたテクノロジーの進歩を踏まえ、二〇一六年頃からＡＩ搭載のラブドールが人間（特に若者）に与える影響が議論され、国際的なシンポジウムも開催されるようになった。その中には、冬華と久子の討論に近い内容もあるので、本書はテクノロジーとセックスの関係をめぐる最先端のテーマを掘り下げているのである。

清春は、デリヘルと違い商品が人間ではない〈ヒーリングユー〉は、取り締る警察とも、同業のやくざとも無縁な楽な商売と考えていた。清春にはデリヘル嬢であり恋人でもあった千夏に自殺された過去があったが、それをネタに私立探偵を名乗る百舌が金を要求してくる。百舌は、千夏と冬華の知られざる接点も探り出したらしい。さらに冬華が、新たなパートナーとして京極を選んだことも分かってくる。

清春の側近で調査や戦闘に精通する黒須は、自己啓発セミナーを経営する京極が、復讐する相手の顔に強酸をかけるアシッド・アタックを日本で広めた事実を突き止める。配下に武闘派がいる清春と京極の緊張が高まるなか、冬華の経営方針に疑問を持つ〈オンリー〉の製造元が派遣したローザ・フィリップスが清春に接触してきた。冬華が狂信的なテロリストに影響を及ぼすなど危険な京極を切ることを希望するローザは、そうならなかった時に独立する気はないか清春に打診する。ただ清春は、ローザが欲しがっているのは自分ではなく、純秋の持つ〈オンリー〉の整備能力ではないかとの疑念が拭えないでいた。

中盤以降は、清春と京極が繰り広げる暗闘がサスペンスを盛り上げ、〈オンリー〉とのセックス中に腹上死する人間が増えたのは偶然か、〈オンリー〉の機能的な欠陥か、冬華と千夏はどのような関係にあり、なぜエリートの冬華が社会の底辺にいた清春をパートナーに選んだのか、そしてローザを送り込んできた〈オンリー〉の開発元の目的は何かといったミステリーや、冬華の顔と体を模した〈オンリー〉が投入されたことで深まる冬華、清春、純秋、京極の愛憎劇も加わる怒濤の展開になるので、ページをめくる手が止まらない圧倒的なドライブ感がある。

謎と陰謀の果て、すべての伏線が回収された先に待ち受けているのは、人間にとってセックスとは何かという問い掛けである。女性を商品にするデリヘルで働き、高度に進化したオナニーなのか、セックスの代替行為なのか、セックスを超えるものなのか判然としない〈オンリー〉で金を稼ぎ、その過程で地獄を見た清春が最後にたどり着いた境地は、ＡＩが人間の精神と肉体をコントロールできるようになった時代に、改めてセックスとは快楽を得るためのものか、パートナーとの心の充足を味わうものなのかに切り込んだといえる。性病のリスクもなく、他人に奪われる心配がないのでジェラシーとも無縁、ひたすら忠実で快楽だけを与えてくれるラブドール、あるいはバーチャルリアリティの〝恋人〟が現実になりつつある今、本書が投げかけたアクチュアルなテーマは重く受け止める必要がある。

実業之日本社文庫 く69

冬華と千夏

2021年8月15日　初版第1刷発行

著　者　草凪 優

発行者　岩野裕一
発行所　株式会社実業之日本社
〒107-0062　東京都港区南青山5-4-30
CoSTUME NATIONAL Aoyama Complex 2F
電話［編集］03(6809)0473［販売］03(6809)0495
ホームページ　https://www.j-n.co.jp/
DTP　ラッシュ
印刷所　大日本印刷株式会社
製本所　大日本印刷株式会社

フォーマットデザイン　鈴木正道(Suzuki Design)

＊本書の一部あるいは全部を無断で複写・複製（コピー、スキャン、デジタル化等）・転載することは、法律で認められた場合を除き、禁じられています。
また、購入者以外の第三者による本書のいかなる電子複製も一切認められておりません。
＊落丁・乱丁（ページ順序の間違いや抜け落ち）の場合は、ご面倒でも購入された書店名を明記して、小社販売部あてにお送りください。送料小社負担でお取り替えいたします。
ただし、古書店等で購入したものについてはお取り替えできません。
＊定価はカバーに表示してあります。
＊小社のプライバシーポリシー（個人情報の取り扱い）は上記ホームページをご覧ください。

©Yu Kusanagi 2021　Printed in Japan
ISBN978-4-408-55679-6（第二文芸）